射鵰英雄傳

第二卷

往事如煙

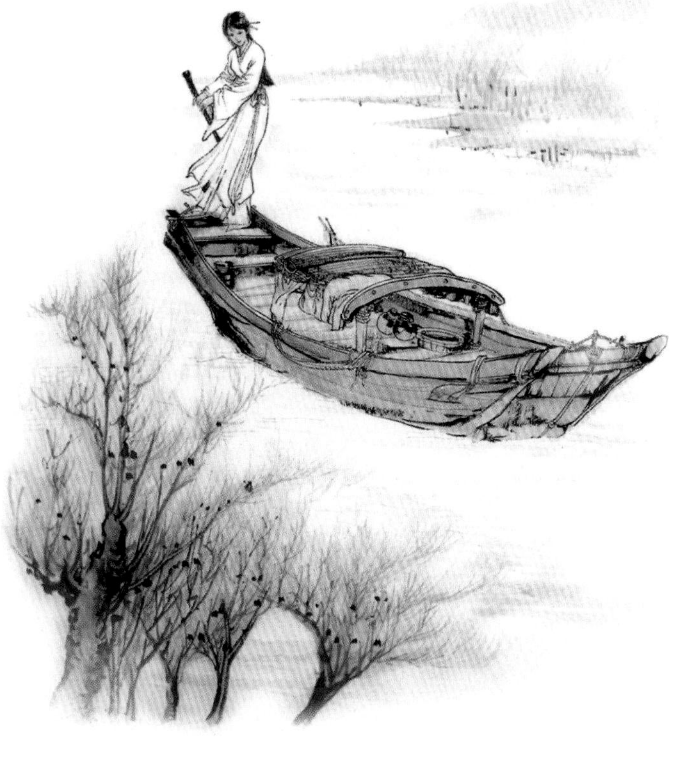

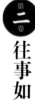

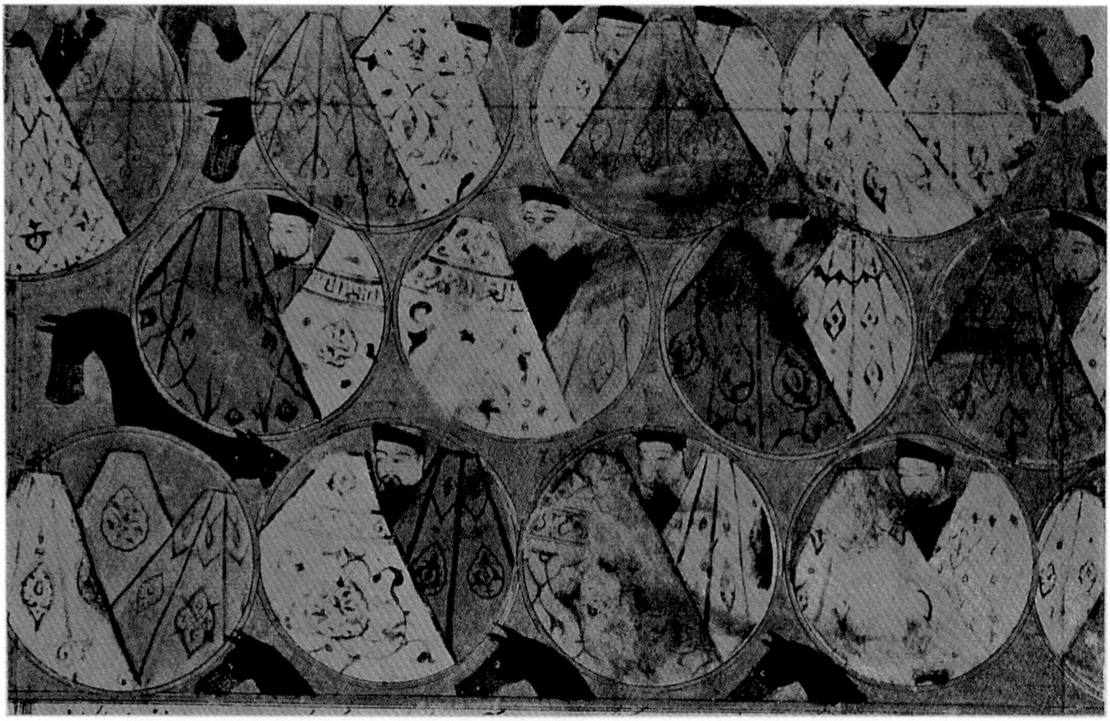

「行進中的蒙古人」：波斯畫家作，描寫蒙古人行進時秩序井然，組織嚴密，馬匹皆戴口罩。

「蒙古人及蒙古包」：現藏巴黎法國國家圖書館。

「成吉思汗克敵圖」：波斯畫家作。現藏伊朗德黑蘭皇家圖書館。圖中穿橙色袍服、手執長矛者為成吉思汗，其前手持金鎚擊敵者為神箭手哲別(英文中寫作Gebe the Archer)。

「成吉思汗飲水圖」：波斯畫家作，現藏伊朗德黑蘭皇家圖書館。成吉思汗一生歷嘗艱辛，某次戰役途中無水，部屬以布袋從濕泥中絞水以供飲用。

「蒙古貴人出獵圖」：土耳其畫家作，現藏土耳其伊斯坦堡Topkopi Saray博物院。圖中有獵鷹、獵犬及豹子。兩名蒙古人頭戴豹皮帽。桑昆之豹子被柯鎮惡射死後，想來也不免遭此命運。

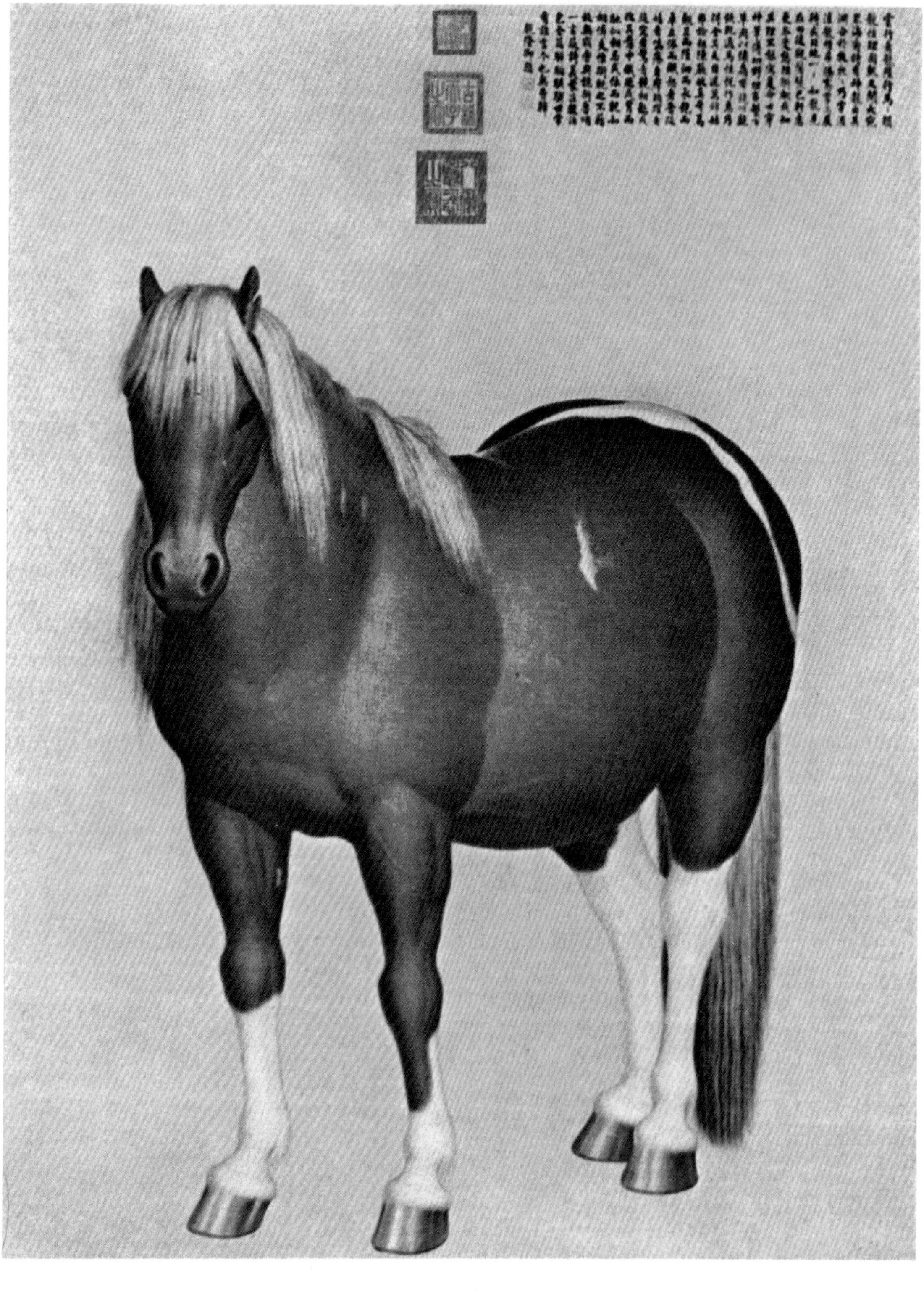

郎世寧「雪點鵰」：郎世寧，意大利人，乾隆時宮廷畫家。此圖為「十駿圖」之一，十駿均為乾隆的御馬。韓寶駒的黃馬或近似之。

郎世寧「大宛騮」：「十駿圖」之一。郭靖的小紅馬或彷彿如此。

徐悲鴻「雙馬圖」：徐悲鴻(一八九五—一九五三)，近代畫家中最擅畫馬。由此圖可想像郭靖的小紅馬未受馴服時的神態。

吳作人「駱駝」：吳作人，當代畫家。本圖為其名作之一。評者稱其畫「橫墨一線，透視百里」。

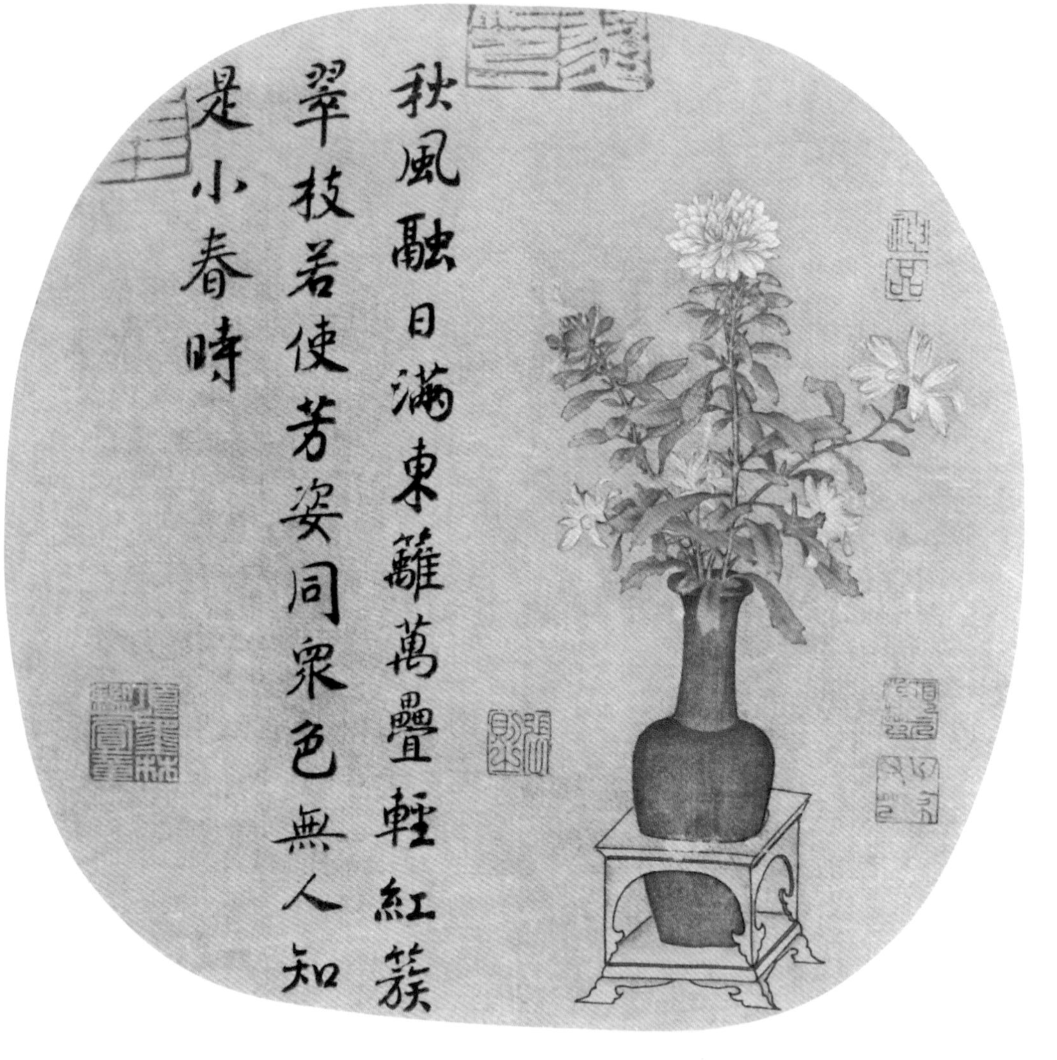
秋風融日滿東籬萬疊輕紅簇
翠枝若使芳姿同衆色無人知
是小春時

「膽瓶花卉圖」：姚月華作，宋寧宗（趙擴）題字。姚月華為寧宗時女畫家，身世不詳。郭靖生於宋寧宗慶元六年（公元一二〇〇年），即金章宗承安五年。寧宗逝世時郭靖二十五歲。

射鵰英雄傳

大字版

②往事如煙

金庸

射鵰英雄傳(大字版) / 金庸作. -- 二版.
-- 臺北市：遠流, 2017.10
冊； 公分. -- (大字版金庸作品集；9–16)

ISBN 978-957-32-8121-4 (全套：平裝).

857.9 106016837

大字版金庸作品集⑩

射鵰英雄傳 (2)往事如煙 「公元2003年金庸新修版」

The Eagle-shooting Heroes, Vol. 2

作　者／金　庸

*本書由明河社出版有限公司授權遠流出版公司在臺灣地區出版發行。
封面設計／唐壽南　內頁插畫／姜雲行

發 行 人／王 榮 文
出版・發行／遠流出版事業股份有限公司
臺北市中山北路一段11號13樓
電話／2571-0297　傳真／2571-0197　郵撥／0189456-1

□2003年8月1日　初版一刷
□2024年8月1日　二版十刷

大字版 每冊380元 (本作品全八冊，共3040元)
〔另有典藏版共36冊（不分售），平裝版共36冊，新修版共36冊，新修文庫版共72冊〕

ISBN 978-957-32-8121-4（套：大字版）
ISBN 978-957-32-8114-6（第二冊：大字版）
Printed in Taiwan

YLib 遠流博識網
http://www.ylib.com　E-mail:ylib@ylib.com

目錄

郭靖接連三箭，射倒了三名最前的追兵，驀地裏縱馬疾衝，攔在察合台、赤老溫兩人與追兵之間，翻身發箭，又射死了一名追兵。此時哲別也已趕到，連珠箭發，當者立斃。

第六回　崖頂疑陣

午飯以後，郭靖來到師父帳中。全金發道：「靖兒，我試試你的開山掌練得怎樣了。」郭靖道：「在這裏嗎？」全金發道：「不錯。在那裏都能遇上敵人，也得練練在小屋子裏跟人動手。」說著左手虛揚，右手出拳。柯鎮惡等坐著旁觀。

郭靖照規矩讓了三招，第四招舉手還掌。全金發攻勢凌厲，毫不容情，突然間雙拳「深入虎穴」，猛向郭靖胸口要害打到。這一招絕非練武手法，竟是傷人性命的殺手，雙拳出招狠辣，沉猛之極。郭靖急退，後心已抵到蒙古包的氈壁。他大吃一驚，危急中力求自救原是本性，何況他腦筋向來遲鈍，不及轉念，左臂運勁迴圈，已搭住全金發的雙臂，使力往外猛甩。這時全金發拳鋒已撞到他的要害，未及收勁，已覺他胸肌綿軟一團，竟如毫不受力，轉瞬之間，又給他圈住甩出，雙臂酸麻，竟爾盪了開去，連退三步，這才站定。

郭靖一呆之下，雙膝跪地，叫道：「弟子做錯了事，但憑六師父責罰。」他心中又驚又懼，不知自己犯了甚麼大錯，六師父竟要使殺手取他性命。

柯鎮惡等都站起身來，神色嚴峻。朱聰問道：「你暗中跟別人練武，幹麼不讓我們知道？若不是六師父這麼相試，你還想隱瞞下去，是不是？」

郭靖急道：「只有哲別師父教我射箭刺槍。」朱聰沉著臉道：「還要說謊？」郭靖急得眼淚直流，道：「弟子……弟子決不敢欺瞞師父。」朱聰道：「那麼你一身內功是跟誰學的？你仗著有高人撐腰，把我們六人不放在眼裏了，哼！」郭靖呆呆的道：「內功？弟子一點也不會啊！」

朱聰「呸」的一聲，伸手往他胸骨下二寸的「鳩尾穴」戳去。這是人身要穴，點中了立即昏暈。郭靖不敢閃避抵禦，只有木立不動，但他跟那三髻道人勤修了將近兩年，雖心不自知，其實周身百骸均已灌注了內勁，朱聰這指戳到，他肌肉自然而然的生出化勁，收緊反彈，將來指滾在一旁，這一下雖仍戳到身上，卻只令他胸口一痛，並無封穴之功。朱聰這一指雖未出全力，但竟爲他內勁彈開，不禁更加驚訝，同時怒氣大盛，喝道：「這還不是內功麼？」

郭靖心念一動：「難道那個道士伯伯教我的就是內功？」說道：「這兩年來，有個人每天晚上來教弟子呼吸、睡覺。弟子一直照做，倒也有趣好玩。不過他眞的沒傳我半點武藝。他叫我千萬別跟誰說。弟子心想這也不是壞事，又沒荒廢了學武，因此沒稟告恩師。」說著跪下磕了個頭，道：「弟子知錯啦，以後不敢再去跟他玩了。」

六怪聽他語氣懇摰，似乎不是假話。韓小瑩道：「你不知道這是內功麼？」郭靖道：「弟子眞的不知道甚麼叫做內功。他教我坐著慢慢透氣，心裏別想甚麼東西，只想著肚子裏一股氣怎地上下行走。從前不行，近來身體裏頭眞的好像有一隻熱烘烘的小耗子鑽來鑽去，好玩得很。」六怪又驚又喜，心想這傻小子竟練到了這個境界，委實不易。郭靖心思單純，極少雜念，修習內功易於精進，遠勝滿腦子各種念頭此來彼去、難以驅除的聰明人，而傳他功夫者確爲高人，因此不到兩年，居然已有小成。只他晚上跟朱聰學習識字的時刻不免少了，朱聰知他不喜讀書識字，也沒多加理會。

朱聰問道：「教你的是誰？」郭靖道：「他不是蒙古人，跟我說的話跟你們一樣，他不肯說自己姓名。他說六位恩師的武功不在他之下，因此他不能傳我武功，並非是我師父，我也決不是他弟子。還要弟子發了誓，決不能跟誰說起他的形狀相貌。」

六怪愈聽愈奇，起初還道郭靖無意間得遇高人，那自是他的福氣，不由得爲他歡喜，但那人如此詭秘，中間似乎另有重大蹊蹺。

朱聰揮手命郭靖出去，郭靖又道：「弟子以後不敢再跟他玩了，今晚就不去！」朱聽道：「你仍跟他學內功好了，我們不怪你。今晚再去。不過別說我們知道了這事。」

郭靖連聲答應，見衆位師父不再責怪，高高興興的出去，掀開帳門，便見華箏站在蒙古包外，身旁停著兩頭白鵰。這時雙鵰已長得頗爲神駿，站在地下，幾乎已可與華箏齊頭，華箏道：「快來，我等了你半天啦。」一頭白鵰飛躍而起，停上了郭靖肩頭。

郭靖道：「我剛才收服了一匹小紅馬，跑起來可快極啦。不知牠肯不肯讓你騎。」華箏道：「牠不肯嗎？我宰了牠。」郭靖道：「千萬不可！」兩人手攜手的到草原中馳馬弄鵰去了。

帳中六怪低聲計議。

韓小瑩道：「那人傳授靖兒的確是上乘內功，自然不是惡意。」全金發道：「他爲甚麼不讓咱們知道？又幹麼不對靖兒明言是內功？」朱聰道：「只怕是咱們相識之人。」韓小瑩道：「相識之人？那麼不是朋友，就是對頭了。」全金發沉吟道：「咱們交好的朋友之中，可沒一個有這般高明的功夫。」韓小瑩道：「要是對頭，幹麼來教靖兒功夫？」柯鎭惡冷冷的道：「焉知他不是安排著陰謀毒計。」衆人心中都是一凜。朱聰道：「今晚我和六弟悄悄躡著靖兒，去瞧瞧到底是何方高人。」五怪點頭稱是。

等到天黑，朱聰與全金發伏在郭靖母子的蒙古包外，過了小半個時辰，只聽郭靖說道：「媽，我去啦！」便從蒙古包中出來。兩人悄悄跟在後面，見他腳步好快，片刻間已奔出老遠，好在草原之上並無他物遮蔽，相隔雖遠，仍可見到。兩人加緊腳步跟隨，只見他奔到懸崖之下，仍不停步，逕自爬了上去。

這時郭靖輕身功夫大進，這懸崖又是晚晚爬慣了的，已不須那道人援引，眼見他漸爬漸高，上了崖頂。

朱聰和全金發更加驚訝，良久作聲不得。過了一會，柯鎮惡等四人也跟著到了。他們怕遇上強敵，都帶了兵刃暗器。朱聰說道郭靖已上了崖頂，韓小瑩抬頭仰望，見高崖小半截沒在雲霧之中，不覺心中一寒，說道：「咱們可爬不上。」柯鎮惡道：「大家在樹叢裏伏下，等他們下來。」各人依言埋伏。

韓小瑩想起十年前夜鬥黑風雙煞，七兄妹埋伏待敵，其時寒風侵膚，冷月窺人，四下裏黃沙莽莽，荒山寂寂，遠處偶爾傳來幾下馬嘶，此情此景，宛若今宵，只是自那一晚後，張阿生那張老是嘻嘻傻笑的肥臉卻再也見不到了，忍不住一陣心酸。

時光一刻一刻過去，崖頂始終沒有動靜，直等到雲消日出，天色大明，仍不見郭靖和傳他內功的人下來，又等了一個時辰，仍不見人影。極目上望，崖頂空蕩蕩地不似有人。朱聰道：「六弟，咱們上去探探。」韓寶駒道：「能上去麼？」朱聰道：「不一定，試一試再說。」

他奔回帳去，拿了兩條長索，兩柄斧頭，數十枚巨釘，和全金發一路鑿洞打釘，互相牽引，仗著輕身功夫了得，雖累出了一身大汗，終於上了崖頂，翻身上崖，兩人同時驚呼，臉色大變。

但見崖頂的一塊巨石之旁，整整齊齊的堆著九個白骨骷髏頭，下五中三頂一，就和當日黑風雙煞在荒山上所擺的一模一樣。再瞧那些骷髏，每個又都是腦門上五個指孔。只是指孔有如刀剜，孔旁全無細碎裂紋。比之昔年，那人指力顯已大進。

兩人心中怦怦亂跳，提心吊膽的在崖頂巡視一周，但見岩石上有一條條深痕，此外不見有何異狀，當即又縋又溜的下崖。

韓寶駒等見兩人神色大異，忙問端的。朱聰道：「梅超風！」四人大吃一驚，韓小瑩急問：「靖兒呢？」全金發道：「他們從另一邊下去了。」說了崖頂所見。

柯鎮惡嘆道：「咱們一十八年辛苦，想不到竟養虎貽患。」韓小瑩道：「靖兒忠厚老實，決不是忘恩負義之人。」柯鎮惡冷笑道：「忠厚老實？他怎地跟那妖婦練了兩年武功，卻不透露半點口風。」韓小瑩默然，心中一片混亂。

韓寶駒道：「莫非那妖婦眼睛盲了，因此要借靖兒之手加害咱們？」朱聰道：「必是如此。」韓小瑩道：「就算靖兒存心不良，他也不能裝假裝得這樣像。」全金發道：「或許妖婦覺得時機未至，尚未將陰謀對他說知。」韓寶駒道：「靖兒輕功雖高，內功也有了根底，但講到武藝，跟咱們還差得遠。那妖婦幹麼不教他？」

柯鎮惡道：「那妖婦只不過借刀殺人，她對靖兒難道還能安甚麼好心？她丈夫不是死在靖兒手裏的麼？」朱聰冷冷說道：「對啦，對啦！她也要咱們個個死在靖兒手下，那時她再下手殺了靖兒，這才算是眞正報了大仇。」五人均覺有理，無不慄然。

柯鎮惡將鐵杖在地下重重一頓，低沉了聲音道：「咱們現下回去，只作不知，待靖兒回來，先把他廢了。那妖婦必來找他，就算她功力已非昔比，但眼睛不便，咱六人也必應付得了。」韓小瑩驚道：「把靖兒廢了？那麼比武之約怎樣？」

柯鎮惡冷冷的道：「性命要緊呢，還是比武要緊？」衆人默然不語。

南希仁忽道：「不能！」韓寶駒道：「不能甚麼？」南希仁道：「不能廢了。」韓寶駒問：「不能將靖兒廢了？」南希仁點了點頭。韓小瑩道：「我和四哥意思一樣，總得先仔細問個水落石出，再作道理。」全金發道：「這事非同小可。要是咱們一念之仁，稍有猶豫，給他洩露了機密，那怎麼辦？」朱聰道：「當斷不斷，反受其亂。咱們要對付的是妖婦梅超風，可不是旁人。」柯鎮惡道：「三弟你說怎樣？」

韓寶駒心中模稜兩可，決斷不下，見七妹淚光瑩瑩，神色可憐，便道：「我在四弟一面。要殺靖兒，我終究下不了手。」

這時六人中三人主張對郭靖下殺手，三人主張持重。朱聰嘆道：「要是五弟還在，咱們就分得出那一邊多，那一邊少。」韓小瑩聽他提到張阿生，心中一酸，忍住眼淚，說道：「五哥之仇，豈能不報？咱們聽大哥吩咐罷！」柯鎮惡道：「好，回去。」六人回入帳中，個個思潮起伏，心神不定。

柯鎮惡道：「待他來時，二弟與六弟擋住退路，我來下手。」

那晚郭靖爬上崖去，那道人已在崖頂等著，見他上來，便向巨石旁一指，悄聲道：「你瞧！」郭靖走近看時，月光下見是九個骷髏頭，嚇了一跳，顫聲道：「黑風雙煞又……又……來了。」那道人奇道：「你也知道黑風雙煞？」郭靖將當年荒山夜鬥、五師父喪命，以及自己無意中刺死陳玄風的事說了。述說這段往事時，想到昔日荒山夜鬥雙屍的諸般情狀，全身不寒自慄，語音不斷發顫。刺死陳玄風之時，他年紀尚極幼小，還不知黑風雙煞之名和其中過節，長大後才由衆師父告知。

那道人嘆道：「那銅屍無惡不作，卻原來已死在你手！」郭靖道：「我六位師父時時提起黑風雙煞，三師父與七師父料想鐵屍已經死了，大師父卻總是說：『未必，未必！』這九個骷髏頭是今天擺在這兒的，那麼鐵屍果然沒……沒死！」說到這句話，忍不住打個寒噤，問道：「你見到她了麼？」那道人道：「我也剛來了不多一會，一上來就見到這堆東西。這麼說來，那鐵屍定是衝著你六位師父和你來啦。」郭靖道：「她雙眼已給大師父打瞎了，咱們不怕她。」那道人拿起一顆骷髏骨，細細摸了一遍，搖頭道：「這人武功當眞厲害之極，只怕你六位師父不是她敵手，再加上我，也勝不了。」郭靖聽他說得鄭重，心下驚疑，道：「十年前惡鬥時，她眼睛不盲，還敵不過我七位恩師，現下咱們有八個人。你……你當然幫我們的，是不是？」

那道人出了一會神，道：「先前我已琢磨了半晌，猜想不透她手指之力怎會如此了得。善者不來，來者不善。她既敢前來尋仇，必定有恃無恐。」郭靖道：「她幹麼將骷髏頭擺在這裏？豈不是讓咱們知道之後有了防備？」那道人道：「料想這是練九陰白骨爪的規矩。多半她想這懸崖高險難上，無人到來，那知陰差陽錯，竟教咱們撞見了。」

郭靖生怕梅超風這時已找上六位師父，道：「我這就下去稟告師父。」那道人道：「好。你說有個好朋友要你傳話，最好避她一避，再想善策，犯不著跟她硬拚。」

郭靖答應了，正要溜下崖去，那道人忽然伸臂在他腰裏一抱，縱身而起，輕輕落在一塊大巖石之後，蹲低了身子。郭靖待要發問，嘴巴已給按住，便伏在地下，不敢作聲，從巖石後面露出一對眼睛，注目凝視。

過不多時，懸崖背後一條黑影騰躍而上，月光下長髮飛舞，正是鐵屍梅超風。那崖背比崖前更加陡峭，想來她目不見物，分不出兩者的難易。幸而如此，否則江南六怪此時都守在崖前，要是她從正面上來，雙方動上了手，只怕六怪之中已有人遭她毒手。

梅超風斗然間轉過身子，郭靖嚇得忙縮頭巖下，過得片刻，才想起她雙目已盲，又悄悄探出頭來，只見她盤膝坐在自己平素打坐的大石上，做起吐納功夫來。郭靖恍然大悟，才知這呼吸運氣，果然便是修習內功，心中對那道人暗暗感激。

過了一陣，忽聽得梅超風全身發出格格之聲，初時甚爲緩慢，後來越來越密，猶如大鍋之中用沙炒豆，豆子熟時紛紛爆裂一般。聽聲音是發自人身關節，但她身子紋絲不動，全身關節竟能自行作響，郭靖雖不知這是上乘奇門內功，但也覺得此人功夫實在非同小可。

這聲音繁音促節的響了良久，漸漸又由急而慢，終於停息，只見她緩緩站起，左手在腰裏一拉一抖，月光下突然飛出爛銀也似的一條長蛇。郭靖吃了一驚，凝神看時，原來是條極長的銀色軟鞭。他三師父韓寶駒的金龍鞭長不過六尺，梅超風這條鞭子卻長得多了，眼見是三丈有餘。

只見她緩緩轉過身來，月光照在她臉上，郭靖見她容顏仍頗秀麗，只是閉住了雙目，長髮垂肩，一股說不出的陰森詭異之氣。

一片寂靜之中，但聽得她幽幽嘆了口氣，低聲道：「好師哥，你在陰世，可也天天念著我嗎？」只見她雙手執在長鞭中腰，兩邊各有丈餘，一聲低笑，舞了起來。

這鞭法卻也甚奇，舞動並不迅捷，並無絲毫破空之聲，東邊一捲，西邊一翻，招招全然出人意料之外，突然揮鞭擊向岩石，登時石屑紛飛，足見落鞭的力道沉重之極。她東擊西打，四周堅岩上盡是一條條深深鞭痕。料想那長鞭多半是純鋼所鑄，外鍍白銅或白銀，否則不能如此沉猛。驀地裏她右手橫溜，執住鞭頭，三丈多長的鞭子伸將出去，搭住一塊石頭，捲了起來，這一下靈便確實，有如用手一般。郭靖正在驚奇，那鞭梢甩去了石頭，忽向他頭上捲來，月光下看得分明，鞭梢裝著十多隻明晃晃的尖利倒鉤。

郭靖早已執刀在手，眼見鞭到，更不思索，順手揮刀往鞭梢上撩去，突然手臂一麻，背後一隻手伸過來將他掀倒在地，眼前銀光閃動，長鞭的另一端已從頭頂緩緩掠過。郭靖嚇出一身冷汗，心想：「如不是道士伯伯相救，這一刀只要撩上了鞭子，我已給長鞭打得腦漿迸裂了。」幸喜那道人適才手法敏捷，沒發出半點聲響，梅超風並沒察覺。她練了一陣，收鞭回腰，伸臂抬腿，做了幾個姿勢，又托腮沉思，這般鬧了許久，才從懸崖背後翻了下去。

郭靖長長噓了口氣，站起身來。那道人低聲道：「咱們跟著她，瞧她還鬧甚麼鬼。」抓住郭靖的腰帶，輕輕從崖後溜將下去。

兩人下崖著地時，梅超風的人影已在北面遠處。那道人左手托在郭靖腋下，郭靖登時覺得行走時身子輕了大半。兩人步履如飛，遠遠跟蹤，在大漠上不知走了多少路，天色微明時，見前面影影綽綽豎立著數十個大營帳。梅超風身形晃動，隱沒在營帳之中。

兩人加快腳步，避過巡邏的哨兵，搶到中間一座黃色的大帳之外，伏在地下，揭開帳幕一角往裏張望，只見帳裏一人拔出腰刀，用力劈落，將一名大漢砍死在地。

那大漢倒將下來，正跌在郭靖與道人眼前。郭靖識得這人是鐵木眞的親兵，不覺一驚：「怎麼他在這裏給人殺死？」輕輕把帳幕底邊又掀高了些，持刀行凶的那人正好轉身，見到側面，是王罕的兒子桑昆。只見他把長刀在靴底下擦去血跡，說道：「現下你再沒疑心了罷？」另一人道：「鐵木眞義兄智勇雙全，就怕這事不易成功。」郭靖認得這人是鐵木眞的義弟札木合。桑昆冷笑道：「你愛你義兄，那就去給他報信罷。」札木合道：「你也是我的義弟，你父親待我這般親厚，我當然不會負你。再說，鐵木眞一心想併吞我的部衆，我又不是不知，只不過瞧在結義的份上，才沒跟他翻臉而已。」

郭靖尋思：「難道他們陰謀對付鐵木眞汗？這怎麼會？」又聽帳中另一人說道：「先下手爲強，後下手遭殃。倘若給他先動了手，你們可就大大糟了。事成之後，鐵木眞的牲口、婦女、財寶全歸桑昆；他的部衆全歸札木合，我大金再封札木合爲鎭北招討使。」郭靖只見到這人的背影，悄悄爬過數尺，瞧他側面，這人好生面熟，身穿鑲貂的黃色錦袍，服飾華貴，琢磨他的語氣，這才想起：「嗯，他是大金國的六王爺。」

札木合聽了這番話，似乎頗爲心動，道：「只要是義父王罕下令，我當然奉命行事。」桑昆大喜，道：「事已如此，爹爹如不下令，便是得罪了大金國。回頭我去請令，他不會不給六王爺面子的。」完顏洪烈道：「我大金國就要興兵南下滅宋，那時你們每人統兵二萬前去助戰，大功告成之後，另有封賞。」

桑昆喜道：「向來聽說南朝是花花世界，滿地黃金，女人個個花朵兒一般。六王爺能帶我們兄弟去遊玩一番，眞再好不過。」

完顏洪烈微微一笑，道：「那還不容易？就只怕南朝的美女太多，你要不了這麼多。」說著二人都笑了起來。完顏洪烈道：「如何對付鐵木眞，請兩位說說。」頓了一頓，又道：「我先已和鐵木眞商議過，要他派兵相助攻宋，這傢伙只是不允。他爲人精明，莫要就此有了提防，怕我圖謀於他。這件事可須加倍謹愼才是。」

這時那道人在郭靖衣襟上一扯，郭靖回過頭來，只見梅超風在遠處抓住了一人，似乎在問他甚麼。郭靖心想：「不管她在這裏搗甚麼鬼，恩師們總是暫且不妨。我且聽了他們計算大汗的法子，再作道理。」於是又伏下地來。

只聽桑昆道：「他已把女兒許給了我兒子，剛才他派人來跟我商量成親的日子。」說著向那被他砍死的大漢一指，又道：「我馬上派人去，請他明天親自來跟我爹爹面談。他聽了必定會來，也決不會多帶人手。我沿路埋伏軍馬，鐵木眞就有三頭六臂，也逃不出我手掌心了。」說著哈哈大笑。札木合道：「好，幹掉鐵木眞後，咱們兩路兵馬立即衝他大營，殺他個乾乾淨淨。」

郭靖又氣又急，萬料不到人心竟會如此險詐，對結義兄弟也能圖謀暗算，正待再聽下去，那道人往他腰裏一托，郭靖身子略側，耳旁衣襟帶風，梅超風的身子從身旁擦了過去，只見她腳步好快，轉眼已走出好遠，手裏卻仍抓著一人。

那道人牽著郭靖的手，奔出數十步，遠離營帳，低聲道：「她在詢問你師父們的住處。咱們須得快去，遲了怕來不及啦。」

兩人展開輕身功夫，全力奔跑，回到六怪的蒙古包外時，已近午時。那道人道：「我本來不願顯露行藏，因此要你不可跟六位師父說知。眼下事急，再也顧不得小節。你進去通報，說全眞教馬鈺求見江南六俠。」

郭靖兩年來跟他夜夜相處，這時纔知他的名字。他也不知全眞教馬鈺是多大的來頭，點頭答應，奔到蒙古包前，揭開帳門，叫聲：「大師父！」跨了進去。

突然左右雙手的手腕同時一緊，已給人抓住，跟著膝後劇疼，給人踢倒在地，呼的一聲，鐵杖當頭砸落。郭靖側身倒地，見持杖打來的正是大師父柯鎭惡，只嚇得魂飛天外，再也想不到抵擋掙扎，只閉目待死，卻聽得噹的一聲，兵刃相交，一人撲在自己身上。

他睜眼看時，只見七師父韓小瑩護住了自己，叫道：「大哥，且慢！」她手中長劍卻已給柯鎭惡鐵杖砸飛。柯鎭惡出聲長嘆，鐵杖重重一頓，說道：「七妹總是心軟。」郭靖這時才看淸楚抓住自己雙手的是二師父和六師父，膽戰心驚之下，全然胡塗了。

柯鎭惡森然道：「教你內功的那人呢？」

郭靖結結巴巴的道：「他他……他……在外面，求見六位師父。」

六怪聽說梅超風膽敢白日上門尋仇，都大出意料之外，一齊手執兵刃，搶出帳外，日影下只見一個蒼髻道人拱手而立，卻那裏有梅超風的影子？

朱聰仍抓著郭靖右腕脈門不放，喝道：「梅超風那妖婦呢？」郭靖道：「弟子昨晚見到她啦，只怕待會就來。」六怪望著馬鈺，驚疑不定。

馬鈺搶步上前，拱手說道：「久慕江南六俠威名，今日識荆，幸何如之。」朱聰仍緊緊抓住郭靖手腕不放，只點頭爲禮，說道：「不敢，請教道長法號。」

郭靖想起自己還未代他通報，忙搶著道：「他是全眞敎馬鈺。」

六怪吃了一驚，他們知道馬鈺道號丹陽子，是全眞敎敎祖王重陽的首徒，王重陽逝世後，他便是全眞敎的掌敎，長春子丘處機還是他的師弟。他閉關靜修，極少涉足江湖，因此在武林中名氣不及丘處機，至於武功修爲，卻誰也沒見過，無人知道深淺。

柯鎭惡道：「原來是全眞敎掌敎到了，我們多有失敬。不知道長光降漠北，有何見敎？可是與令師弟嘉興比武之約有關麼？」

馬鈺道：「敝師弟是修道練性之人，卻愛與人賭強爭勝，大違清靜無爲之理，不是出家人份所當爲，貧道曾重重數說過他幾次。他跟六俠賭賽之事，貧道不願過問，更與貧道沒半點干係。好在這是救護忠良之後，也是善舉。兩年之前，貧道偶然和郭靖這孩子相遇，見他心地純良，擅自授了他一點兒強身養性、以保天年的法門，事先未得六俠允可，務請勿予怪責。只是貧道沒傳他一招半式武功，更沒師徒名份，說來只是貧道結交了個小朋友，倒也沒壞了武林中的規矩。」說著溫顏微笑。

六怪均感詫異，卻又不由得不信。朱聰和全金發當即放脫了郭靖手腕。

韓小瑩喜道：「孩子，是這位道長教你本事的麼？你幹麼不早說？我們都錯怪你啦。」說著伸手撫摸他肩頭，心中十分憐惜。郭靖道：「他……他叫我不要說的。」韓小瑩斥道：「甚麼他不他的？沒點規矩。傻孩子，該叫『道長』。」雖是斥責，臉上卻盡是喜容。郭靖道：「是，是道長。」這兩年來，他與馬鈺向來「你」、「我」相稱，心中只說他是「道士伯伯」，從來不知該叫「道長」，馬鈺也不以爲意。

馬鈺道：「貧道雲遊無定，不喜爲人所知，是以與六俠雖近在咫尺，卻未前來拜見，伏乞恕罪。」說著又行了一禮。

原來馬鈺得知江南六怪的行事之後，心中好生相敬，又從尹志平口中查知郭靖並無內功根基。他是全眞教掌教，深明道家抑己從人的至理，雅不欲師弟丘處機在這件事上壓倒了江南六怪。但數次勸告丘處機認輸，他卻說甚麼也不答允，於是遠來大漠，苦心設法暗中成全郭靖，要令六俠得勝。否則那有這麼巧法，他剛好會在大漠草原之中遇到郭靖？又這般毫沒來由的為他花費兩年時光？若不是梅超風突然出現，他一待郭靖內功已有根基，便即飄然南歸，不論江南六怪還是丘處機，都不會知道此中原委的了。

六怪見他氣度謙沖，眞是一位有道高人，與他師弟慷慨飛揚的豪態截然不同，當下一齊還禮。正要相詢梅超風之事，忽聽得馬蹄聲響，數騎馬飛馳而來，奔向鐵木眞所居的大帳。郭靖知道是桑昆派來誘殺鐵木眞的使者，心中大急，對柯鎭惡道：「大師父，我過去一會就回來。」柯鎭惡適才險些傷了他性命，心下甚是歉疚，對這徒兒更增憐愛，只怕他走開之後，竟遇上了梅超風而受到傷害，忙道：「不，你留在我們身邊，千萬不可走開。」

郭靖待要說明原委，卻聽柯鎭惡已在與馬鈺談論當年荒山夜鬥雙煞的情景。他焦急異常，大師父性子素來嚴峻，動不動便大發脾氣，實不敢打斷他話頭，只待他們說話稍停，即行稟告，忽見一騎馬急奔而來，馬背上一人身穿黑狐皮短裘，乃是華箏，離開他們十多步遠就停住了，不住招手。郭靖怕師父責怪，不敢過去，招手要她走近。

華箏雙目紅腫，似乎剛才大哭過一場，走近身來，抽抽噎噎的道：「爹爹要我，要我就去嫁給那個都史……」一言方畢，眼淚又流了下來。

郭靖道：「你快去稟告大汗，說桑昆與札木合安排了詭計，要騙了大汗去害死他。」華箏大吃一驚，道：「當眞？」郭靖道：「千眞萬確，是我昨晚親耳聽見的，你快去對大汗說。」華箏道：「好！」登時喜氣洋洋，轉身上馬，急奔而去。

郭靖心想：「人家安排了陰謀要害大汗，你怎麼反而高興？」轉念一想：「啊，這樣一來，她就不會去嫁給都史了。」他與華箏情若兄妹，一直對她十分關切愛護，想到她可以脫卻厄運，不禁代她歡喜，笑容滿臉的轉過身來。

只聽馬鈺說道：「不是貧道長他人志氣，滅自己威風，那梅超風顯然已得東海桃花島島主的眞傳，九陰白骨爪固然已練到出神入化，而三丈銀鞭的招數更奧妙無方，也不知是不是百餘年前武林中盛傳的『白蟒鞭』。咱們合八人之力，當然未必便輸給了她，但要除她，只怕自己也有損傷。」

韓小瑩道：「這女子的武功的確十分厲害，但我們江南七怪跟她仇深似海。」

馬鈺道：「聽說張五俠與飛天神龍柯大俠都是爲銅屍陳玄風所害。但各位既已誅了陳玄風，大仇可說已經報了。自古道：冤家宜解不宜結。梅超風一個孤身女子，又有殘疾，處境其實也很可憐。」

六怪默然不語。過了一會，韓寶駒道：「她練這陰毒功夫，每年不知害死多少無辜，道長俠義爲懷，總不能任由她如此爲非作歹。」朱聰道：「現下是她找上門來，不是我們去找他。」全金發道：「就算這次我們躲過了，只要她存心報仇，今後總是防不勝防。」馬鈺道：「貧道已籌劃了一個法子，不過要請六俠寬大爲懷，念她孤苦，給她一條自新之路。」朱聰等不再接口，靜候柯鎭惡決斷。

柯鎭惡道：「我們江南七怪生性粗魯，向來只知蠻拚硬鬥。道長指點明路，我們感激不盡，就請示下。」他聽了馬鈺的語氣，知道梅超風在這十年之中武功大進，馬鈺口中說求他們饒她一命，其實是顧全六怪面子，眞意是在指點他們如何避開她毒手。韓寶駒等卻道大哥忽然起了善念，都感詫異。

馬鈺道：「柯大俠仁心善懷，必獲天佑。黑風雙煞雖是桃花島的叛徒，但黃島主脾氣怪誕，咱們今日誅了鐵屍，要是黃島主見怪，這後患可著實不小……」

柯鎭惡和朱聰都曾聽人說過黃島主的武功，總是誇大到了荒誕離奇的地步，未必可信，但全眞教是天下武術正宗，馬鈺以掌教之尊，對他尙且如此忌憚，自然是非同小可。朱聰說道：「道長顧慮周詳，我兄弟佩服得緊，還請指點明路。」馬鈺道：「貧道這法子說來有點狂妄自大，還請六俠不要見笑才好。」朱聰道：「道長不必過謙，重陽門下全眞七子威震天下，誰不欽仰？」這句話向著馬鈺說來，他確是一片誠敬之意。丘處機雖也是全眞七子之一，朱聰卻萬萬不甘對他說這句話。馬鈺道：「仗著先師遺德，貧道七個師兄弟在武林之中尙有一點兒虛名，想來那梅超風還不敢同時向全眞七子下手。是以貧道想施個詭計，用這點兒虛名將她驚走。這法子實非光明正大，只不過咱們用意是與人爲善，詭道亦即正道，不損六俠的英名令譽。」當下把計策說了出來。

六怪聽了，均覺未免示弱，又想就算梅超風當眞武功大進，甚至黃島主親來，那又如何？最多也不過都如張阿生一般命喪荒山便是了。馬鈺勸之再三，最後說到「勝之不武」的話來，柯鎭惡等衝著他面子，又感念他對郭靖的盛情厚意，都明白其實是對六怪的盛情厚意，終於都聽從了。

韓小瑩又爲他費心傳授郭靖內功，千恩萬謝，絮絮不已。言談之際，馬鈺說明因對丘處機行事莽撞不以爲然，但又不願師兄弟間傷了向來親厚之意，自己敬重江南七俠，又看重郭靖爲人，這才暗中傳功。

各人飽餐之後，齊向懸崖而去。馬鈺和郭靖先上。朱聰等見馬鈺毫不炫技逞能，跟在郭靖之後，慢慢的爬上崖去，然見他步法穩實，身形端凝，顯然功力深厚，均想：「他功夫決不在他師弟丘處機之下，只是丘處機名震南北，他卻沒沒無聞，想來是二人性格不同使然了。」馬鈺與郭靖爬上崖頂之後，垂下長索，將六怪逐一吊上崖去。

六怪檢視梅超風在崖石上留下的一條條鞭痕，猶如斧劈錘鑿一般，竟有半寸來深，不禁盡皆駭然，這時才全然信服馬鈺確非危言聳聽。

八人在崖頂盤膝靜坐，眼見暮色罩來，四野漸漸沉入黑暗之中，又等良久，已是亥末子初。韓寶駒焦躁起來，道：「怎麼她還不來？」柯鎭惡道：「噓，來啦。」衆人心裏一凜，側耳靜聽，卻聲息全無。這時梅超風尙在數里之外，柯鎭惡耳朵特靈，這才聽到。

那梅超風身法好快，衆人極目下望，月光下只見沙漠上有如一道黑煙，滾滾而來，轉瞬間衝到了崖下，跟著便迅速之極的攀援而上。朱聰向全金發和韓小瑩望了一眼，見兩人臉色慘白，神色甚爲緊張，想來自己也必如此。

過不多時，梅超風縱躍上崖，她背上還負了一人，但軟軟的絲毫不動，不知是死是活。郭靖見那人身上穿了黑狐皮短裘，似是華箏之物，凝神再看，卻不是華箏是誰？不由得失聲驚呼，嘴巴甫動，妙手書生朱聰眼明手快，伸過來一把按住，朗聲說道：「梅超風這妖孽，只要撞在我丘處機手裏，決不與她干休！」

梅超風聽得崖頂之上竟有人聲，已是一驚，而聽朱聰自稱丘處機，還提及她的名字，更加驚詫，縮身在崖石之後傾聽。馬鈺和江南五怪看得淸楚，雖在全神戒備之中，也不禁暗自好笑。郭靖卻懸念華箏的安危，心焦如焚。

韓寶駒道：「梅超風把白骨骷髏陣布在這裏，待會必定前來，咱們在這裏靜候便了。」

梅超風不知有多少高手聚在這裏，縮於石後，不敢稍動。

韓小瑩道：「她雖作惡多端，但全眞教向來慈悲爲懷，還是給她一條自新之路吧。」朱聰笑道：「清淨散人總是心腸軟，無怪師父一再說你成道容易。」

全眞教創教祖師王重陽門下七子，武林中見聞稍廣的無不知名：大弟子丹陽子馬鈺，二弟子長眞子譚處端，以下是長生子劉處玄、長春子丘處機、玉陽子王處一、廣寧子郝大通，最末第七弟子清淨散人孫不二，則是馬鈺出家以前所娶的妻子。

韓小瑩道：「譚師哥你說怎樣？」南希仁道：「此人罪不容誅。」朱聰道：「譚師哥，你的指筆功近來大有精進，等那妖婦到來，請你出手，讓衆兄弟一開眼界如何？」南希仁道：「還是讓王師弟施展鐵腳功，踢她下崖，摔個身魂俱滅。」

全眞七子中丘處機威名最盛，其次則屬玉陽子王處一。他某次與人賭勝，曾獨足跂立，憑臨萬丈深谷之上，大袖飄飄，前搖後擺，只嚇得山東河北數十位英雄好漢目迷神眩，撟舌不下，因而得了個「鐵腳仙」的名號。他洞居九年，刻苦修練，丘處機對他的功夫也甚佩服，曾送他一首詩，內有「九夏迎陽立，三冬抱雪眠」等語，描述他內功之深。

馬鈺和朱聰等你一言我一語，所說的話都是事先商酌好了的。柯鎭惡曾與黑風雙煞說過幾次話，怕她認出聲音，始終一言不發。

梅超風越聽越驚，心想：「原來全眞七子全都在此，單是一個牛鼻子，我就未必能勝，何況七子聚會？我行藏一露，那裏還有性命？」

此時皓月中天，照得滿崖通明。朱聰卻道：「今晚烏雲密布，伸手不見五指，大家可要小心了，別讓那妖婦乘黑逃走。」梅超風心中竊喜：「幸好黑漆一團，否則他們眼力厲害，只怕早就見到我了。謝天謝地，月亮不要出來。」

郭靖一直望著華箏，忽然見她慢慢睜開眼來，知她無恙，不禁大喜，雙手連搖，叫她不要作聲。華箏也見到了郭靖，叫道：「快救我，快救我！」郭靖大急，叫道：「別說話！」

梅超風這一驚決不在郭靖之下，立即伸指點了華箏的啞穴，心頭疑雲大起。

全金發道：「志平，剛才是你說話來著？」郭靖扮的是小道士尹志平的角色，說道：「弟子……弟子……」朱聰道：「我好似聽到一個女子的聲音。」郭靖忙道：「正是。」

梅超風心念一動：「全眞七子忽然來到大漠，聚在這荒僻之極的懸崖絕頂，那有如此巧事？莫非有人欺我目盲，故佈疑陣，叫我上當？」

馬鈺見她慢慢從岩石之後探身出來，知她已起疑心，要是她發覺了破綻，立即動手，自己雖然無礙，華箏性命必定不保，六怪之中只怕也有損折，不覺十分焦急，只是他向無急智，一時不知如何是好。

朱聰見梅超風手中提了一條銀光閃耀的長鞭，慢慢舉起手來，眼見就要發難，朗聲說道：「大師哥，你這幾年來勤修師父所傳的『金關玉鎖二十四訣』，定是極有心得，請你試演幾下，給我們見識見識如何？」

馬鈺會意，知道朱聰是要他立顯功夫以折服梅超風，當即說道：「我雖為諸同門之長，但資質愚魯，怎及得上諸位師弟？師父所傳心法，說來慚愧，我所能領會到的十成中還不到一二。」一字一語的說來，中氣充沛之極，聲音遠遠傳送出去。他說話平和謙沖，但每一個字都震得山谷鳴響，最後一句話未說完，第一句話的回聲已遠遠傳來，夾著崖頂風聲，眞如龍吟虎嘯一般。

梅超風聽得他顯了如此深湛的內功，那裏還敢動手，慢慢縮回岩後。

馬鈺又道：「聽說那梅超風雙目失明，也是情有可憫，要是她能痛改前非，決不再殘害無辜，也不再去跟江南六怪糾纏，那麼咱們就讓過她這遭吧。何況先師當年，跟桃花島黃島主也頗有交情，互相欽佩。丘師弟，你跟江南六怪有交情，你去疏通一下，請他們不要再找梅超風淸算舊帳。兩家既往不咎，各自罷手。」這番話卻不再蘊蓄內力，以免顯得餘人功力與他相差太遠。朱聰接口道：「這倒容易辦到，關鍵是在那梅超風肯不肯改過遷善，兩下和解。」

突然岩後一個冷冷的聲音道：「多謝全眞七子好意，我梅超風在此。」說著長出身形。

馬鈺本擬將她驚走，望她以後能痛悟前非，改過遷善，不意這鐵屍藝高膽大，竟敢公然現身，倒大非始料所及。又聽梅超風道：「我是女子，不敢向各位道長請教。久仰清淨散人武功精湛，我想領教一招。」說著橫鞭而立，靜待韓小瑩發聲。

這時郭靖見華箏橫臥地下，不明生死，他自小與拖雷、華箏兄妹情如手足，那裏顧得梅超風的厲害，忽地縱身過去，扶起華箏。梅超風左手反鉤，已拿住他左腕。郭靖跟馬鈺學了兩年玄門正宗內功，周身百骸已有自然之勁，右手急送，將華箏向韓小瑩擲去，左手力扭回奪，忽地掙脫。梅超風手法何等快捷，剛覺他手腕滑開，立即又向前擒拿，再度抓住，這次扣住了他脈門，使他再也動彈不得，厲聲喝道：「是誰？」

朱聰叫道：「志平，小心！」郭靖給她抓住，大爲慌亂，正想脫口而出：「我是郭靖。」一聽得二師父這句話，才道：「弟子長春……長春眞人門下尹……尹志平。」這幾個字他早已翻來覆去的唸過三四十遍，這時惶急之中，說來還是結結巴巴。

梅超風心想：「他門下一個少年弟子，內功竟也不弱，不但在我掌底救得了人去，第一次給我抓住了又居然能夠掙脫。看來我只好避開了。」哼了一聲，鬆開手指。

郭靖急忙逃回，只見左腕上五個手指印深嵌入肉，知她心有所忌，這一抓未用全力，否則自己手腕早已爲她捏斷，不覺駭然。

這一來，梅超風卻也不敢再與假冒孫不二的韓小瑩較藝，忽地心念一動，朗聲道：「馬道長，『鉛汞謹收藏』，請問何解？」馬鈺順口答道：「鉛體沉墜，以比腎水；汞性流動，而擬心火。『鉛汞謹收藏』就是說當固腎水，息心火，修息靜功方得有成。」梅超風又道：「『三花聚頂』、『五氣朝元』呢？我桃花島師門頗有妙解，請問全眞教又是如何說法。」馬鈺猛地省悟她是在求教內功秘訣，大聲喝道：「你去問自己師父吧！快走，快走！」梅超風哈哈一笑，說道：「多謝道長指點。」倏地拔起身子，銀鞭在石上一捲，身隨鞭落，凌空翻下崖頂，身法之快，人人都覺確是生平僅見。

各人眼見她順著崖壁溜將下去，才都鬆了一口氣，探首崖邊，但見大漠上又如一道黑煙般滾滾而去。倏來倏去，如鬼如魅，雖已遠去，兀自餘威懾人。

馬鈺解開華箏穴道，讓她躺在石上休息。

朱聰謝道：「十年不見，不料這鐵屍的功夫竟練到了這等地步，若不是道長仗義援手，我們師徒七人今日難逃大劫。」馬鈺謙遜了幾句，眉頭深蹙，似有隱憂。朱聰道：「道長如有未了之事，我兄弟雖然本事不濟，當可代供奔走之役，請道長不吝差遣。」

馬鈺嘆了一口氣道：「貧道一時不察，著了這狡婦的道兒。」各人大驚，齊問：「她竟用暗器傷了道長麼？」馬鈺道：「那倒不是。她剛才問我一句話，我匆忙間未及詳慮，順口回答，只怕成爲日後之患。」衆人都不明其意。

馬鈺道：「這鐵屍的外門功夫，已遠在貧道與各位之上，就算丘師弟與王師弟眞的在此，也未必定能勝得了她。桃花島主有徒如此，眞乃神人也。只是這梅超風內功卻未得門徑。不知她在那裏偷聽到了一些修練道家內功的奧秘，卻因無人指點，未能有成。適才她出我不意所問的那句話，必是她苦思不得其解的疑難之一。雖然我隨即發覺，未答她第二句話，但是那第一句話，也已能使她修習內功時大有精進。」韓小瑩道：「只盼她頓悟前非，以後不再作惡。」馬鈺道：「但願如此，否則她功力一深，再作惡起來，那是更加難制了。唉，只怪我胡塗，沒防人之心。」沉吟道：「桃花島武功與我道家之學全然不同，可是梅超風所問的兩句，卻純是道家的內功，卻不知何故？」

他說到這裏，華箏「啊」的一聲，從石上翻身坐起，叫道：「郭靖，爹爹不信我的話，已到王罕那裏去啦。」郭靖大吃一驚，忙問：「他怎麼不信？」

華箏道：「我說，桑昆叔叔和札木合叔叔要謀害他。他哈哈大笑，說我不肯嫁給都史，揑造謊話騙他。我說是你聽到的，他更加不信，說道回來還要罰你。我見他帶了三位哥哥和幾隊衛兵去了，忙來找你，半路上卻給那瞎婆娘抓住了。她是帶我來見你麼？」衆人心想：「要是我們不在這裏，你腦袋上早多了五個窟窿啦。」

郭靖急問：「大汗去了有多久啦？」華箏道：「好大半天啦。爹爹說要儘快趕到，不等天明就動身，他們騎的都是快馬，這會兒早去得老遠了。桑昆叔叔眞要害爹爹麼？

那怎麼辦？」說著哭了起來。郭靖一生之中初次遇到重大難事，登時彷徨無策。

朱聰道：「靖兒，你快下去，騎小紅馬去追大汗，就算他不信你的話，也請他派人先去查探明白。華箏，你去請你留著的哥哥們趕快點將集兵，開上去幫你爹爹。」

郭靖連聲稱是，搶先下崖。接著馬鈺用長索縛住華箏，吊了下去。

郭靖急急奔回他母子所住的蒙古包旁，跨上小紅馬，向北疾馳。

這時晨曦初現，殘月漸隱，郭靖焦急異常：「只怕大汗進了桑昆的埋伏，那麼就算趕上也沒用了。」

那小紅馬神駿無倫，天生喜愛急馳狂奔，跑發了性，越跑越快，越跑越有精神，到後來在大草原上直如收不了住腳。郭靖怕牠累倒，勒韁小休，牠反而不願，只要韁繩一鬆，立即歡呼長嘶，向前猛衝。這馬雖發力急馳，喘氣卻也並不如何加劇，似乎絲毫不見費力。

郭靖練了內功之後，內勁大增，騎了馬疾馳良久，也不疲累。這般大跑了兩個時辰，郭靖才收韁下馬稍息，然後上馬又跑，再過一個多時辰，忽見遠處草原上黑壓壓的列著三隊騎兵，瞧人數是三個千人隊。轉眼之間，紅馬已奔近隊伍。

郭靖看騎兵旗號，知是王罕部下，只見個個弓上弦，刀出鞘，嚴陣戒備，心中暗暗叫苦：「大汗已走過了頭，後路給人截斷啦。」雙腿一夾，小紅馬如箭離弦，呼的縱出，四蹄翻騰，從隊伍之側飛掠而過。帶隊的將官大聲喝阻，一人一騎早去得遠了。

郭靖不敢停留，一連又繞過了三批伏兵，再奔一陣，只見鐵木眞的白毛大纛高舉在前，數百騎人馬排成了一列，各人坐騎得得小跑，正向北而行。郭靖催馬上前，奔到鐵木眞馬旁，叫道：「大汗，快回轉去，前面去不得！」

鐵木眞愕然勒馬，道：「怎麼？」郭靖把前晚在桑昆營外所見所聞、以及後路已讓人截斷之事說了。鐵木眞將信將疑，斜眼瞪視郭靖，瞧他是否玩弄詭計，心想：「桑昆那廝素來和我不睦，但王罕義父正在靠我出力，札木合義弟跟我又是生死之交，怎能暗中算計於我？難道當眞是那大金國的六太子從中挑撥？」

郭靖見他有不信之意，說道：「大汗，你派人向來路查探便知。」

鐵木眞身經百戰，自幼從陰謀詭計之中惡鬥出來，雖覺王罕與札木合聯兵害他之事絕無可能，但想：「過份小心，一千次也不打緊；莽撞送死，一次也太多了！」命令次子察合台與大將赤老溫：「回頭哨探！」兩人放馬向來路奔去。

鐵木眞察看四下地勢，指著前面發令：「上土山戒備！」他隨從雖只數百人，但個個是猛將勇士，各人馳上土山，搬石掘土，做好了防箭的擋蔽。

過不多時，南邊塵頭大起，數千騎急趕而來，煙塵中察合台與赤老溫奔在最前。哲別目光銳利，已望見追兵的旗號，叫道：「眞的是王罕軍馬。」這時追兵分成幾隊，四下兜截，要想包抄察合台和赤老溫。兩人伏在鞍上，揮鞭狂奔。

哲別道：「郭靖，咱倆接應他們去。」兩人縱馬馳下土山。郭靖跨下那紅馬見是衝向馬羣，興發飛馳，轉眼間到了察合台面前。郭靖颼颼颼三箭，射倒了三名最前的追兵，隨即縱馬疾衝，攔在兩人與追兵之間，翻身發箭，又射死了一名追兵。此時哲別也已趕到，他連珠箭發，當者立斃。但追兵勢大，眼見如潮水般湧來，那裏抵擋得住？

察合台與赤老溫也各翻身射了數箭，與哲別、郭靖都退上了土山。鐵木眞和木華黎、博爾朮、博爾忽等個個箭無虛發，追兵一時不敢逼近。

鐵木眞站在土山上瞭望，過得約莫擠兩桶牛乳時分，只見東南西北四方，王罕部下一隊隊騎兵如烏雲般湧來，黃旗下一人乘著一匹高頭大馬，正是王罕的兒子桑昆。鐵木眞知道萬難突出重圍，目下只有權使緩兵之計，高聲叫道：「請桑昆義弟過來說話。」

桑昆在親兵擁衛下馳近土山，數十名軍士挺著鐵盾，前後護住，以防山上冷箭。桑昆意氣昂揚，大聲叫道：「鐵木眞，快投降罷。」鐵木眞道：「我甚麼地方得罪了王罕義父，你們發兵攻我？」桑昆道：「蒙古人世世代代，都是各族分居，牛羊牲口一族共有，你爲甚麼違背祖宗遺法，硬要各族混在一起？我爹爹常說，你這樣做不對。」

鐵木眞朗聲說道：「蒙古人受大金國欺壓。大金國要我們年年進貢幾萬頭牛羊馬四，難道應該的麼？大家給大金國逼得快餓死了。咱們蒙古人只要不是這樣你打我，我打你，爲甚麼要怕大金國？我跟義父王罕素來和好，咱兩家並無仇怨，全是大金國從中挑撥。」桑昆部下的士卒聽了，人人動心，都覺他說得有理。

鐵木眞又朗聲道：「蒙古人個個是能幹的好戰士，咱們幹甚麼不去拿金國的金銀財寶？幹麼要年年進獻牲口毛皮給他們？蒙古人中有的勤勉放牧牛羊，有的好吃懶做，爲甚麼要勤勞的養活懶惰的？爲甚麼不讓勤勞的人多些牛羊？讓懶惰的人餓肚子？」

蒙古當時是氏族社會，牲口歸每一族公有，近年來牲口日繁，財物漸多，又從中原漢人處學到使用鐵製器械，多數牧民切盼財物私有。戰士連年打仗，分得的俘虜財物，都是用性命去拚來的，更不願與不能打仗的老弱族人共有。因此鐵木眞這番話，衆戰士聽了個個暗中點頭。

桑昆見鐵木眞煽惑自己部下軍心，喝道：「你立刻拋下弓箭刀槍投降！否則我馬鞭一指，萬箭齊發，你休想活命！」

郭靖見情勢緊急，不知如何是好，忽見山下一個少年將軍，鐵甲外披著銀灰貂裘，手提大刀，跨了駿馬來往馳騁，耀武揚威，定睛看時，認得是桑昆的兒子都史。郭靖幼時曾和他鬥過，這人當年要放豹子吃拖雷，是個大大的壞小子。郭靖絲毫不明白王罕、桑昆、札木合等何以要謀害鐵木眞，心想必是都史這壞人聽信了大金國六太子的話，從中說大批謊話害人，我去將他捉來，逼他承認說謊，那麼王罕、桑昆他們就可明白眞相，和鐵木眞大汗言歸於好，於是雙腿一夾，胯下小紅馬疾衝下山。

衆兵將一怔之間，那紅馬來得好快，已從人叢中直衝到都史身邊。都史揮刀急砍，郭靖矮身伏鞍，大刀從頭頂掠過，右手伸出，已扣住都史左腕脈門，這一扣是朱聰所傳的分筋錯骨手，都史那裏還能動彈？給他順手一扯，提過馬來，橫放在鞍。就在此時，郭靖只覺背後風聲響動，左臂彎過，向兩柄刺來的長矛上格去，喀的一聲，雙矛飛上半空。他右膝頭在紅馬頸上輕輕一碰，小紅馬已知主人之意，回頭奔上土山，上山之快，竟不遜於下山時的急馳如飛。山下衆軍官齊叫：「放箭！」郭靖舉起都史，擋在身後。山下衆軍士怕傷了小主，那敢扯動弓弦？郭靖直馳上山，把都史往地下一擲，叫道：「大汗，定是這壞小子從中搗鬼，你叫他說出來。」

鐵木眞大喜，鐵槍尖指在都史胸前，向桑昆叫道：「叫你部下退開一百丈。」

桑昆見愛子給敵人以迅雷不及掩耳的手段從衆軍之中擒去，又氣又急，只得依言撤下軍馬，命部下用大車結成圓圈，在土山四周密密層層的圈了七八重，這樣一來，鐵木眞坐騎再快，也必無法衝出。

這邊山上鐵木眞連聲誇獎郭靖，命他用腰帶將都史反背縛起。

桑昆接連派了三名使者上山談判，命鐵木眞放出都史，然後投降，就可饒他性命。

鐵木眞每次都將使者割了雙耳逐下山去。

僵持多時，太陽在草原盡頭隱沒。鐵木眞怕桑昆乘黑衝鋒，命各人不可絲毫怠忽。守到半夜，忽見一人全身白衣，步行走到山腳邊，叫道：「我是札木合，要見鐵木眞義兄說話。」鐵木眞道：「你上來吧。」札木合緩步上山，見鐵木眞凜然站在山口，當即搶步上前，想要擁抱。鐵木眞嚓的一聲拔出佩刀，厲聲喝道：「你還當我是義兄麼？」

札木合嘆了一口氣，盤膝坐下，說道：「義兄，你已是一部之主，何必更要雄心勃勃，想要把所有的蒙古人聯在一起？」鐵木眞道：「你待怎樣？」札木合道：「各部各族的族長們都說，咱們祖宗已這樣過了幾百年，鐵木眞汗爲甚麼要改變舊法？上天也不容許。」

鐵木眞道：「咱們祖宗阿蘭豁雅夫人的故事，你還記得嗎？她的五個兒子不和，她煮了臘羊肉給他們吃，給了他們每人一支箭，叫他們折斷，他們很容易就折斷了。她又把五支箭合起來叫他們折斷。五個人輪流著折，誰也不能折斷。你記得她教訓兒子的話麼？」札木合低聲道：「你們如果一個個分散，就像一支箭似的會給任何人折斷。你們如果同心協力，那就像五支箭似的堅固，不會給任何人折斷。」鐵木眞道：「好，你還記得。後來怎樣？」札木合道：「後來她五個兒子同心協力，創下好大的基業，成爲蒙古人的族祖。」鐵木眞道：「是啊！咱倆也都是英雄豪傑，幹麼不把所有的蒙古人都集合在一起？自己不要你打我，我打你，大家同心協力的把大金國滅掉。」札木合驚道：「大金國兵多將廣，黃金遍地，糧如山積，蒙古人怎能惹他？」

鐵木眞哼了一聲，道：「那你是寧可大家受大金國欺壓的了？」札木合道：「大金國也沒欺壓咱們。大金國皇帝封了你做招討使。」鐵木眞怒道：「初時我也還當大金國皇帝是好意，那知他們貪得無厭，不斷向咱們要這要那，要了牛羊，又要馬匹，現今還要咱們派戰士幫他打仗。大宋隔得咱們這麼遠，就算滅了大宋，佔來的土地也都是大金的，咱們損傷戰士有甚麼好處？牛羊不吃身邊的青草，卻翻山過去啃沙子，那有這樣的蠢事？咱們要打，只打大金。」

札木合道：「王罕和桑昆都不肯背叛大金。」鐵木眞道：「背叛，哼，背叛！那麼你呢？」札木合道：「我來求義兄不要發怒，把都史還給桑昆。由我擔保，桑昆一定放你們平安回去。」鐵木眞道：「我不相信桑昆，也不相信你。」札木合道：「桑昆說，一個兒子死了，還可再生兩個；一個鐵木眞死了，世上就永沒鐵木眞了！不放都史，你見不到明天的太陽。」鐵木眞深知桑昆和札木合的爲人，要是落入他二人手中，必然無倖，若王罕親自領軍，投降後或尙有活命之望，舉刀在空中呼的一聲，劈了一刀，厲聲叫道：「寧戰死，不投降！世上只有戰死的鐵木眞，沒投降敵人的鐵木眞！」

札木合站起身來，道：「你以前弱小之時，也投降過敵人的。你把奪來的牛羊俘虜分給軍士，說是他們的私產，不是部族公有，各族族長都說你的做法不對，不合祖規。」鐵木眞厲聲道：「可是年輕的戰士們個個都歡喜。族長們見到奪來的珍貴財物，說沒法子公平分給每一個人，於是就自己要了，拚命打仗的戰士都感到氣忿。咱們打仗，是靠那些又胡塗又貪心的族長呢，還是靠年輕勇敢的戰士？」札木合道：「鐵木眞義兄，你一意孤行，不聽各部族長的話，可別說我忘恩負義。這些日子來，你不斷派人來誘惑我部下，要他們向你投靠，說你的部屬打仗時奪來的財物都是自有，不必大夥兒攤分。你當我不知麼？」

鐵木眞心想：「你既已知道此事，我跟你更加永無和好之日。」從懷內摸出一個小包，擲在札木合身前，說道：「這是咱們三次結義之時你送給我的禮物，現今你收回去罷。待會你拿鋼刀斬在這裏，」伸手在自己脖子裏作勢一砍，說道：「殺的只是敵人，不是義兄。」嘆道：「我是英雄，你也是英雄，蒙古草原雖大，卻容不下兩個英雄。」

札木合拾起小包，也從懷裏掏出一個革製小囊，默默無言的放在鐵木眞腳邊，轉身下山。

鐵木眞望著他的背影，良久不語，當下慢慢打開皮囊，倒出了幼時所玩的箭頭髀石，從前兩個孩子在冰上同玩的情景，一幕幕的在心頭湧現。他嘆了一口氣，用佩刀在地下挖了一個坑，把結義的幾件禮物埋在坑裏。

郭靖在旁瞧著，心頭也很沉重，明白鐵木眞所埋葬的，其實是一份心中最寶貴的友情。

鐵木眞站起身來，極目遠眺，但見桑昆和札木合部下所燃點的火堆，猶如天上繁星般照亮了整個草原，聲勢甚是浩大。他出了一會神，回過頭來，見郭靖站在身邊，問道：「你怕麼？」郭靖道：「我在想我媽。」鐵木眞道：「嗯，你是勇士，是極好的勇士。」指著遠處點點火光，說道：「他們也都是勇士。咱們蒙古人有這麼多好漢，但大家總是不斷的互相殘殺。只要大家聯在一起，」眼睛望著遠處的天邊，昂然道：「咱們能把青天所有覆蓋的地方……都做蒙古人的牧場！」

郭靖聽著這番抱負遠大、胸懷廣闊的說話，對鐵木眞更五體投地的崇敬，挺胸說道：「大汗，咱們能戰勝，決不會給膽小卑鄙的桑昆打敗。」

鐵木眞神采飛揚，說道：「對，咱們記著今兒晚上的話，只要咱們這次不死，我以後把你當親兒子一般看待。」說著將郭靖抱了一抱。

說話之間，天色漸明，桑昆和札木合隊伍中號角嗚嗚嗚吹動。

鐵木眞道：「救兵不來啦，咱們今日就戰死在這土山之上。」只聽得敵軍中兵戈鏗鏘，馬鳴蕭蕭，眼見就要發動拂曉攻擊。郭靖忽道：「大汗，我這匹紅馬腳力快極，你騎了回去，領兵來打。你的性命要緊，我們在這裏擋住敵兵，決不投降。」鐵木眞微笑，伸手撫了撫他頭，說道：「鐵木眞要是肯拋下朋友部將，一人怕死逃走，那便不是你們的大汗了。」郭靖道：「是，大汗，我說錯了。」鐵木眞與三子、諸將及親兵伏在土堆之後，箭頭瞄準了每一條上山的路徑。

過了一陣，一面黃旗從桑昆隊伍中越衆而出，旗下三人連轡走到山邊，左是桑昆，右是札木合，中間一人赫然是大金國的六王子趙王完顏洪烈。他金盔金甲，左手拿著擋箭的金盾，叫道：「鐵木眞，你膽敢背叛大金麼？」

鐵木眞的長子朮赤對準了他颼的一箭，完顏洪烈身旁縱出一人，一伸手把箭綽在手裏，身手矯捷之極。完顏洪烈喝道：「去把鐵木眞拿來。」四個人應聲撲上山來。

郭靖不覺吃驚，見這四人使的都是輕身功夫，竟是武術好手，並非尋常戰士。四人奔到半山，哲別與博爾朮等連珠箭如雨射下，都給他們挺軟盾擋開。郭靖暗暗心驚：「我們這裏雖都是大將勇士，但決不能與武林的好手相敵，這便如何是好？」

一個黑衣中年男子縱躍上山，窩闊台挺刀攔住。那男子手一揚，一支袖箭打在他手腕之上，隨即舉起單刀砍下，忽覺白刃閃動，斜刺裏一劍刺來，直取他手腕，又狠又準。那人吃了一驚，手腕急翻，退開三步，瞧見一個粗眉大眼的少年仗劍擋在窩闊台身前。他料不到鐵木真部屬中竟也有精通劍術之人，喝道：「你是誰？留下姓名。」說的卻是漢語。

郭靖道：「我叫郭靖。」那人道：「沒聽見過！快投降吧。」郭靖遊目四顧，見其餘三人也已上山，正與赤老溫、博爾忽等短兵相接，白刃肉搏，當即挺劍向那使單刀的刺去。那人橫刀擋開，刀厚力沉，與郭靖鬥在一起。

桑昆的部衆待要隨著衝上，木華黎把刀架在都史頸裏，高聲大叫：「誰敢上來，這就是一刀！」桑昆擔心焦急，對完顏洪烈道：「六王爺，叫他們下來吧，咱們再想別法！別傷了我孩兒。」完顏洪烈微笑道：「放心，傷不了。」他有心要令鐵木真殺了都史，讓這兩部蒙古人從此結成死仇。

桑昆的部衆不敢上山，完顏洪烈手下四人卻已在山上乒乒乓乓的打得十分激烈。

郭靖展開韓小瑩所授的「越女劍法」，劍走輕靈，跟那使單刀的交上了手。數招一過，竟迭遇兇險，那人刀厚力沉，招招暗藏內勁，實非庸手。

郭靖長劍晃動，青光閃閃，劍尖在敵人身邊刺來劃去，招招不離要害。那人給他一輪急攻，鬧了個手忙足亂。這時他三個同伴已將鐵木真手下的將領打倒了四五人，見他落在下風，一人提著大槍縱身而上，叫道：「大師哥，我來助你。」那使單刀的喝道：「你在旁瞧著，看大師兄的手段。」

郭靖乘他說話分心，左膝稍低，曲肘豎肱，一招「起鳳騰蛟」，唰的一聲，劍尖猛撩上來。那人向後急避，左袖已給劍鋒劃破。他跳出圈子，喝道：「你是誰的門下？爲甚麼在這裏送死？」郭靖橫劍揑訣，學著師父們平日所教的江湖口吻，說道：「弟子是江南七俠門下，請教四位大姓高名。」這兩句話他學了已久，這時第一次才對人說，危急之中，居然並未忘記，只是把「高姓大名」說得顚倒了。那使單刀的向三個師弟望了一眼，轉頭說道：「我們姓名，說來諒你後生小輩也不知道，看刀！」揮刀斜劈下來。

郭靖和他鬥了這一陣，已知他功力在自己之上，但身當此境，不能退縮，明知不是對手，也只好憑著一股剛勇，拚命抵擋。七師父所傳劍法極爲精奇，鋒銳處敵人也甚忌憚，當下仍取搶攻，不向後退。那使單刀的使招「探海斬蛟」，迴鋒下揷，逕攻對手下盤。兩人一搭上手，轉眼間又拆了二三十招。這時山下數萬兵將、山上鐵木眞諸人與攻上來的三人，個個目不轉瞬的凝神觀戰，那使單刀的眼見久鬥不下，焦躁起來，刀法愈來愈狠，忽地橫刀猛砍，向郭靖腰裏斫來。郭靖身子拗轉，「翻身探果」，撩向敵臂。那人順勢力斫，眼見刀鋒及於敵腰。郭靖內功已有根基，下盤不動，上盤不避，只將腰向左一挪，斗然移開半尺，右手送出，一劍刺在那人胸口。

那人狂叫一聲，撒手抛刀，猛力揮掌把郭靖的長劍打落在地，這一劍便只刺入胸口半寸，總算逃得性命，但手掌卻已在劍鋒上割得鮮血淋漓，忙拾劍跳開。

郭靖俯身把敵人的單刀搶在手裏，只聽背後風響，郭靖也不回身，左腿反踢，踢開刺來的槍桿，乘勢揮刀撩向敵手。使槍的老二迴槍裏縮，郭靖踏上一步，單刀順勢砍落。那人抖槍避過，跟著挺槍當胸刺來，郭靖一個「進步提籃」，左掌將槍推開，他掌心與槍桿一觸到，立覺敵人抽槍竟不迅捷。他左掌翻處，已抓住槍桿，右手單刀順著槍桿直削下去。那人使勁奪槍，突見刀鋒相距前手不到半尺，急忙鬆手，撤槍後退。

郭靖精神一振，右手用力揮出，將單刀遠遠擲到了山下，挺槍而立。四人中的老四大聲吼叫，雙斧著地捲來。郭靖的長槍是從六師父學的，鬥得數合，郭靖突然賣個破綻，那使斧的大喜，猛喝一聲，雙斧直上直下的砍將下來，突覺小腹上急痛，已遭郭靖一腳踢中，身子直飛出去，這時左手已收不住勁，順勢圈回，利斧竟往自己頭上斫去。

四人中的三師兄急忙搶上，舉起鐵鞭在他斧上力架，噹的一聲，火星飛濺，那人利斧脫手，一交坐倒，總算逃脫了性命，卻已嚇得面如土色。那人是個莽夫，一定神間，才知已然輸了，怒得哇哇大叫，拾起斧頭，又再撲上。鬥得數合，將郭靖手中長槍砍斷。郭靖手中沒了兵刃，雙掌錯開，以空手入白刃之法和他拚鬥。那三師兄提起鐵鞭上前夾攻，郭靖情勢危急，只有硬拚。

山下蒙古眾軍突然大聲鼓躁，呼喊怒罵。原來蒙古人生性質樸，敬重英雄好漢，眼見這四人用車輪戰法輪鬥郭靖已自氣憤，再見二人揮兵刃夾擊一個空手之人，實非大丈夫的行徑，都高聲吆喝，要那兩人住手。郭靖雖是他們敵人，大家反而為他吶喊助威。

博爾忽、哲別兩人挺起長刀，加入戰團，對方旁觀的兩人也上前接戰。這兩位蒙古名將在戰陣中斬將奪旗，勇不可當；但小巧騰挪、撕奪截打的步戰功夫卻非擅長，仗著身雄力猛，勉強支持了數十招，終於兵刃給敵人先後砸落。郭靖見博爾忽勢危，縱身過去，發掌往使單刀的大師兄背上拍去。那人回刀截他手腕。郭靖手臂斗然縮轉，回肘撞向二師兄，又解救了哲別之危。

那四人決意要先殺郭靖，當下四人圍攻郭靖。山上山下蒙古兵將吶喊叫罵，更加厲害。那四人充耳不聞，那使槍的在地下拾起一枝長矛，刀矛鞭斧，齊往郭靖身上招呼。郭靖手中沒了兵刃，又受這四個好手夾擊，那裏抵擋得住？只得展開輕身功夫，在四人兵刃縫中穿來插去。

拆了二十餘招，那四人急攻郭靖，郭靖臂上中刀，鮮血長流，情勢再緊。突然山下軍伍中一陣混亂，六個人東一穿西一插，奔上山來。桑昆和札木合的部下只道又是完顏洪烈的武士，再要上去圍攻郭靖，個個大聲咒罵。

山上守軍待要射箭阻攔，哲別眼尖，已認出原來是郭靖的師父江南六怪到了，大聲叫道：「靖兒，你師父們來啦！」郭靖本已累得頭暈眼花，聽了這話，登時精神大振。

朱聰和全金發最先上山，見郭靖赤手空拳為四人夾擊，勢已危殆，全金發縱身上前，秤桿掠出，同時架開了四件兵刃，喝道：「要不要臉？」四人手上同時劇震，感到敵人功力遠在那少年之上，急忙躍開。

那使單刀的大師兄見衆寡之勢突然倒轉，再動手必然不敵，但如逃下山去，顏面何存，如何還能在六太子府中躭下去？硬了頭皮問道：「六位可是江南六怪麼？」朱聰笑嘻嘻的道：「不錯，四位是誰？」那人道：「我們是鬼門龍王門下弟子。」

柯鎭惡與朱聰等本以爲他們合鬥郭靖，必是無名之輩，忽聽他們的師父是武林中成名人物鬼門龍王沙通天，都吃了一驚。柯鎭惡冷冷的道：「瞎充字號麼？鬼門龍王是響噹噹的腳色，門下那有你們這種不成器的傢伙！」使雙斧的撫著小腹上給郭靖踹中之處，怒道：「誰充字號來著？他是大師兄斷魂刀沈青剛，這是二師兄追命槍吳青烈，那是三師兄奪魄鞭馬青雄，我是喪門斧錢青健。」柯鎭惡道：「聽來倒似不假，那麼便是黃河四鬼了。你們在江湖上並非無名之輩，爲甚麼竟自甘下賤，四個鬥我徒兒一人？」

吳青烈強詞奪理，道：「怎麼是四個打一個？這裏不是還有許多蒙古人幫著他麼？我們是四個鬥他們幾百個。」錢青健問馬青雄道：「三師哥，這瞎子大剌剌的好不神氣，是甚麼傢伙？」這句話說得雖輕，柯鎭惡卻已聽見，心頭大怒，鐵杖在地下一撐，躍到他身旁，左手抓住他背心，提起來擲到山下。三鬼一驚，待要撲上迎敵，柯鎭惡身法如風，接連三抓三擲，旁人還沒看清楚怎的，三人都已給他擲向山下。山上山下蒙古兵將齊聲歡呼。黃河四鬼跌得滿頭滿臉的塵沙，幸好地下是沙，手腳沒給摔斷，個個腰酸背痛，滿腔羞愧的掙扎著爬起。

便在此時，忽然遠處塵頭大起，似有數萬人馬殺奔前來，桑昆隊伍陣腳登時鬆動。鐵木眞見來了救兵，心中大喜，知道札木合治軍甚嚴，是能幹的將才，所部兵精，桑昆卻只憑藉父親庇蔭，庸碌無能，指著桑昆的左翼，喝道：「向這裏衝！」哲別、博爾朮、朮赤、察合台四人當先衝下，遠處救兵齊聲吶喊。木華黎把都史抱在手裏，舉刀架在他項頸之中，大叫：「快讓路，快讓路！」

桑昆見衆人衝下，正要指揮人馬攔截，見都史這等模樣，不禁呆了，不知如何是好，轉眼之間，鐵木眞等已衝到了眼前。哲別看準桑昆腦門，發箭射去。桑昆突見箭到，急忙閃避，那箭正中右腮，撞下馬去。衆兵將見主帥落馬，登時大亂。

鐵木眞直衝出陣，數千人吶喊追來，給哲別、博爾朮、郭靖等一陣連珠箭射住。衆人且戰且走，奔出數里，只見塵頭起處，拖雷領兵趕到。王罕與札木合部下將士素來敬畏鐵木眞，初時欺他人少，待見援軍大至，便紛紛勒馬回轉。

原來鐵木眞帶同年長三子出行，留下幼子拖雷看守老家。拖雷年輕，又無鐵木眞的令符，族長宿將都不聽他調度，只得率領了數千名青年兵將趕來。拖雷甚有智計，見敵兵勢大，下令在每匹馬尾上縛了樹枝，遠遠望來塵沙飛揚，不知有多少人馬。鐵木眞整軍回歸本部大營，半路上遇到華箏又領了一小隊軍馬趕來增援。

當晚鐵木眞大犒將士，卻把都史請在首席坐了。衆人見狀，都忿忿不平。

鐵木眞向都史敬了三杯酒，說道：「王罕義父、桑昆義兄待我恩重如山，雙方毫無仇怨，請你回去代我請罪。我再挑選貴重禮物來送給義父、義兄，請他們不要介意。你回去之後，就預備和我女兒成親，咱兩家大宴各部族長，須得好好熱鬧一番。你是我的女婿，也就是我兒子，今後兩家務須親如一家，不可受人挑撥離間。」

都史蒙他不殺，已是意外之喜，沒口子的答應，見鐵木眞說話時右手撫住胸口，不住咳嗽，心想：「莫非他受了傷。」果聽鐵木眞道：「這裏中了一箭，只怕得養上三個月方能痊愈，否則我該親自送你回去。」說著右手從胸口衣內伸了出來，滿手都是鮮血，又道：「不用等我傷愈，你們就可成親，否則……咳，咳，就等太久了。」

諸將見大汗如此懦弱，畏懼王罕，仍要將華箏嫁給都史，都感氣惱。一名千夫長的兒子是鐵木眞的貼身衛士，昨晚於守禦土山時爲桑昆部屬射殺，那千夫長這時怒火沖天，拔刀要去斫殺都史。鐵木眞立命拿下，拖到帳前，當著都史之前打了三十軍棍，直打得他鮮血淋漓，暈了過去。鐵木眞喝道：「監禁起來，三日之後，全家斬首。」說著向後一仰，摔倒在地，似乎傷發難挺。

次日一早，鐵木眞備了兩車黃金貂皮厚禮，一千頭肥羊，一百匹良馬，派了五十名軍士護送都史回去，又派一名能言善道的使者，命他向王罕及桑昆鄭重謝罪。送別之時，鐵木眞竟不能乘馬，躺在擔架之上，上氣不接下氣的指揮部屬，與都史道別。

等他去了八日，鐵木眞召集諸將，說道：「大家集合部衆，咱們出發去襲擊王罕。」諸將相顧愕然，鐵木眞道：「王罕兵多，咱們兵少，明戰不能取勝，必須偷襲。我放了都史，贈送厚禮，再假裝胸口中箭，受了重傷，那是要他們不作提防。」諸將俱都拜服。鐵木眞這時才下令釋放那名千夫長，厚加賞賜，當衆讚他英勇。那千夫長聽說去打王罕、桑昆，雀躍不已，伏地拜謝，求爲前鋒。鐵木眞允了。

當下兵分三路，晝停夜行，繞小路從山谷中行軍，遇到牧人，盡數捉了隨軍而行，以免洩露軍機。

王罕和桑昆本來生怕鐵木眞前來報仇，日日嚴加戒備，待見都史平安回來，還攜來重禮，既聽鐵木眞的使者言辭極盡卑屈，又知鐵木眞受了重傷，登時大爲寬心，撤了守軍，連日與完顏洪烈、札木合在帳中飲宴作樂。那知鐵木眞三路兵馬在黑夜中猶如天崩地裂般衝殺進來。王罕、札木合聯軍雖然兵多，慌亂之下，士無鬥志，登時潰不成軍。王罕、桑昆倉皇逃向西方，後來分別爲乃蠻人和西遼人所殺。都史在亂軍中爲馬蹄踏成肉泥。黃河四鬼奮力突圍，保著完顏洪烈連夜逃回中都去了。

札木合失了部衆，帶了五名親兵逃到唐努山上，那五名親兵乘他吃羊肉時將他擒住，送到鐵木真帳中來。

鐵木真大怒，喝道：「親兵背叛主人，這等不義之人，留著何用？」下令將五名親兵在札木合之前斬下首級，轉頭對札木合道：「咱倆還是做好朋友罷？」札木合流淚道：「義兄雖饒了我性命，我也再沒臉活在世上，只求義兄賜我不流血而死，使我靈魂不隨著鮮血而離開身體。」鐵木真黯然良久，說道：「好，我讓你不流血而死，把你葬在我倆幼時一起遊玩的地方。」札木合跪下行禮，轉身出帳，鐵木真下令用重物將他壓死，不讓流血。

王罕和札木合潰敗，蒙古各族中更無人能與鐵木真相抗。鐵木真在斡難河源大會各族部眾，這時他威震大漠，蒙古各族牧民戰士，無不畏服。王罕與札木合的部眾也大多歸附。在大會之中，眾人推舉鐵木真為全蒙古的大汗，稱為「成吉思汗」，那是與大海一般廣闊強大的意思。

成吉思汗大賞有功將士。木華黎、博爾朮、博爾忽、赤老溫四傑，以及哲別、者勒米、速不台等大將，都封為千夫長。郭靖這次立功極偉，竟也給封千夫長，一個十多歲的少年，居然得與諸大功臣名將並列。

在慶功宴中，成吉思汗受諸將敬酒，喝得微醺，對郭靖道：「好孩子，我再賜你一件我最寶貴的物事。」郭靖忙跪下謝賞。

成吉思汗道：「我把華箏給你，從明天起，你是我的金刀駙馬。」

衆將轟然歡呼，紛紛向郭靖道賀，大呼：「金刀駙馬，好，好，好！」拖雷更是高興，一把摟住了義弟不放。

郭靖卻呆在當地，做聲不得。他向來把華箏當作親妹子一般，實無半點兒女私情，數年來全心全意的練武，心不旁騖，那裏有過絲毫綺念？這時突然聽到成吉思汗這幾句話，登時茫然失措，不知如何是好。衆人見他傻楞楞的發獃，轟然大笑。

酒宴過後，郭靖忙去稟告母親。李萍沉吟良久，命他將江南六怪請來，說知此事。六怪見愛徒得大汗器重，都向李萍道喜。李萍默然不語，忽地跪下，向六人磕下頭去。六怪大驚，都道：「嫂子有何話請說，何必行此大禮？」韓小瑩忙伸手扶起。

李萍道：「我孩兒承六位師父教誨，今日得以成人。小女子粉身碎骨，難報大恩大德。現下有一件爲難之事，要請六位師父作主。」當下把亡夫昔年與義弟楊鐵心指腹爲婚之事說了，最後道：「大汗招我兒爲婿，自是十分榮耀。不過倘若楊叔叔遺下了一個女孩，我不守約言，他日九泉之下，怎有臉去見我丈夫和楊叔叔？」

朱聰微笑道：「嫂子卻不必擔心。那位楊英雄果然留下了後嗣，不過不是女兒，卻是男子。」李萍又驚又喜，忙問：「朱師父怎地知道？」朱聰道：「中原一位朋友曾來信說及，並盼望我們把靖兒帶到江南，跟那位姓楊的世兄見面，大家切磋一下功夫。」原來江南六怪於如何與丘處機賭賽的情由，始終不對李萍與郭靖說知。郭靖問起那小道士尹志平的來歷，六怪也含糊其辭，不加明言。六人深知郭靖天性厚道，若得悉楊康的淵源，比武時定會手下留情，該勝不勝，不該敗反敗，不免誤了大事。

李萍聽了朱聰之言，心下大喜，細問楊鐵心夫婦是否尚在人世，那姓楊的孩子人品如何，江南六怪卻均不知。當下李萍與六怪商定，由六怪帶同郭靖到江南與楊鐵心的子嗣會面結拜，並設法找尋段天德報仇，回來之後，再和華箏成親。她眼見六怪與兒子即可歸鄉，自己離鄉已久，思鄉殊切，一心與之同歸，但想兒子成親時自己必須參禮，千里往返，回南之後，又再北來，未免太費周折，思前想後，只得言明自己留居蒙古待子回來成親。

郭靖去向成吉思汗請示。成吉思汗道：「好，你就到南方去走一遭，把大金國六皇子完顏洪烈的腦袋給我提來。義弟札木合跟我失和，枉自送了性命，全因完顏洪烈這廝而起。去幹這件大事，你要帶多少名勇士？」他統一蒙古諸部，眼前強敵，僅餘大金，料知遲早不免與之一戰。他與完顏洪烈數次會面，知道此人精明能幹，於己大大不利，最好能及早除去。至於他與札木合失和斷義，眞正原因還在自己改變祖法、分配財物以歸戰士私有、並勸誘札木合的部屬歸附於己，只是他與札木合結義多年，衆所周知，此時正好將一切過錯盡數推在大金國與完顏洪烈頭上。

郭靖自小聽母親講述舊事，向來憎恨金國，這次與完顏洪烈手下的黃河四鬼惡鬥，又險些喪命，聽了成吉思汗的話後，心想：「只要六位師父相助，大事必成，多帶不會武功的勇士，反而礙事。」說道：「孩兒有六位師父同去，不必再帶武士。」

成吉思汗道：「很好，咱們兵力尚弱，還不是大金國敵手，你千萬不可露了痕跡。」郭靖點頭答應。成吉思汗賞了十斤黃金，作爲盤纏，又把從王罕那裏搶來的金器珍寶贈了一批給江南六怪。拖雷、哲別等得知郭靖奉命南去，都有禮物贈送。拖雷道：「安答，南人說了話常常不算數的，你可得小心，別上了當。」郭靖點頭答應。

第三日一早，郭靖隨同六位師父到張阿生墓上去磕拜了，與母親洒淚而別，向南進發。李萍眼望著小紅馬上兒子高大的背影，在大漠上逐漸遠去，想起當年亂軍中產子的情景，不禁又是歡喜，又是心酸。

郭靖走出十餘里，只見兩頭白鵰在空中盤旋飛翔，拖雷與華箏並騎馳來送行。拖雷又贈了他一件名貴的貂裘，通體漆黑，更無一根雜毛，那也是從王罕的寶庫中奪來的。華箏知道父親已把自己終身許配給他，雙頰紅暈，脈脈不語。拖雷笑道：「妹子，你跟他說話啊！我不聽就是。」說著縱馬走開。

華箏側過了頭，想不出說甚麼話好，隔了一陣，才道：「你早些回來。」郭靖點頭，問道：「你還要跟我說甚麼？」華箏搖搖頭。郭靖道：「那麼我要去了。」華箏低頭不語。郭靖從馬上探過身去，伸臂輕輕的抱她一抱，馳到拖雷身邊，也和他抱了抱，催馬追向已經走遠的六位師父。

華箏見他硬繃繃的全無半點柔情密意，既訂鴛盟，復當遠別，卻仍與平時一般相待，心中很不樂意，舉起馬鞭，狂打猛抽，只把青驄馬身上打得條條血痕。

郭靖順手拖過那面「比武招親」的錦旗，橫過旗桿，挺桿直戳，跟著長身橫臂，那錦旗直翻出去，罩向小王爺面門。小王爺斜身移步，槍桿起處，圓圓一團紅影，槍尖上一點寒光，疾向郭靖刺到。

第七回　比武招親

江南六怪與郭靖曉行夜宿，向東南進發，在路非止一日，過了大漠草原。這天離張家口已不在遠。郭靖初履中土，所有景物均是生平從所未見，心情甚是舒暢，雙腿一夾，縱馬疾馳，只覺耳旁呼呼風響，房屋樹木不住倒退。直到小紅馬一口氣奔到了黑水河邊，他才在路旁一家飯店歇馬，等候師父。

他見小紅馬這次長途疾馳，肩胛旁滲出了許多汗水，心下憐惜，拿了汗巾給馬抹拭，一縮手間，不覺大吃一驚，只見汗巾上全是殷紅的血漬，再在紅馬右肩上一抹，也是滿肩鮮血。他嚇得險些流淚，自怨這番不惜馬力的大跑，這匹駿馬只怕是生生的給自己毀了，抱住馬頸不住的慰藉，但那馬卻仍精神健旺，全無半分受傷之象。

郭靖只盼三師父韓寶駒趕快到來，好給他愛馬治傷，不住伸長了脖子向來路探望，忽聽得一陣悠揚悅耳的駝鈴之聲，四匹駱駝從大道上急奔而來，其中兩匹全身雪白。每匹駱駝上都乘著一個白衣男子，四駝奔近飯店，鞍上乘者勒定了坐騎。駱駝的氈墊鞍子，都有精致繡花，甚爲燦爛。

郭靖一生長於大漠，白色駱駝甚爲少見，更沒見過這等裝飾華麗的牲口，不覺伸長了脖子，瞪眼凝視，只見四個乘客都是二十二三歲年紀，眉清目秀，沒一個不是塞外罕見的美男子。那四人躍下駝背，走進飯店，身法都頗俐落。郭靖見四人一色白袍，頸中都翻出一條珍貴的狐裘，不禁瞧得呆了。一個白衣人給郭靖看得不好意思，一陣紅暈湧上臉頰，低下了頭。另一個卻向郭靖怒目喝道：「楞小子，瞧甚麼？」郭靖一驚，忙把頭轉開，只聽那四人低聲說了一陣子話，齊聲嘻笑，隱隱聽得一人笑道：「恭喜，恭喜，這傻小子瞧中你啦！」似是女子聲音。

郭靖知道他們在嘲笑自己，不覺羞慚難當，耳根一陣發熱，正打不定主意是否要起身便走，忽見韓寶駒騎了追風黃奔到。他忙搶上去把紅馬肩上出血的事說了。韓寶駒奇道：「有這等事？」走到紅馬身旁，在馬肩上抹了幾把，伸手映在日光下一看，哈哈大笑，說道：「這不是血，是汗！」郭靖一愣，道：「汗？紅色的汗？」韓寶駒道：「靖兒，這是一匹十分寶貴的汗血寶馬啊。」

郭靖聽說愛馬並非受傷，心花怒放，道：「三師父，怎麼馬兒的汗跟血一樣？」韓寶駒道：「我曾聽先師說道，西域大宛有一種天馬，肩上出汗時殷紅如血，脅如插翅，日行千里。然而那只是傳說而已，誰都沒見過，我也不大相信，不料竟給你得到了。」

說話之間，柯鎮惡等也已馳到。朱聰飽讀詩書，搖頭晃腦的說道：「那在《史記》和《漢書》上都寫得明明白白的。當年博望侯張騫出使西域，在大宛國貳師城見了汗血寶馬，回來奏知漢武帝。皇帝聽了，欣羨異常，命使者帶了黃金千斤，又鑄了一匹與眞馬一般大的金馬，送到大宛國去，求換一匹汗血寶馬。那大宛國王言道：『貳師天馬，乃大宛國寶，不能送給漢人。』那漢使自居是天朝上國的使者，登時大怒，在大宛王朝廷上出言無狀，椎破金馬。大宛王見漢使無禮，命人將使者斬首，將黃金和金馬都奪了去。」

郭靖「啊」了一聲，見朱聰舉碗喝茶，忙問：「後來怎樣？」四個白衣人也出了神，側耳傾聽朱聰講寶馬的故事。

朱聰喝了一口茶，說道：「三弟，你是養馬名家，可知道那寶馬從何而來？」韓寶駒道：「我曾聽先師說，那是家馬與野馬交配而生。」朱聰道：「不錯，據史書上說，貳師城附近有一座高山，山上生有野馬，奔躍如飛，但沒法捕捉。大宛國人生了一個妙計，春天晚上把五色母馬放在山下。野馬與母馬交配了，生下來就是汗血寶馬了。靖兒，你這匹小紅馬，只怕是從大宛國萬里而來的呢。」

韓小瑩要聽故事，問道：「漢武帝得不到寶馬，難道就此罷手了不成？」

朱聰道：「他怎肯罷手？當下發兵數萬，令大將李廣利統率，到大宛國貳師城取馬，爲了志在必得，把李廣利封爲貳師將軍。但從長安到大宛國，西出嘉峪關後一路都是沙漠，無糧無水，途中士兵死亡枕藉，未到大宛，軍隊已只賸下了三成。李廣利兵困馬乏，一戰不利，退回敦煌，向皇帝請援。漢武帝大怒，命使者帶劍守在玉門關，下旨言道：遠征兵將，有敢進關者一律斬首。李廣利進退不得，只得留在敦煌。」

說到這裏，只聽得駝鈴悠揚，又有四人騎了駱駝到來，其中又有一匹是白駱駝，下駝進店。郭靖見這四人也都是身披白袍、頸圍貂裘的美貌少年，更感驚奇。這四人與先前四人坐在一桌，要了飯菜。

朱聰繼續講下去：「漢武帝心想，寶馬得不到，還喪了數萬士卒，豈不是讓外國看輕了我大漢天子？於是大發邊騎，一共二十餘萬人，牛馬糧草，不計其數，還怕兵力不足，又下旨令全國犯罪的人、小吏、贅婿、商人，一律從軍出征，弄得天下騷然。還封了兩名著名的馬師做大官，一個官拜驅馬校尉，一個官拜執馬校尉，只待破了大宛，選取駿馬。六弟，漢朝重農輕商，你若生在漢武帝時可就倒了大楣，三弟卻可官拜驅馬校尉、執馬校尉了，哈哈！」韓小瑩問道：「贅婿又犯了甚麼罪？」

朱聰道：「當時漢朝的所謂贅婿，就是窮得無以爲生之人，投入人家作奴僕，也有招作女婿的。強徵贅婿去遠征，便是欺壓窮人了。那李廣利帶了大軍，圍攻大宛城四十餘日，殺死大宛兵將無數。大宛的衆貴人害怕了，殺了國王投降，獻出寶馬。李廣利凱旋回京，皇帝大喜，封他爲海西侯，軍官各有封賞。爲了這幾匹汗血寶馬，天下不知死了多少人，耗費了多少錢財。當日漢武帝大宴羣臣，做了一首天馬之歌，說道：『大一貢兮天馬下，露赤汗兮沫流赭，騁容與兮跇萬里，今安匹兮龍與友！』這詩是說，只有天上的龍，才配跟這天馬做朋友呢。」

八個白衣人聽他說著故事，不住轉頭打量門外的小紅馬，臉上滿是欣羨之色。

朱聰道：「殊不知這大宛天馬的驍健，全由野馬而來。漢武帝以傾國之力得了幾匹汗血寶馬，但沒貳師城外高山上的野馬與之交配，傳了數代，也就不怎麼神駿，身上也滲不出紅汗了。」朱聰說完故事，七人談談說說，吃起麵條來。

八個白衣人悄聲議論。柯鎭惡耳朵極靈，雖雙方座頭相隔頗遠，仍聽得淸淸楚楚，只聽一人道：「要動手馬上就幹，給他上了馬，怎還追得上？」另一人道：「這裏人多，他又有同伴。」一人道：「他們敢來攔阻，一起殺了。」柯鎭惡吃了一驚：「這八個女子怎地如此狠毒？」絲毫不動聲色，自管稀哩呼嚕的吃麵。

只聽一人道：「咱們把這寶馬獻給少主，他騎了上京，那就更加大大露臉了，叫甚麼參仙老怪、靈智上人他們再也逞不出威風。」柯鎭惡曾聽過靈智上人的名頭，知道他是靑海手印宗的著名人物，以「五指祕刀」武功馳名西南，參仙老怪則是關外遼東的武術名家。一人道：「只要咱們『白駝山』少主一到，不管騎不騎汗血寶馬，別的人誰都逞不出威風。」另一人道：「這個自然。咱們少主不管走到那裏，自必是鶴立鷄羣，不必出手，自然而然的秀出於林。」

又聽另一人道：「這幾日道上撞見了不少黑道上的傢伙，都是千手人屠彭連虎的手下，他們也必都是去中都聚會的。這匹好馬要是給他們撞見了，還有咱們的份兒麼？」柯鎮惡心中一凜，他知彭連虎是河北、河東一帶的悍匪，手下嘍囉甚多，聲勢浩大，此人行事毒辣，殺人如麻，是以綽號叫做「千手人屠」，尋思：「這些厲害的大頭子到中都聚會，去幹甚麼？這八個女子又是甚麼來頭？」

只聽她們低聲商量了一陣，決定先出鎮甸，攔在路上，下手奪郭靖的寶馬。但此後這八個女子嘰嘰喳喳談的都是些風流之事，甚麼「少主」最喜歡你啦，甚麼「少主」這時一定在想你啦。柯鎮惡皺起眉頭，甚是不耐，但言語傳進耳來，卻又不能不聽。

只聽一名女子道：「咱們把這匹汗血寶馬拿去獻給少主，你猜他會獎賞甚麼？」另一人笑道：「要你多陪他幾晚哪！」先一人嬌嗔不依，起身扭打，八人咭咭咯咯的笑成一團。又一人道：「大家別太放肆啦，小心露了行藏。對方看來也不是好相與的。」又一人低聲道：「那女子身上帶劍，定然會武，相貌挺美，要是年輕了十歲，少主見了不害相思病才怪呢。」柯鎮惡知她說的是韓小瑩，怒氣登起，心想這甚麼「少主」一定不是個好東西。耳聽得八個女子吃了麵點，匆匆跨上駱駝，出店而去。

柯鎮惡聽她們去遠，說道：「靖兒，你瞧這八個女子功夫怎樣？」郭靖奇道：「女子？」柯鎮惡道：「怎麼？」朱聰道：「她們男裝打扮，靖兒沒瞧出來，是不是？」柯鎮惡道：「有誰知道白駝山麼？」朱聰等都說沒聽見過。柯鎮惡把剛才聽見的話說了。朱聰等聽這幾個女子膽大妄為，竟要來泰山頭上動土，都覺好笑。韓小瑩道：「其中有兩個女子高鼻碧眼，卻不是中土人氏。」韓寶駒道：「是啊，這般全身純白的駱駝也只西域才有。」柯鎮惡道：「奪馬事小，但她們說有許多厲害腳色要到中都大興府聚會，中間必有重大圖謀，多半要不利於大宋，說不定要害死我千千萬萬漢人百姓。既讓咱們撞見了，可不能不理。」全金發道：「只是嘉興比武之期快到，可不能節外生枝，另有躭擱。」六人躊躇半晌，都覺事在兩難。

南希仁忽道：「靖兒先去！」韓小瑩道：「四哥說要靖兒獨自先去嘉興，咱們探明這事之後再行趕去？」南希仁點了點頭。朱聰道：「不錯，靖兒也該一人到道上歷練歷練了。」

郭靖聽說要與眾師父分手，依依不捨，躊躇不應。柯鎮惡斥道：「這麼大了，還是小孩子一般。」韓小瑩安慰他道：「你先去等我們，不到一個月，我們也跟著來了。」朱聰道：「嘉興比武之約，我們迄今沒跟你詳細說明。總而言之，三月廿四中午，你必須趕到嘉興府醉仙酒樓，便有天大的事也不能失約不到。」郭靖答應了。

柯鎮惡道：「那八個女子要奪你馬，不必跟她們動手，你馬快，她們追趕不上。你有要事在身，不可旁生枝節。」韓寶駒道：「這些女人要是當眞膽敢作惡，江南七怪也決不能放過了。」張阿生逝世已十多年，但六怪說到甚麼事，總仍是自稱「江南七怪」，從不把這位兄弟除開不算。朱聰道：「白駝山不知是甚麼山頭，看來聲勢不小，最好避過了別跟她們糾纏。」郭靖應道：「是。」

當下郭靖向六位師父辭別。六怪日前見他獨鬥黃河四鬼，已能善用所傳武藝，這次放他獨行，一則是江湖豪士羣集中都，只怕事關重大，倘若置之不理，於心不安；二則也是讓他孤身出去闖蕩江湖，得些閱歷經驗，那是任何師父傳授不來的。

各人臨別之時又都囑咐了幾句，南希仁便和往常一般，逢到輪流說話，總是排在最後，只說了四個字：「打不過，逃！」他深知郭靖生性倔強，寧死不屈，要是遇上高手，動手時一味蠻鬥狠拚，非送命不可，便教了他這意味深長的四字訣。朱聰詳加解釋：「武學無底，山外有山，人上有人。任你多大的本事，也決不能天下無敵。大丈夫能屈能伸，當眞遇上了兇險危難，須得忍一時之氣，日後練好了功夫，再來找回場子。這叫作留得青山在，不怕沒柴燒，卻不是膽小怕死。倘若對手人多，衆寡不敵，更不能徒逞血氣之勇。四師父這句話，你要記住了！」

郭靖點頭答應，向六位師父磕了頭，上馬向南而去。十多年來與六位師父朝夕與共，一旦分別，在馬上不禁流下淚來，想起母親孤身留在大漠，雖有成吉思汗、拖雷等人照料，衣食自必無缺，但終究寂寞，又一陣難過。馳出十餘里，地勢陡高，道旁高山夾峙，怪石嵯峨，郭靖初次出道，見了這般險惡形勢不覺暗暗心驚，手按劍柄，凝神前望，心想：「三師父見了我這副慌慌張張的模樣，定要罵我沒用了。」

道路愈來愈窄，轉過一個山坳，突見前面白濛濛一團，正是四個男裝白衣女子騎在駱駝上，攔於當路。郭靖心中突的一跳，遠遠將馬勒住，高聲叫道：「勞駕哪，借光借光。」四個女子哈哈大笑。一人笑道：「小夥子，怕甚麼？過來喲，又不會吃了你的。」郭靖臉上一陣發燒，不知如何是好，是跟她們善言相商呢，還是衝過去動武？

只聽另一個女子笑道：「你的馬不壞啊。來，給我瞧瞧。」聽她語氣，全是對小孩子說話的聲口。郭靖心中有氣，眼見身右高山壁立，左邊卻是望不見底的峽谷，雲氣濛濛，不知多深，不禁膽寒，心想：「大師父叫我不必動手。我放馬疾衝過去，她們非讓路不可。」一提韁，雙腿一夾，紅馬如一支箭般向前衝去。郭靖提劍在手，揚聲大叫：「馬來啦，快讓路！有誰給撞下山谷去可不關我事！」那馬去得好快，轉眼間已奔到四女跟前。

一個白衣女子躍下駝背，縱身上來，伸手便來扣紅馬的轡頭。紅馬一聲長嘶，忽地騰空躍起，竄過四匹駱駝。郭靖在半空猶如騰雲駕霧一般，待得落下，已在四女身後。這一下不但四女吃驚，連郭靖也大感意外。

只聽得一女嬌聲怒叱，郭靖回過頭來，只見兩件明晃晃的暗器撲面飛來。他初闖江湖，牢記衆師父的囑咐，事事小心謹愼，只怕暗器有毒，不敢伸手逕接，除下頭上皮帽，扭身兜去，將兩件暗器兜在帽裏，遙聽得兩個女子齊聲讚道：「好功夫。」

郭靖低頭看時，見帽裏暗器是兩隻銀梭，梭頭尖利，穿破了皮帽的襯布，梭身兩旁極爲鋒銳，打中人勢必喪命。他心中有氣：「大家無冤無仇，你們不過看中我一匹馬，就要傷人性命！」把銀梭收入衣囊，生怕另外四個白衣女子在前攔阻，縱馬疾馳，不到一個時辰，已奔出七八十里，幸喜始終沒見另外四女，多半是埋伏道旁，卻給他快馬奔馳，疾竄而過，不及攔阻。他休息片刻，上馬又行，天色未黑，已到了張家口，算來離那些白衣女子已有三日行程，她們再也追不上了。

張家口是南北通道，塞外皮毛集散之地，人煙稠密，市肆繁盛。郭靖手牽紅馬，東張西望，他從未到過這般大城市，所見事物無不透著新鮮，來到一家大酒店之前，腹中饑餓，便把馬繫上門前馬樁，進店入座，要了一盤牛肉，兩斤麵餅，大口吃了起來。他胃口奇佳，依著蒙古人習俗，抓起牛肉麵餅一把把往口中塞去。正吃得痛快，忽聽店門口吵嚷起來。他掛念紅馬，忙搶步出去，只見那紅馬好端端的在吃草料。兩名店夥卻在大聲呵斥一個衣衫襤褸、身材瘦削的少年。

那少年約莫十五六歲年紀，頭上歪戴著一頂黑黝黝的破皮帽，臉上手上全是黑煤，早瞧不出本來面目，手裏拿著一個饅頭，嘻嘻而笑，露出兩排晶晶發亮的雪白細牙，卻與他全身極不相稱。眼珠漆黑，甚是靈動。

一個店夥叫道：「幹麼呀？還不給我走？」那少年道：「好，走就走。」剛轉過身去，另一個店夥叫道：「把饅頭放下。」那少年依言將饅頭放下，但白白的饅頭上已留下幾個污黑的手印，再也發賣不得。一個夥計大怒，出拳打去，那少年矮身躲過。

郭靖見他可憐，知他餓得急了，忙搶上去攔住，道：「別動粗，饅頭錢我給！」撿起饅頭，遞給少年。那少年接過饅頭，道：「這饅頭做得不好。可憐東西，給你吃罷！」丟給門口一隻癩皮小狗。小狗撲上去大嚼起來。

一個店夥嘆道：「可惜，可惜，上白的肉饅頭餵狗。」郭靖也是一楞，只道那少年腹中饑餓，這才搶了店家的饅頭，那知他卻丟給狗子吃了。郭靖回座又吃。那少年跟了進來，側著頭瞧他。郭靖給他瞧得有些不好意思，招呼道：「你也來吃，好嗎？」那少年笑道：「好，我一個人悶得無聊，正想找伴兒。」說的是一口江南口音。

郭靖之母是浙江臨安人，江南六怪都是嘉興左近人氏，他從小聽慣了江南口音，聽那少年說的正是自己鄉音，很感喜悅。那少年走到桌邊坐下，郭靖吩咐店小二再拿飯菜。店小二見了少年這副骯髒窮樣，老大不樂意，叫了半天，才懶洋洋的拿了碗碟過來。

那少年發作道：「你道我窮，不配吃你店裏的飯菜麼？只怕你拿最上等的酒菜來，還不合我口味呢。」店小二冷冷的道：「是麼？你老人家點得出，我們總做得出，就怕吃了沒人會鈔。」那少年向郭靖道：「任我吃多少，你都作東麼？」郭靖道：「當然，當然！」轉頭向店小二道：「快切一斤牛肉，半斤羊肝來。」他只道牛肉羊肝便是天下最好的美味，又問少年，說的也是江南話：「喝酒不喝？」

那少年道：「別忙吃肉，咱們先吃果子。喂，夥計，先來四乾果、四鮮果、兩鹹酸、四蜜餞。」店小二嚇了一跳，不意他口出大言，冷笑道：「你大老爺要些甚麼果子蜜餞？」

那少年道：「這種窮地方小酒店，好東西諒來也弄不出來，就這樣吧，乾果四樣是荔枝、桂圓、蒸棗、銀杏。鮮果你揀時新的。鹹酸要砌香櫻桃和薑絲梅兒，不知這兒買不買得到？蜜餞麼？就是玫瑰金橘、香藥葡萄、糖霜桃條、梨肉好郎君。」學著說北方話，並不十分純正。店小二聽他說得在行，不由得收起小覷之心。

那少年又道：「下酒菜這裏沒新鮮魚蝦，嗯，就來八個馬馬虎虎的酒菜吧。」店小二問道：「爺們愛吃甚麼？」少年道：「唉，不說清楚定是不成。八個酒菜是花炊鵪子、炒鴨掌、鷄舌羹、鹿肚釀江瑤、鴛鴦煎牛筋、菊花兔絲、爆獐腿、薑醋金銀蹄子。我只揀你們這兒做得出的來點，名貴點兒的菜肴嘛，咱們也就免了。」店小二聽得張大了口合不攏來，等他說完，道：「這八樣菜價錢可不小哪，單是鴨掌和鷄舌羹，就得用幾十隻鷄鴨。」少年向郭靖一指道：「這位大爺做東，你道他吃不起麼？」

店小二見郭靖身上一件黑貂甚是珍貴，心想就算你會不出鈔，把這件黑貂皮剝下來抵數也儘夠了，當下答應了，再問：「夠用了麼？」

少年道：「再配十二樣下飯的菜，八樣點心，也就差不多了。」店小二不敢再問菜名，只怕他點出來採辦不到，吩咐廚下揀最上等的選配，又問少年：「爺們用甚麼酒？小店有十年陳的竹葉青汾酒，先打兩角好不好？」少年道：「好吧，將就對付著喝喝！」

不一會，果子蜜餞等物逐一送上桌來，郭靖每樣一嚐，件件都是從未吃過的美味。

那少年高談闊論，說的都是南方的風物人情，郭靖聽他談吐雋雅，見識淵博，不禁大爲傾倒。他二師父是個飽學書生，但郭靖全力學武，只閒時才跟朱聰學些粗淺文字，而閒時委實不多，這時聽來，這少年的學識似不在二師父之下，不禁暗暗稱奇，心想：「我只道他是個落魄貧兒，那知學識竟這般高。中土人物，果然跟塞外大不相同。」

再過半個時辰，酒菜擺滿了兩張拼起來的桌子。那少年酒量甚淺，吃菜也只揀清淡的挾了幾筷，忽然叫店小二過來，罵道：「你們這江瑤柱是五年前的宿貨，這也能賣錢？」掌櫃的聽見了，忙過來陪笑道：「客官的舌頭眞靈。實在對不起。小店沒江瑤柱，是去這裏最大的酒樓長慶樓讓來的。通張家口沒新鮮貨。」

那少年揮揮手，又跟郭靖談論起來，聽他說是從蒙古來，就問起大漠的情景。郭靖受過師父囑咐，不能洩露自己身分，只說些彈兔、射鵰、馳馬、捕狼等諸般趣事。那少年聽得津津有味，聽郭靖說到得意處不覺拍手大笑，神態天眞。

郭靖一生長於沙漠，雖與拖雷、華箏兩個小友交好，但鐵木眞愛惜幼子，拖雷常跟在父親身邊，少有空閒與他遊玩。華箏則脾氣極大，郭靖又不肯太過遷就順讓，儘管常在一起玩耍，卻動不動便要吵架，雖一會兒便言歸於好，總不甚相投，此刻和這少年邊吃邊談，不知如何，竟感到了生平未有之樂。兩人說的都是江南鄉談，更覺親切。他本來口齒笨拙，不善言辭，通常總是給別人問到，才不得不答上幾句，韓小瑩常笑他頗有南希仁惜言如金之風，是四師父的入室子弟，可是這時竟滔滔不絕，把自己諸般蠢舉傻事，除了學武及與鐵木眞有關的之外，竟一古腦兒的都說了出來，說到忘形之處，一把握住了少年的左手。一握之下，只覺他手掌溫軟嫩滑，柔若無骨，不覺一怔。那少年低低一笑，俯下了頭。郭靖見他臉上滿是煤黑，但頸後膚色卻白膩如脂、肌光勝雪，微覺奇怪，卻也並不在意。

那少年輕輕掙脫了手，道：「咱們說了這許久，菜冷了，飯也冷啦！」郭靖道：

「是，冷菜也好吃。」那少年搖搖頭。郭靖道：「那麼叫熱一下吧。」那少年道：「不，熱過的菜都不好吃。」把店小二叫來，命他把幾十碗冷菜都撤下去倒掉，再用新鮮材料重做熱菜。

酒店中掌櫃的、廚子、店小二個個稱奇，既有生意，自然一一照辦。蒙古人習俗，招待客人向來傾其所有，何況郭靖這次是平生第一次使錢，渾不知銀錢的用途，但就算知道，既跟那少年說得投機，心下不勝之喜，便多花十倍銀錢，也絲毫不放在心上。

等到幾十盆菜肴重新擺上，那少年只吃了幾筷，就說飽了。店小二心中暗罵郭靖：「你這傻蛋，這小子把你冤上啦。」一會結帳，共是一十九兩七錢四分。郭靖摸出一錠黃金，命店小二到銀鋪兌了銀子付帳。

出得店來，朔風撲面。那少年似覺寒冷，縮了縮頭頸，說道：「叨擾了，再見罷。」郭靖見他衣衫單薄，心下不忍，脫下貂裘，披在他身上，說道：「兄弟，你我一見如故，請把這件衣服穿了去。」他身邊尚賸下八錠黃金，取出四錠，放在貂裘的袋中。那少年也不道謝，披了貂裘，飄然而去。

那少年走出數十步，回過頭來，見郭靖手牽著紅馬，站在長街上兀自望著自己，獃獃出神，知他捨不得就此分別，向他招了招手。郭靖快步過去，道：「賢弟可還缺少甚麼？」那少年微微一笑，道：「還沒請教兄長高姓大名。」郭靖笑道：「眞是的，這倒忘了。我姓郭名靖。兄弟你呢？」那少年道：「我姓黃，單名一個蓉字。」郭靖道：「你要去那裏？若是回南方，咱們結伴同行如何？」黃蓉搖頭道：「我不回南方。」忽然說道：「大哥，我肚子又餓啦。」郭靖肚中尚飽，但本不捨得就此與這初結交的朋友分手，喜道：「好，我再陪兄弟再去用些酒飯便是。」

這次黃蓉領著他到了張家口最大的酒樓長慶樓，鋪陳全是仿照大宋舊京汴梁大酒樓的格局。黃蓉只要了四碟精致細點，一壺龍井，兩人又天南地北的談了起來。龍井雖是郭靖的故鄉名茶，美甲天下，郭靖卻全不識貨，咬嚼茶葉，只覺淡而無味。

黃蓉聽郭靖說養了兩頭白鵰，好生羨慕，說道：「我正不知到那裏去好，這麼說，明兒我就上蒙古，也去捉兩隻小白鵰玩玩。」郭靖道：「那可不容易碰上。」黃蓉道：「怎麼你又碰上呢？」郭靖無言可答，只好笑笑，心想蒙古苦寒，朔風猛烈，他身子單薄，只怕禁受不住，問道：「你家在那裏？幹麼不回家？」

黃蓉眼圈兒一紅，道：「爹爹不要我啦。」郭靖道：「幹麼呀？」黃蓉道：「爹爹關住了一個人，老是不放，我見那人可憐，獨個兒又悶得慌，便拿些好酒好菜給他吃，又陪他說話。爹爹惱了罵我，我就夜裏偷偷逃了出來。」郭靖道：「你爹爹這時怕在想你呢。你媽呢？」黃蓉道：「早死啦，我從小就沒媽。」郭靖道：「你玩夠之後，就回家去罷。」黃蓉流下淚來，道：「爹爹不要我啦。」郭靖道：「不會的。」黃蓉道：

「那麼他幹麼不來找我？」郭靖道：「或許他是找的，不過沒找著。」黃蓉破涕為笑，道：「倒也說得是。那我玩夠之後就回去，不過先得捉兩隻白鵰兒。」

兩人談了一陣途中見聞，郭靖說到八個穿男裝的白衣女子意圖奪馬之事。黃蓉問起小紅馬的性子腳程，郭靖說了紅馬的來歷和奔馳之速，黃蓉聽得十分欣羨，笑吟吟的道：「大哥，我向你討一件寶物，你肯麼？」郭靖道：「那有不肯之理？」黃蓉道：「我就是喜歡你這匹汗血寶馬。」郭靖毫不遲疑，道：「好，我送給兄弟便了。」

黃蓉本是隨口開個玩笑，心想他對這匹千載難逢的寶馬愛若性命，自己與他不過萍水相逢，存心是要瞧瞧這老實人如何出口拒絕，那知他答應得豪爽之至，大出意外，不禁愕然，心中感激，難以自己，忽然伏在桌上，嗚嗚咽咽的哭了起來。

這一下郭靖更大為意外，忙問：「兄弟，怎麼？你身上不舒服麼？」

黃蓉抬起頭來，雖滿臉淚痕，卻喜笑顏開，只見他兩條淚水在臉頰上垂了下來，洗去煤黑，露出兩道白玉般的肌膚，笑道：「大哥，咱們走罷！」

郭靖會了鈔下樓，牽過紅馬，囑咐道：「我把你送給了我的好朋友，你要好好聽話，決不可發脾氣。」拉住轡頭，輕輕撫摸馬毛，說道：「兄弟，你上馬罷！」那紅馬本不容旁人乘坐，但這些日子來野性已大為收歛，又見主人如此，也就不加抗拒。黃蓉翻身上馬，郭靖放開了手，在馬臀上輕輕一拍，小紅馬絕塵而去。

等到黃蓉與紅馬的身形在轉角處消失，郭靖才轉過身來，眼看天色不早，去投了客店，正要熄燈就寢，忽聽房門上有剝啄之聲，郭靖心中一喜，只道是黃蓉，問道：「是兄弟麼？好極了！」外面一人沙啞了嗓子道：「是你老子！有甚麼好？」

郭靖一楞，打開門來，燭光下只見外面影影綽綽的站著五人，一看之下，不禁倒抽了一口涼氣。四個人提刀執槍、掛鞭持斧，正是當日曾在土山頂上與之惡鬥的黃河四鬼，另一個是四十歲左右的青臉瘦子，面頰極長，額角上腫起了三個大肉瘤，形相極是難看。

那青臉瘦子冷笑一聲，大踏步走進房來，大剌剌往炕上一坐，側過了頭斜眼看著郭靖，燭光映射在他肉瘤之上，在臉上留下三團陰影。黃河四鬼中的斷魂刀沈青剛冷笑道：「這位是我們師叔，大名鼎鼎的三頭蛟侯通海侯老爺，快磕頭罷！」

郭靖眼見身入重圍，單是黃河四鬼，已自對付不了，何況再加上他們一個師叔，看來此人功夫必更厲害，抱拳問道：「各位有甚麼事？」

侯通海道：「你那些師父呢？」郭靖道：「我六位師父不在這裏。」侯通海道：「嘿嘿，那就讓你多活半天，倘若現下殺了你，倒讓人說我三頭蛟欺侮小輩。明天中午，我在西郊十里外的黑松林相候，叫你六個師父陪你一起來。」說著站起身來，也不等郭靖回答，逕自出房。追命槍吳青烈把門帶上，喀的一聲，在門外反扣上了。

郭靖吹滅燭火，坐在炕上，見窗紙上一個人影緩緩移來移去，顯然敵人在窗外守住了。過了半晌，忽聽得屋頂響動，有人用兵器在屋瓦上敲擊幾下，喝道：「小子，別想逃走，你爺爺守在這兒。」郭靖情知已無法脫身，上炕而睡，雙眼望著屋頂，盤算明日如何脫身，但半條妙法沒想出，便睡著了。

次日起身，店小二送進臉水麵點。錢青健執著雙斧，在後虎虎監視。

郭靖心想六位師父相距尚遠，定然無法趕到相救，既然逃不了，大丈夫就落個力戰而死，四師父雖曾教導：「打不過，逃！」可是我打也沒打，就即撒腿而逃，跟四師父的指點卻又不合。其實單憑錢青健一人監視，他要逃走，並不為難，錢青健也未必打得他過。只是他腦子不大會轉彎，南希仁當時倘若只說：「危險，逃！」他多半就會狂奔逃命，諒錢青健也追他不上。三頭蛟侯通海只道江南六怪必在左近，依他們身分，決不會有約不赴，全沒防到郭靖會單身逃走。

郭靖坐在炕上，依著馬鈺所授法子打坐練功。錢青健在他身前揮動雙斧，四下裏空砍虛劈，大聲吆喝，又指摘他打坐方法不對，如此練功，必會走火入魔。郭靖自不理睬，眼見日將中天，站起身來，對錢青健道：「去罷！」付了房飯錢，兩人並肩而行。向西走了十里，果見好一座松林，枝葉遮天蔽日，林中陰沉沉的望不出數十步遠。錢青健撇下郭靖，快步入林。

郭靖解下腰間軟鞭，提氣凝神，一步步向前走去，只怕敵人暗算。順著林中小徑走了里許，仍不見敵蹤，林中靜悄悄地，偶然聽得幾聲鳥叫，越走越害怕，突然心想：「此時已無敵人在旁監視，樹林又如此濃密，我何不躲藏起來？我只是躲，可不算逃！」正要閃入左首樹叢，忽聽頭頂有人高聲怒罵：「小雜種，混帳、王八蛋！」

郭靖躍開三步，軟鞭抖動，一招起手式，擺開了陣勢，抬頭望時，不禁既驚愕又好笑，只見黃河四鬼高高的吊在四棵大樹之上，每個人手足都遭反縛，在空中盪來盪去，拚命掙扎，卻無借力之處。四人見了郭靖，更加破口大罵。

郭靖笑道：「你們在這裏盪秋千麼？好玩得很罷？再見，再見，失陪啦！」走出幾步，回頭問道：「是誰把你們吊在樹上的？」錢青健罵道：「你奶奶雄，詭計暗算，不是好漢！」沈青剛叫道：「好小子，你有種就把我們放下來，單打獨鬥，決個勝敗。我們四人倘若一擁而上，不算英雄。」郭靖雖不算聰明，卻也不至於蠢得到了家，哈哈大笑，說道：「算你們勝，勝了的盪秋千便了，也不必再單打獨鬥啦！」

他怕三頭蛟侯通海隨時趕到，不敢逗留，飛步出林，回到城裏，兌了銀子，買了一匹好馬，當即上道向南，一路心中琢磨：「暗地裏救我的恩人不知是誰？這黃河四鬼功夫並不太差，竟能將他們吊上樹去。那三頭蛟侯通海兇神惡煞一般，怎麼這時又不見了影子？師父們說，跟人訂下了約會，便有天大凶險也不能不赴。這約會我是赴過了，他自己不來，須怪不得我。」

一路無話，這一日到了中都大興府。這是大金國的京城，以前叫作燕京，是先前遼國的南京，乃當時天下形勝繁華之地，即便宋朝舊京汴梁、新都臨安，也有所不及。郭靖長於荒漠，又怎見過這般氣象？只見紅樓畫閣，繡戶朱門，雕車競駐，駿馬爭馳。高櫃巨鋪，盡陳奇貨異物；茶坊酒肆，但見華服珠履。花光滿路，簫鼓喧空；金翠耀日，羅綺飄香。只把他這從未見過世面的少年看得眼花繚亂。所見之物，十件中倒有九件不知是甚麼東西。

他不敢走進金碧輝煌的酒樓，揀了間小小飯鋪吃了飯，信步到長街閒逛。忽聽得前面人聲喧嘩，喝采之聲不絕於耳，遠遠望去，圍著好大一堆人，不知在看甚麼。

他好奇心起，挨入人羣張望，只見中間老大一塊空地，地下插了一面錦旗，白底紅花，繡著「比武招親」四個金字，旗下兩人正自拳來腳去的打得熱鬧，一個是紅衣少女，一個是長大漢子。郭靖見那少女舉手投足皆有法度，顯然武功不弱，那大漢卻武藝平平。拆鬥數招，那紅衣少女賣個破綻，上盤露空。那大漢大喜，一招「雙蛟出洞」，雙拳呼地打出，直取對方肩頭。那少女身形略偏，當即滑開，左臂橫掃，蓬的一聲，大漢背上早著。那大漢收足不住，向前直跌出去，只跌得灰頭土臉，爬起身來，滿臉羞慚，擠入人叢中去了。旁觀衆人連珠價喝采。

那少女掠了掠頭髮，退到旗桿之下。郭靖看那少女時，見她十七八歲年紀，玉立亭亭，雖臉有風塵之色，但明眸皓齒，容顏娟好。那錦旗在朔風下飄揚飛舞，遮得那少女臉上忽明忽暗。錦旗左側地下插著一桿鐵槍，右側插著兩枝鑌鐵短戟。

只見那少女和身旁的一個中年漢子低聲說了幾句話。那漢子點點頭，向衆人團團作了一個四方揖，朗聲說道：「在下姓穆名易，山東人氏。路經貴地，一不求名，二不爲利，只爲尋訪一位朋友……」說著伸掌向錦旗下的兩件兵器示意一指，又道：「……以及一位年少的故人。又因小女年已及笄，尚未許得婆家，她曾許下一願，不望夫婿富貴，但願是個武藝超羣的好漢，因此上斗膽比武招親。凡年在二十歲上下，尚未娶親，能勝得小女一拳一腳的，在下即將小女許配於他。如是山東、兩浙人氏，就更加好了。在下父女兩人，自南至北，經歷七路，只因成名的豪傑都已婚配，而少年英雄又少肯於下顧，是以始終未得良緣。」說到這裏，頓了一頓，抱拳說道：「大興府是臥虎藏龍之地，高人好漢必多，在下行事荒唐，請各位多多包涵。」

郭靖見這穆易腰粗膀闊，甚是魁梧，但背脊微駝，兩鬢花白，滿臉皺紋，神色間甚爲愁苦，身穿一套粗布棉襖，衣褲上都打了補釘。那少女卻穿著光鮮得多。

穆易交代之後，等了一會，只聽人叢中一些混混貧嘴取笑，又對那少女評頭品足，卻沒人敢下場動手，抬頭望望天，見鉛雲低壓，北風更勁，自言自語：「看來轉眼有一場大雪。唉，那日也是這樣的天色……」轉身拔起旗桿，正要把「比武招親」的錦旗捲起，忽然人叢中東西兩邊同時有人喝道：「且慢！」兩個人同時竄入圈子。

眾人一看，轟然大笑。原來東邊進來的是個肥胖老者，滿臉濃髯，鬍子大半斑白，年紀少說也有五十來歲。西邊來的更是好笑，竟是個光頭和尚。那胖子對眾人喝道：「笑甚麼？他比武招親，我尚未娶妻，難道我比不得？」那和尚嘻皮笑臉的道：「老公公，你就算勝了，這花一般的閨女，叫她一過門就做寡婦麼？」那胖子怒道：「那你來幹甚麼？」和尚道：「得了這樣美貌娘子，我和尚馬上還俗。」眾人更轟然大笑。

那少女臉呈怒色，柳眉雙豎，脫下剛穿上的披風，就要上前動手。穆易拉了女兒一把，叫她稍安毋躁，隨手又把旗桿插入地下。

這邊和尚和胖子爭著要先和少女比武，你一言，我一語，已鬧得不可開交，旁觀的閒漢笑著起鬨：「你哥兒倆先比一比吧，誰贏了誰上！」和尚道：「好，老公公，咱倆玩玩！」說著呼的就是一拳。那胖子側頭避開，回打一拳。

郭靖見那和尚使的是少林羅漢拳，胖子使的是五行拳，都是外門功夫。和尚縱高伏低，身手便捷。那胖子卻拳腳沉雄，莫瞧他年老，竟招招勁猛。鬥到分際，和尚猱身直進，砰砰砰，在胖子腰裏連捶三拳，那胖子連哼三聲，忍痛不避，右拳高舉，有如巨鎚般捶將下來，正捶在和尚的光頭之上。和尚抵受不住，一屁股坐在地下，微微一楞，忽地從僧袍中取出一柄戒刀，揮刀向胖子小腿劈去。

眾人高聲大叫。那胖子跳起避開，伸手從腰裏一抽，鐵鞭在手，原來兩人身上都暗藏兵刃。轉眼間刀來鞭往，鞭去刀來，乒乓作聲，殺得好不熱鬧。眾人嘴裏叫好，腳下不住後退，生怕兵器無眼，誤傷了自己。

穆易走到兩人身旁，朗聲說道：「兩位住手。這裏是京師之地，不可掄刀動槍。」那兩人殺得性起，那來理他？穆易忽地欺身而進，飛腳把和尚手中戒刀踢得脫手，順手抓住了鐵鞭鞭頭，一扯一奪，那胖子把揑不住，只得鬆手。穆易將鐵鞭重重擲落。和尚與胖子不敢多話，各自拾起兵刃，鑽入人叢而去。

眾人轟笑聲中，忽聽得鸞鈴響動，數十名健僕擁著一個少年公子馳馬而來。

那公子見了「比武招親」的錦旗，向那少女打量了幾眼，微微一笑，下馬走進人叢，向少女道：「比武招親的可是這位姑娘麼？」那少女紅了臉轉過頭去，並不答話。

穆易上前抱拳道：「在下姓穆，公子爺有何見教？」那公子道：「比武招親的規矩怎麼樣？」穆易說了一遍。那公子道：「那我就來試試。」

郭靖見這公子容貌俊秀，約莫十八九歲年紀，一身錦袍，服飾華貴，心想：「這公子跟這姑娘倒是一對兒，幸虧剛才那和尚和胖老頭武功不濟，否則……否則……」

穆易抱拳陪笑道：「公子爺取笑了。」那公子道：「怎見得？」穆易道：「小人父女是江湖草莽，怎敢與公子爺放對？再說這不是尋常的賭勝較藝，我們志在尋人，又事關小女終身大事，請公子爺見諒。」那公子望了紅衣少女一眼，問道：「你們比武招親已有幾日了？」穆易道：「經歷七路，已有大半年了。」那公子奇道：「難道竟沒人勝得了姑娘？這個我卻不信了。」穆易微微一笑，說道：「想來武藝高強之人，不是已婚，就是不屑跟小女動手。」

那公子叫道：「來來來！我來試試。」緩步走到中場。

穆易見他人品秀雅，丰神儁朗，心想：「這人若是尋常人家的少年，倒也和我孩兒相配。但他是富貴公子，此處是金人的京師，他父兄就算不在朝中做官，也必是有財有勢之人。我孩兒倘若勝過了他，難免另有後患；要是給他得勝，我又怎能跟這等人家結親？」便道：「小人父女是山野草莽之人，不敢跟公子爺過招。咱們就此別過。」

那公子笑道：「切磋武藝，點到為止，你放心，我決不打傷打痛你的姑娘便是。」轉頭對那少女笑道：「姑娘只消打到我一拳，便算是你贏了，好不好？」那少女道：「比武過招，勝負自須公平。」人圈中有人叫將起來：「快動手罷。早打早成親，早抱胖娃娃！」眾人都轟笑起來。

那少女皺起眉頭，含嗔不語，脫落披風，向那公子微一萬福。那公子還了一禮，笑道：「姑娘請。」穆易心道：「這公子爺嬌生慣養，豈能眞有甚麼武功了？儘快將他打發了，我們這就出城，免得多生是非。」說道：「那麼公子請寬了長衣。」那公子微笑道：「不用了。」

旁觀衆人見過那少女的武藝，心想你如此托大，待會就有苦頭好吃；也有的說道：「穆家父女是行走江湖之人，怎敢得罪了王孫公子？定會將他好好打發，不讓他失了面子。」又有人悄悄的道：「你道他們眞是『比武招親』麼？他是仗著閨女生得美貌，又有武藝，父女倆出來訛騙錢財的。這公子爺這一下可要破財了。」當時江湖上賣解求財、藉口比武招親之事在通都大邑中事所常有，常人也不以爲奇。

那少女道：「公子請。」那公子衣袖輕抖，人向右轉，左手衣袖突從身後向少女肩頭拂去。那少女見他出手不凡，微微一驚，俯身前竄，已從袖底鑽過。那知這公子招數好快，她剛從袖底鑽出，他右手衣袖已勢挾勁風，迎面撲到，這一下敎她身前有袖，頭頂有袖，雙袖夾擊，再難避過。那少女左足一點，身子似箭離弦，倏地向後躍出，這一下變招救急，身手敏捷。那公子叫了聲：「好！」踏步進招，不待她雙足落地，跟著又揮袖抖去。那少女在空中扭轉身子，左腳飛出，逕踢對方鼻樑，這是以攻爲守，那公子只得向右躍開，兩人同時落地。那公子這三招攻得快速異常，而那少女三下閃避也十分靈動，各自心中佩服，互相望了一眼。那少女臉上一紅，出手進招。兩人鬥到急處，只見那公子滿場遊走，身上錦袍燦然生光；那少女進退趨避，紅衫絳裙，似乎化作了一團紅雲。

郭靖在一旁越看越奇，心想這兩人年紀和我相若，竟都練成了如此一身武藝，實在難得；又想他們年貌相當，如能結成夫妻，閒下來時時這般「比武招親」，倒也有趣得緊。他張大了嘴巴，正看得興高采烈，忽見公子長袖給那少女伸手抓住，兩下掙奪，嗤的一聲，扯下了半截。那少女向旁躍開，把半截袖子往空中一揚。

穆易叫道：「公子爺，我們得罪了。」轉頭對女兒道：「這就走罷！」

那公子臉色一沉，喝道：「可沒分了勝敗！」雙手抓住袍子衣襟，向外分扯，錦袍上玉扣四下摔落。一名僕從走進場內，幫他寬下長袍。另一名僕從拾起玉扣。只見那公子內裏穿著湖綠緞子的中衣，腰裏束著一根蔥綠汗巾，更襯得臉如冠玉，唇若塗丹。

他左掌向上甩起，虛劈一掌，這一下可顯了眞實功夫，一股凌厲勁急的掌風將那少女的衣帶震得飄了起來。這一來，郭靖、穆易和那少女都是一驚，均想：「瞧不出這相貌秀雅之人，功夫竟如此狠辣！」

這時那公子再不相讓，掌風呼呼，打得興發，那少女再也欺不到他身旁三尺以內。

郭靖心想：「這公子功夫了得，這姑娘不是敵手，這門親事做得成了。」暗自代雙方欣喜；又想：「六位師父常說，中原武學高手甚多，果然不錯。這位公子爺掌法奇妙，變化靈巧，倘若跟我動手，我只怕打他不過。」

穆易也早看出雙方強弱之勢早判，叫道：「念兒，不用比啦，公子爺比你強得多。」心想：「這少年武功了得，自不是吃著嫖賭的紈袴子弟。待會問明他家世，只消不是金國官府人家，便結了這門親事，我孩兒終身有托。」連聲呼叫，要二人罷鬥。

但兩人鬥得正急，一時那裏歇得了手？那公子心想：「這時我要傷你，易如反掌，不過有點捨不得。」忽地左掌變抓，隨手鉤出，已抓住少女左腕，少女吃驚，向外掙奪。那公子順勢輕送，那少女立足不穩，眼見要仰跌下去，那公子右臂抄去，已將她抱在懷裏。旁觀眾人又喝采，又喧鬧，亂成一片。

那少女羞得滿臉通紅，低聲求道：「快放開我！」那公子笑道：「你叫我一聲親哥哥，我就放你！」那少女恨他輕薄，用力一掙，但給他緊緊摟住了，卻那裏掙扎得脫？

穆易搶上前來，說道：「公子勝啦，請放下小女罷！」那公子哈哈一笑，仍然不放。

那少女急了，飛腳向他太陽穴踢去，要叫他不能不放開了手。那公子右臂鬆脫，舉手擋架，反腕鉤出，又已拿住了她踢過來的右腳。他這擒拿功夫竟得心應手，擒腕得腕，拿足得足。那少女更急，奮力抽足，腳上繡著紅花的繡鞋竟離足而去，但總算掙脫了他懷抱，坐在地下，含羞低頭，摸著白布襪子。那公子嘻嘻而笑，把繡鞋放在鼻邊作勢一聞。旁觀的無賴子那有不乘機湊趣之理，齊聲大叫：「好香啊！」

穆易笑道：「請教尊姓大名？」那公子笑道：「不必說了吧！」轉身披上錦袍，向那紅衣少女望了一眼，把繡鞋放入懷裏。

便在這時，一陣風緊，天上飄下片片雪花，許多閒人叫了起來：「下雪啦，下雪啦！」穆易道：「我們住在西大街高陞客棧，這就一起去談談罷。」那公子道：「談甚麼？天下雪啦，我趕著回家。」穆易愕然變色，道：「你既勝了小女，我有言在先，自然將女兒許配給你。終身大事，豈能馬虎？」那公子哈哈一笑，說道：「我們在拳腳上玩玩，倒也有趣。招親嘛，哈哈，可多謝了！」

穆易氣得臉色雪白，一時說不出話來，指著他道：「你……你這……」公子的一名親隨冷笑道：「我們公子爺是甚麼人？怎會跟你這等走江湖賣解的低三下四之人攀親？你做你的清秋白日夢去罷！」穆易怒極，反手出掌，正中他左頰，力道奇勁，那親隨登時暈了過去。那公子也不和他計較，命人扶起親隨，就要上馬。穆易怒道：「你是存心消遣我們來著？」那公子也不答話，左足踏上了馬鐙。

穆易左手翻過，抓住了那公子左臂，喝道：「好，我閨女原也不能嫁你這等輕薄小人，把鞋子還來！」那公子笑道：「這是她甘願送我的，與你何干？招親是不必了，采頭卻不能不要。」手臂繞了個小圈，微一運勁，已把穆易左手震脫。

穆易氣得全身發顫，喝道：「我跟你拚啦！」縱身高躍，疾撲而前，雙拳「鐘鼓齊嗚」，往他兩邊太陽穴打去。那公子仰身避開，左足在馬鐙上一登，飛身躍入場子，笑道：「我如打敗了你這老兒，你就不逼我做女婿了罷？」

旁觀眾人都氣惱這公子輕薄無行，仗勢欺人，但除了幾個無賴混混大笑之外，餘人都含怒不言。

穆易不再說話，緊了緊腰帶，使招「海燕掠波」，身子躍起，向那公子疾撞過去。那公子知他怒極，不敢怠慢，擰過身軀，左掌往外穿出，「毒蛇尋穴手」往他小腹擊去。穆易向右避過，右掌疾向對方肩井穴斬下。那公子左肩微沉，避開敵指，不待左掌撤回，右掌已從自己左臂下穿出，「偷雲換日」，上面左臂遮住了對方眼光，臂下這掌出敵不意，險狠之極。穆易左臂沉落，手肘已搭在他掌上，右拳橫掃，待他低頭躲過，猝然間雙掌合攏，「韋護捧杵式」猛劈他雙頰。

那公子這時不論如何變招，都不免中掌，心一狠，雙手倏地飛出，快如閃電，十根手指分別插入穆易左右雙手手背，隨即向後躍開，十根指尖已成紅色。

旁觀眾人齊聲驚呼，只見穆易手背鮮血淋漓。鮮血滴在地下，傷勢竟自不輕。那少女又氣又急，忙上來扶住父親，撕下父親衣襟，給他裹傷。穆易把女兒輕輕一推，怒道：「走開，今日不跟他拚了不能算完。」那少女道：「爹，這人好狠，今日且忍一忍！」

眾人眼見一樁美事變成血濺當場，個個驚咦嘆息，連那些無賴地痞臉上也都有不忍之色。有人便輕輕議論那公子的不是。

郭靖見了這等不平之事，那裏還忍耐得住？見那公子在衣襟上擦了擦指上鮮血，又要上馬，雙臂分張，輕輕推開身前各人，走入場子，叫道：「喂，你這樣幹不對啊！」

那公子一呆，隨即笑道：「要怎樣幹纔對啊？」他手下隨從見郭靖打扮得土頭土腦，說話又是一口南方土音，聽公子學他語音取笑，都縱聲大笑。

郭靖楞楞的也不知他們笑些甚麼，正色道：「你該當娶了這位姑娘才是。」

那公子側過了頭，笑吟吟的道：「要是我不娶呢？」郭靖道：「你既不願娶她，幹麼下場比武？她旗上寫得明明白白是『比武招親』。」那公子臉色一沉，道：「你這小子來多管閒事，要想怎地？」郭靖道：「這位姑娘相貌既好，武藝又高，你幹麼不要？你不見這位姑娘氣得臉都白了嗎？」那公子道：「你這渾小子，跟你多說也是白饒。」轉身便走。郭靖伸手攔住，道：「咦？怎麼又要走啦？」那公子道：「怎麼？」郭靖道：「我不是勸你娶了這位姑娘麼？」那公子縱聲冷笑，大踏步走出。

穆易見郭靖慷慨仗義，知他是個血性少年，然而聽他與那公子一問一答，顯然心地純厚，全然不通世務，走近身來，對他道：「小兄弟，別理他，只要我有一口氣在，此仇不能不報。」提高了嗓子叫道：「喂，你留下姓名來！」

那公子笑道：「我說過不能叫你丈人，又問我姓名幹麼？」

郭靖大怒，縱身過去，喝道：「那麼你將鞋子還給這位姑娘。」那公子怒道：「關你屁事？你自己看上了這姑娘是不是？」郭靖搖頭道：「不是！你到底還不還？」那公子忽出左掌，去勢如風，重重打了郭靖個耳光。郭靖全沒料到他會突然出手，敵掌之來，沒想到要閃避擋格，給他重重一掌擊在臉上，驚怒交集，施展擒拿手中的絞拿之法，左手向上向右，右手向下向左，雙手交叉而落，一絞之下，同時拿住了那公子雙腕脈門。

那公子又驚又怒，一掙沒能掙脫，喝道：「你要死麼？」飛起右足，往郭靖下陰踢去。郭靖雙手奮力抖出，將他擲回場中。那公子輕身功夫甚爲了得，這一擲眼見是肩頭向下，那知他將著地時右足底往地下一撐，已然站直。他疾將錦袍抖下，喝道：「你這臭小子活得不耐煩了？有種的過來，跟公子爺較量較量。」

郭靖搖頭道：「我幹麼要跟你打架？你既不願娶她，就將鞋子還了人家。」

衆人只道郭靖出來打抱不平，都想見識見識他的功夫，不料他忽然臨陣退縮，有些無賴子便噓了起來，叫道：「只說不練，算那門子的好漢？」

那公子剛才給郭靖這麼拿住雙腕一擲，知他武功不弱，內力強勁，心中也自忌憚三分，見他不願動手，正合心意，但被迫交還繡鞋，在衆目睽睽之下如何下得了這個台？當下把錦袍搭在臂上，冷笑轉身。郭靖伸左手抓住錦袍，叫道：「怎麼便走了？」

那公子忽施計謀，手臂一甩，錦袍猛地飛起，罩正郭靖頭上，跟著雙掌齊出，猛力打中他胸肋。郭靖突覺眼前一黑，同時胸口一股勁風襲到，急忙吐氣縮胸，已自不及，啪的一聲，肋上雙掌齊中。幸而他曾跟丹陽子馬鈺修習過兩年玄門正宗內功，這兩掌雖給打得胸口劇痛徹骨，卻也傷他不得，當此危急之際，雙腳鴛鴦連環，左起右落，左落右起，倏忽之間接連踢出了九腿。這是馬王神韓寶駒的生平絕學，腳下曾踢倒無數南北好漢。郭靖雖未學得三師父腿法的神髓，頭上又罩著錦袍，目不見物，只得飛腳亂踢，那公子卻也給他踢得手忙腳亂，避開了前七腿，最後兩腳竟然未能避過，噠噠兩下，左胯右胯均遭踢中。

兩人齊向後躍。郭靖忙把罩在頭上的錦袍甩脫，不由得又驚又怒，心想事先說好了比武招親，這公子比武得勝，竟會不顧信義，不要人家的姑娘，而自己與他講理，他既打人在先，又猛下毒手，要不是自己練有內功，受了這兩掌豈非肋骨斷折、內臟震傷？他天性質樸，自幼又一直與粗獷誠實之人相處，對人性之險惡竟全然不知。雖然朱聰、全金發等近年來已說了不少江湖上陰毒狡猾之事給他聽，但他只當聽故事一般，聽過便算，既非親身經歷，便難深印腦中。這時憤怒之餘，又茫然不解，眞不信世間竟有這等事情。

那公子中了兩腿，勃然大怒，身形一晃，斗然間欺到郭靖身邊，左掌「斜掛單鞭」，呼的一聲，向他頭頂劈落。郭靖舉手擋格，雙臂相交，只覺胸口驀地劇痛，心裏驚了，給那公子搶攻數招，出腳勾轉，撲地跌倒。公子的僕從都嘻笑起來，有人還鼓掌喝采。那公子拍了拍胯上塵土，冷笑道：「憑這點三腳貓功夫就想打抱不平！回家叫你師娘再教二十年！」

郭靖並不作聲，吸了口氣，在胸口運了幾轉，疼痛立減，說道：「我沒師娘！」那公子哈哈大笑，說道：「那麼叫你師父快娶一個！」郭靖正想說：「我有六個師父，其中一個是女的。」卻見那公子正想走出圈子，這句話來不及說了，忙縱身而上，叫道：「看拳！」肘底衝拳，往他後腦擊去。那公子低頭避過，郭靖左手鉤拳從下而上，擊他面頰。那公子舉臂擋開，兩人雙臂相格，各運內勁，向外崩擊。郭靖本力較大，那公子武功較純，一時僵住了不分上下。

郭靖猛吸口氣，正待加強臂上之力，忽覺對方手臂陡鬆，自己一股勁力突然落空，不由得向前撲出，急忙拿樁站穩，後心敵掌已到。郭靖忙回掌招架，但他是憑虛，對方踏實，那公子道：「去罷！」掌力震出，郭靖立不住腳，又即跌倒，這次卻是俯跌。他左肘在地下力撐，身子彈起，在空中轉了半個圈子，左腿橫掃，向那公子胸口踢去。

旁觀眾人見他這一下變招迅捷，稍會拳藝的人都喝了一聲采。

那公子向左側身，雙掌虛實並用，一掌擾敵，一掌相攻。郭靖展開「分筋錯骨手」，雙手飛舞，拿筋錯節，招招不離對手全身關節穴道。那公子掌法忽變，竟然也使出「分筋錯骨手」來。只是郭靖這路功夫係妙手書生朱聰自創，與中原名師所傳的招式不同。兩人拳路甚近，手法招術卻是大異，拆得數招，一個伸食中兩指扣拿對方腕後「養老穴」，另一個反手鉤擒，抓向對方指關節。雙方各有所忌，都不敢把招術使實了，稍發即收，如此拆了三四十招，兀自不分勝敗。雪片紛落，衆人頭上肩上都已積了薄薄一層白雪。

那公子久戰不下，忽然賣個破綻，露出前胸，郭靖乘機直上，手指疾點對方胸口「鳩尾穴」，心念忽動：「我和他並無仇怨，不能下此重手！」手指微偏，戳在穴道之旁。豈知那公子右臂忽地穿出，將郭靖雙臂掠在外門，左手接連蓬蓬兩拳，正擊中他的腰眼。郭靖忙彎腰縮身，發掌也向那公子腰裏打到。那公子早算到了這招，右手鉤轉，已刁住他手腕，「順手牽羊」往外帶出，右腿在郭靖右腿迎面骨上一撥，借力使力，郭靖站立不定，咕咚一聲，重重的又摔了一交。

穆易雙手由女兒裹好了創口，站在旗下觀鬥，見郭靖連跌三交，顯然不是那公子對手，忙搶上扶起，說道：「老弟，咱們走罷，不必再跟這般下流胚子一般見識。」

郭靖剛才這一交摔得頭暈眼花，額角撞在地下更好不疼痛，怒火大熾，掙脫穆易拉住他的手，搶上去拳掌連施，狠狠向那公子打去。

那公子眞料不到他竟輸了不走，反而愈鬥愈勇，躍開三步，叫道：「你怎還不服輸？」郭靖並不答話，搶上來繼續狠打。那公子道：「你再糾纏不淸，可莫怪我下殺手了！」郭靖道：「好！你不把鞋子還出來，咱們永遠沒完。」那公子笑道：「這姑娘又不是你親妹子，幹麼你拚死要做我大舅子？」這句是北方罵人的話兒，旁邊的無賴子一齊鬨笑。郭靖全然不懂，道：「我又不認得她，她本來不是我親妹子。」那公子又好氣又好笑，斥道：「傻小子，看招！」兩人搭上了手，翻翻滾滾的又鬥了起來。

這次郭靖留了神，那公子連使詭計，郭靖儘不上當。講到武功，那公子實是稍勝一籌，但郭靖拚著一股狠勁，奮力劇戰，身上儘管再中拳掌，卻始終纏鬥不退。他幼時未學武藝之時，與都史等一羣小孩打架便已如此。這時武藝雖然高了，打法仍是出於天性，與幼時一般無異，蠻勁發作，早把四師父所說「打不過，逃！」的四字眞言拋到了九霄雲外。在他內心，一向便是六字眞言：「打不過，加把勁。」不過自己不知而已。

這時聞聲而來圍觀的閒人越聚越衆，廣場上已擠得水洩不通。風雪漸大，但衆人有熱鬧好瞧，竟誰也不走。

穆易老走江湖，知道如此打鬥下去，定會驚動官府，鬧出大事，但人家仗義出來打抱不平，自己豈能就此一走了之，在一旁瞧著，十分焦急，無意中往人羣一瞥，忽見觀鬥衆人中竟多了幾個武林人物、江湖豪客，或凝神觀看，或低聲議論。適才自己全神貫注的瞧著兩個少年相鬥，也不知這些人是幾時來的。

穆易慢慢移動腳步，走近那公子的隨從聚集之處，側目斜睨，只見隨從羣中站著三個相貌特異之人。一個身披大紅袈裟，頭戴一頂金光燦然的尖頂僧帽，是個和尚，他身材魁梧之極，站著比四周衆人高出了一個半頭。另一個中等身材，滿頭白髮如銀，但臉色光潤，不起一絲皺紋，猶如孩童一般，當眞是童顏白髮，神采奕奕，穿一件葛布長袍，打扮非道非俗。第三個五短身材，滿眼紅絲，卻目光如電，上唇短髭翹起。

穆易看得暗暗驚訝，只聽一名僕從道：「上人，你老下去把那小子打發了罷，再纏下去，小王爺要是一個失手，受了點兒傷，咱們跟隨小王爺的下人們可都活不了啦。」穆易大吃一驚，心道：「原來這無賴少年竟是小王爺，再鬥下去，可要闖出大禍來。看來這些人都是王府裏的好手，想必衆隨從害怕出事，去召了來助拳。」只見那和尚微微一笑，並不答話。那白髮老頭笑道：「靈智上人是青海手印宗大高手，等閒怎能跟這等渾小子動手，沒的失了自己身分。」轉頭向那僕從笑道：「最多王爺打折你們的腿，還能要了性命麼？」那矮小漢子說道：「小王爺功夫比那小子高，怕甚麼？」他身材短小，卻聲若洪鐘，話一出口，旁人都嚇了一跳，回頭看去，被他閃電似的目光一瞪，又都急忙回頭，不敢再看。

那白髮老人笑道：「小王爺學了這身功夫，不在人前露臉，豈不空費了這多年寒暑之功？要是誰上去相幫，他準不樂意。」那矮小漢子道：「梁公，你說小王爺的掌法是那一門功夫？」這次他壓低了嗓門。白髮老人呵呵笑道：「彭老弟，這是考較你老哥來著？小王爺掌法飛翔靈動，虛實變化，委實不容易。要是你老哥不走了眼，那麼他必是跟全眞教道士學的武功。」穆易心中一凜：「這下流少年是全眞派的？」

那矮小漢子道：「梁公好眼力。你向在長白山下修仙煉藥，聽說很少到中原來，對中原武學的家數門派卻一瞧便知，兄弟佩服之至。」那白髮老頭微笑道：「彭老弟取笑了。」那矮小漢子又道：「可是全眞教的道士常跟我大金國作對，怎會去教小王爺武藝，這倒奇了。」那白髮老頭笑道：「六王爺折節下交，甚麼人請不到？似你彭老弟這般縱橫河北、河東的豪傑，不也到了王府裏麼？」那矮小漢子點了點頭。

白髮老頭望著圈中兩人相鬥，見郭靖掌法又變，出手遲緩，門戶卻守得緊密異常，小王爺數次搶攻，都讓他厚重的掌法震了回去，問那矮小漢子道：「你瞧這小子的武功是甚麼家數？」那人遲疑了一下，道：「這小子武功很雜，好似不是一個師父所授。」旁邊一人接口道：「彭寨主說得對，這小子是江南七怪的徒弟。」

穆易向他瞧去，見是個青臉瘦子，額上生了三個肉瘤，心想：「這人叫他彭寨主，難道這矮小漢子，竟然便是那殺人不眨眼的大盜千手人屠彭連虎？江南七怪的名字很久沒聽到了，怎地到了北邊？」正自疑惑，那青臉瘦子忽然怒喝：「臭小子，你在這裏？」噹啷啷一聲，從背上拔出一柄短柄三股鋼叉，縱身躍入場子。

郭靖聽得身後響聲，回頭看去，迎面便是三個肉瘤不住晃動，正是黃河四鬼的師叔三頭蛟侯通海搶將進來，吃了一驚，他想事不快，一時不知該當如何才是，就這麼一疏神，肩頭中了一拳，忙即還手，又與那公子相鬥。

衆人見侯通海手執兵刃躍入場子，自是要相助其中一方，都覺不公，紛紛叫嚷起來。穆易見他與那彭寨主等接話，知他是小王爺府中人物，雙掌一錯，搶上幾步，只要他向郭靖動手，自己馬上就接了過來，雖然對方人多勢衆，但勢逼處此，也只得一拚了。那知侯通海並不奔向郭靖，卻是直向對面人叢中衝去。一個滿臉煤黑、衣衫襤褸的瘦弱少年見他衝來，叫聲：「啊喲！」轉頭就跑。侯通海快步追去，他身後四名漢子跟著趕去。

郭靖一瞥之間，見侯通海所追的正是自己新交好友黃蓉，後面尚有黃河四鬼，手執兵刃，殺氣騰騰的追趕，心裏一急，腿上給小王爺踢中了一腳。他跳出圈子，叫道：「且住！我出去一下，回頭再打。」小王爺給他纏住了狠拚爛打，早已沒了鬥志，只盼儘早停手，聽他這麼說正是求之不得，冷笑道：「你認輸就好！」

郭靖一心掛念黃蓉的安危，正要追去相助，忽聽嘻嘻嘻聲響，黃蓉拖了鞋皮，嘻嘻哈哈的奔回，後面侯通海連聲怒罵，搖動鋼叉，一叉又一叉的向他後心刺去。但黃蓉身法甚是敏捷，鋼叉總是差了少些，沒法刺著。鋼叉三股叉尖在日光下閃閃發亮，叉身上套著三個鋼環，搖動時互相撞擊，嗆啷啷的直響。黃蓉在人叢中東鑽西鑽，頃刻間在另一頭鑽了出來。

侯通海趕到近處，衆人無不失聲而笑，原來他左右雙頰上各有一個黑黑的五指掌印，顯然是給那瘦小子打的。侯通海在人叢中亂推亂擠，待得挨出，黃蓉早去得遠了，但見他遠遠站定了等候，不住嘻笑招手。侯通海氣得哇哇大叫：「不把你這臭小子剝皮拆骨，我三頭蛟誓不爲人！」挺著鋼叉疾追過去。

黃蓉待他趕到相距數步，這才發足奔逃。衆人看得好笑，郭靖見那邊廂三人氣喘吁吁的趕來，正是黃河三鬼，卻少了個喪門斧錢青健。

郭靖看了黃蓉身法，驚喜交集：「原來賢弟身有高明武功，那日在張家口黑松林中引走侯通海、把黃河四鬼吊在樹上，自然是他爲了幫我而幹的了。」

這邊廂那彭寨主等一干人都暗自詫異。靈智上人心想：「你參仙老怪適才吹得好大的氣兒，說甚麼雖然久在長白山下，卻於中原武學的家數門派一瞧便知。」說道：「參仙，這小叫化身法靈動，卻是甚麼門派？侯老弟似乎吃了他虧啦！」

那童顏白髮的老頭名叫梁子翁，是長白山武學的一派宗師，自小服食野山人參與諸般珍奇藥物，是以駐顏不老，武功奇特，人稱參仙老怪。這「參仙老怪」四字向來分開了叫，當著面稱他爲「參仙」，不是他一派的弟子，背後都稱他爲「老怪」了。他瞧不出那小叫化來歷，只微微搖頭，隔了一會，說道：「我在關外時，常聽得鬼門龍王是一把了不起的高手，怎麼他師弟這般不濟，連個小孩子也鬥不過？」

那矮小漢子正是彭連虎，聽了皺眉不語。他與鬼門龍王沙通天向來交好，互為奧援，聯手大做沒本錢買賣。他知三頭蛟侯通海武功不弱，今日竟如此出醜，甚為費解。

黃蓉與侯通海這麼一鬧，郭靖與小王爺暫行罷手不鬥。那小王爺激鬥大半個時辰，雖把郭靖摔了六七交，大佔上風，對方終於知難而退，但自己身上也中了不少拳腳，累得手疲腳軟，滿身大汗，抄起腰間絲巾不住抹汗。

穆易已收起了「比武招親」的錦旗，執住郭靖的手連聲道謝慰問，正要和他儘快離開這是非之地，忽然噠噠噠拖鞋皮聲響，嗆啷啷三股叉亂鳴，黃蓉與侯通海一逃一追，奔了回來。黃蓉手中揚著兩塊布條，看侯通海時，衣襟給撕去了兩塊，露出毛茸茸的胸口。再過一陣，吳青烈和馬青雄一個挺槍、一個執鞭，氣喘吁吁的趕來。其中又少了個斷魂刀沈青剛，想是給黃蓉做了手腳，不知打倒在那裏了。這時黃蓉和侯通海又已奔得不見了人影。旁觀眾人無不又是奇怪，又覺好笑。

突然西邊一陣喝道之聲，十幾名軍漢健僕手執籐條，向兩邊亂打，驅逐閒人。眾人紛紛往兩旁讓道。只見轉角處六名壯漢抬著一頂繡金紅呢大轎過來。

小王爺的衆僕從叫道：「王妃來啦！」小王爺皺眉罵道：「多事，誰去稟告王妃來著？」僕從不敢回答，待繡轎抬到比武場邊，爭著搶上侍候。繡轎停下，只聽得轎內一個女子聲音說道：「怎麼跟人打架啦？大雪天裏，也不穿長衣，回頭著了涼！」聲音甚是嬌柔。

穆易遠遠聽到這聲音，有如身中雷轟電震，耳中嗡的一聲，登時出了神，心中突突亂跳：「怎地這說話的聲音，跟我那人這般相似？」隨即黯然：「這是大金國的王妃！我想念妻子發了痴，眞是胡思亂想。」但還是情不自禁，緩緩走近轎邊。只見轎內伸出一隻纖纖素手，手裏拿著一塊手帕，給小王爺拭去臉上汗水塵污，又低聲說了幾句不知甚麼話。小王爺臉有慚色，訕訕的道：「媽，我好玩呢，一點沒事。」王妃道：「快穿衣服，咱娘兒倆一起回去。」

穆易又是一驚：「天下怎會有說話聲音如此相同之人？」眼見那隻雪白的手縮入轎中，轎前垂著一張暖帷，帷上以金絲繡著幾朵牡丹。他雖瞪目凝望，眼光又怎能透得過這張金碧輝煌的暖帷。

小王爺的一名隨從走到郭靖跟前，拾起小王爺的錦袍，罵道：「小畜牲，這件袍子給你弄得這個樣子！」一名隨著王妃而來的軍漢舉起籐條，唰的一鞭往郭靖頭上猛抽下去。郭靖側身讓開，隨手鉤住他手腕，左腳掃出，這軍漢撲地倒了。郭靖奪過籐條，在他背上唰唰唰三鞭，喝道：「誰叫你亂打人？」旁觀的百姓先前有多人曾給衆軍漢籐條打中，這時見郭靖以其人之道還治其人之身，無不暗暗稱快。其餘十幾名軍漢高聲叫罵，搶上去救援同伴，爲郭靖一雙雙的提起，扔了出去。

小王爺大怒，喝道：「你還要猖狂？」接住郭靖迎面擲來的兩名軍漢，放在地下，跟著搶上前去，左足踢向郭靖小腹。郭靖閃身進招，兩人又搭上了手。那王妃連聲喝止，小王爺對母親似乎並不畏懼，頗有點兒恃寵而驕，回頭叫道：「媽，你瞧我的！這鄉下小子到京師來撒野，不好好給他吃點苦頭，只怕他連自己老子姓甚麼也不知道。」

兩人拆了數十招，小王爺賣弄精神，存心要在母親面前顯示手段，只見他身形飄忽，掌法靈動，郭靖果然抵擋不住，又給他打中一拳，跟著連摔了兩交。

穆易這時再也顧不到別處，凝神注視轎子，只見繡帷一角微微掀起，露出一雙秀眼、幾縷鬢髮，眼光中滿是柔情關切，瞧著小王爺與郭靖相鬥。穆易望著這雙眼睛，身子猶如泥塑木雕般釘在地下，再也動彈不得。

郭靖雖接連輸招，卻愈戰愈勇。小王爺連下殺手，只想傷得他無力再打，但郭靖皮堅肉厚，又練有上乘內功，身上吃幾拳並不在乎，而小王爺招術雖巧，功力卻以限於年齡，拳腳上未帶狠辣內勁，一時也傷不了他。小王爺十指成爪，不斷戳出，便以先前傷了穆易的陰毒手法抓向對手。郭靖使出分筋錯骨手來，儘能抵擋得住。

鬥了一陣，黃蓉與侯通海又一逃一追的奔來。這次侯通海頭髮上插了老大一個草標，這是出賣物件的記號，插在頭上，便是出賣人頭之意，自是受了黃蓉的戲弄，但他竟茫然不覺，只發足疾追，後面的黃河二鬼也已不知去向，想必都已給黃蓉打倒在那裏了。

梁子翁等無不納罕，猜不透這瘦小孩子是何等人物，見侯通海奔跑迅捷，卻始終追不上這衣衫襤褸的孩子。彭連虎忽道：「難道小子是丐幫中的？」丐幫是當時江湖上第一大幫，幫中都是乞丐。梁子翁臉上肌肉一動，卻不答話。

圈子中兩個少年拳風虎虎，掌影飄飄，各自快速搶攻，突然間郭靖左臂中了一掌，過一會小王爺右腿給踢了一腳，兩人鬥得緊了，漸漸靠近，呼吸相聞。旁觀衆人中不會武藝的固然看得神馳目眩，就是內行的會家子，也覺兩人拚鬥越來越險，任誰稍一疏神，不死也受重傷。彭連虎和梁子翁手裏都扣了暗器，以備在小王爺遇險時相救，眼看兩人鬥了這許多時候，郭靖雖狠，武藝卻不過如此，緊急時定能及時制住。

郭靖鬥發了性，他自小生於大漠，歷經風沙冰雪、兵戈殺伐，磨練得獷悍堅毅，那小王爺畢竟嬌生慣養，似這般狠鬥硬拚，武功雖然稍強，竟有點不支起來。他見郭靖左掌劈到，閃身避過，回以右拳。郭靖乘他這拳將到未到之際，右手在他右肘上急撥，搶身上步，左臂已自他右腋下穿入，左手反鉤上來，同時右手拿向對方咽喉。小王爺料不到他如此大膽進襲，左掌急翻，刁住對方手腕，右手五指也已抓住郭靖的後領。兩人胸口相貼，各自運勁，一個要叉住對方喉頭，一個要扭斷敵人手腕，眼見情勢緊迫，頃刻間勝負便決。

衆人齊聲驚叫，那王妃露在繡帷外的半邊臉頰變得全無血色。穆易的女兒本來坐在地下，這時也躍起身來，臉色驚惶。

小王爺忽然變招，右手陡鬆，快如閃電般的出掌。只聽得啪的一聲，郭靖臉上重重中了一掌，給打得頭暈眼花，左目中眼淚直流，郭靖驀地大喝，雙手抓住小王爺的衣襟，將他身子舉起，出力往地下擲落。這一招既非分筋錯骨手，也不是擒拿短打，卻是蒙古人最擅長的摔跤之技，是郭靖在大草原中跟著蒙古武士學來的。

那小王爺武功也確有過人之處，身剛著地，立即撲出，伸臂抱住郭靖雙腿，兩人同時跌倒，小王爺壓在上面。他當即放手躍起，回身從軍漢手裏搶過一柄大槍，挺槍往郭靖小腹上刺去。郭靖急滾逃開，小王爺唰唰唰連環三槍，急刺而至，槍法純熟之極。

郭靖大駭，一時給槍招罩住了無法躍起，只得仰臥在地，施展空手奪白刃之技想奪他大槍，幾次出手都抓奪不到。小王爺抖動槍桿，朱纓亂擺，槍頭嗤嗤聲響，顫成一個大紅圈子。那王妃叫道：「孩兒，別傷人性命。你贏了就算啦！」但小王爺只盼一槍將郭靖釘在地下，母親的話全沒聽到。

郭靖只覺耀眼生花，明晃晃的槍尖離鼻頭不過數寸，情急中手臂揮出，硬生生格開槍桿，一個觔斗向後翻出，順手拖過穆易那面「比武招親」的錦旗，橫過旗桿，一招「撥雲見日」，挺桿直戳，跟著長身橫臂，那錦旗呼的一聲直翻出去，罩向小王爺面門。小王爺斜身移步，槍桿起處，圓圓一團紅影，槍尖上一點寒光疾向郭靖刺來。郭靖揮旗擋開。

兩人這時動了兵刃，郭靖使的是大師父飛天蝙蝠柯鎮惡所授的降魔杖法，雖旗桿長大，使來頗不順手，但杖法變化奧妙，原是柯鎮惡苦心練來用以對付鐵屍梅超風，招中蘊招，變中藏變，詭異之極。小王爺不識這杖法，挺槍進招，那旗桿忽然倒翻上來，如不是閃避得法，小腹已給挑中，只得暫取守勢。

穆易初見那小王爺掄動大槍的身形步法，已頗訝異，後來愈看愈奇，只見他刺、扎、鎖、拿、盤、打、坐、崩，招招是「楊家槍法」。這路槍法是楊家的獨門功夫，向來傳子不傳女，在河東山後楊家故鄉尚有人習練，此外便不多見，誰知竟會在大金國的京城之中顯現。只他槍法雖變化靈動，卻非楊門嫡傳正宗，有些似是而非，倒似是從楊家偷學去的。他女兒雙蛾深蹙，似乎也心事重重。只見槍頭上紅纓閃閃，長桿上錦旗飛舞，捲得片片雪花狂轉急旋。

那王妃見兒子累得滿頭大汗，兩人這一動上兵刃，更刻刻有性命之憂，心中焦急，連叫：「住手，別打啦！」

彭連虎聽得王妃的說話，大踏步走向場中，左臂振出，格向旗桿。郭靖斗然間雙手虎口劇痛，旗桿脫手飛出。錦旗在半空被風一吹，張了開來，獵獵作響，雪花飛舞中展出「比武招親」四個金字。

郭靖大吃一驚，尚未看清楚對方身形面貌，只覺風聲颯然，敵招已攻到面門，危急中斜竄出去，饒是他身法快捷，彭連虎一掌已擊中他手臂。郭靖站立不穩，登時摔倒。彭連虎向小王爺一笑，說道：「小王爺，我給你料理了，省得以後這小子再糾纏不清！」右手後縮，吸一口氣，手掌抖了兩抖，暴伸而出，猛往郭靖頭頂拍落。

郭靖心知無倖，只得雙臂挺舉，運氣往上擋架。靈智上人與參仙老怪對望了一眼，知道郭靖雙臂已不能保全，千手人屠彭連虎這掌下來，郭靖手臂非斷不可。

就在這一瞬間，人叢中一人喝道：「慢來！」一道灰色人影倏地飛出，一件異樣兵刃在空中一揮，彭連虎的手腕已給捲住。彭連虎右腕運勁回拉，嗤的一聲，將來人的兵器齊中拉斷，左掌隨即發出。那人低頭避過，左手將郭靖攔腰抱起，向旁躍開。衆人才看清楚那人是個中年道人，身披灰色道袍，手中拿著的拂塵只賸一個柄，拂塵的絲條已讓彭連虎拉斷，還繞在他手腕之上。

那道人與彭連虎互相注視，適才雖只換了一招，但均知對方了得。那道人道：「足下可是威名遠震的彭寨主？今日識荊，幸何如之。」彭連虎道：「不敢，請教道長法號。」這時數百道目光，齊向那道人注視。

那道人並不答話，伸出左足向前踏了一步，隨即又縮腳回來，只見地下深深留了一個印痕，深竟近尺，這時大雪初降，地下積雪未及半寸，他漫不經意的伸足一踏，竟連雪帶土，踏出了這麼一個深印，腳下功夫當眞驚世駭俗。彭連虎心頭一震，問道：「道長可是人稱鐵腳仙的玉陽子王眞人麼？」那道人道：「彭寨主言重了。貧道正是王處一，『眞人』兩字，決不敢當。」

彭連虎與梁子翁、靈智上人等都知王處一是全眞教中響噹噹的角色，威名之盛，僅次於長春子丘處機，雖久聞其名，卻從未見過，這時仔細打量，只見他長眉秀目，頦下疏疏的三叢黑鬚，白襪灰鞋，衣衫整潔，似是個著重修飾的羽士，若非適才見到他的功夫，眞不信此人就是獨足跂立、憑臨萬丈深谷，使一招「風擺荷葉」，由此威服河北、山東羣豪的鐵腳仙玉陽子。

王處一微微一笑，向郭靖一指，說道：「貧道與這位小哥素不相識，只是眼看他見義勇爲，奮不顧身，好生相敬，斗膽求彭寨主饒他一命。」彭連虎聽他說得客氣，心想既有全眞教高手出頭，只得賣個人情，抱拳道：「好說，好說！」

王處一拱手相謝，轉過身來，雙眼一翻，霎時間臉上猶如罩了一層嚴霜，厲聲向那小王爺道：「你叫甚麼名字？你師父是誰？」

那小王爺聽到王處一之名，心中早已惴惴，正想趕快溜之大吉，不料他突然厲聲相詢，只得站定了答道：「我叫完顏康，我師父的名號不能給你說。」王處一道：「你師父左頰上有顆紅痣，是不是？」完顏康嘻嘻一笑，正想說句俏皮話，突見王處一兩道目光猶如閃電般射來，心中一驚，登時把一句開玩笑的話吞進了肚裏，點了點頭。

王處一道：「我早料到你是丘師兄的弟子。哼，你師父傳你武藝之前，對你說過甚麼話來？」完顏康暗覺事情要糟，不由得惶急：「今日之事要是給師父知道了，可不得了。」心念一轉，當即和顏悅色的道：「道長既識得家師，必是前輩，就請道長駕臨舍下，待晚輩恭聆教益。」王處一哼了一聲，尚未答話。完顏康向郭靖問道：「請問尊姓大名？」郭靖道：「我叫郭靖。」完顏康向郭靖作了一揖，微笑道：「我與郭兄不打不相識。郭兄武藝，小弟佩服得緊，請郭兄與道長同到舍下，咱們交個朋友如何？」

郭靖指著穆易父女道：「那麼你的親事怎麼辦？」完顏康臉現尷尬之色，道：「這事慢慢的從長計議。」穆易一拉郭靖的衣袖，說道：「郭小哥，咱們走罷，不用再理他。」

完顏康向王處一又作了一揖，說道：「道長，晚輩在舍下恭候，你問趙王府便是。天寒地凍，正好圍爐賞雪，便請來喝上幾杯罷。」跨上僕從牽過來的駿馬，韁繩一抖，縱馬就向人叢中奔去，竟不管馬蹄是否會傷了旁人。眾人紛紛閃避。

王處一見了他這副驕橫的模樣，心頭更氣，向郭靖道：「小哥，你跟我來。」郭靖道：「我要等我的好朋友。」剛說得這句話，只見黃蓉從人叢中向上躍起，笑道：「我沒事，待會我來找你。」兩句話說畢，隨即落下。他身材矮小，落入人堆之中，登時便不見蹤影，卻見那三頭蛟侯通海又從遠處搖叉奔來。

郭靖回過身來，當即在雪地裏跪倒，向王處一叩謝救命之恩。王處一雙手扶起，拉住他的手臂，擠出人叢，腳不點地般快步向郊外走去。

注：一、香港有評論者稱，世上無白色駱駝，《射鵰》中之白駱駝不成立。這位論者以個人見聞作判斷根據，略嫌武斷。駱駝白色者雖較少，但亦偶有所見。作者在我國新疆、內蒙及中東土耳其都曾見過白色駱駝，且曾騎過。《清文獻通考・輿地二四》：「（喀爾喀）爲西北強國，有三汗……崇德三年，三汗並遣使入朝，定各貢白馬八、白駝一，謂之『九白之貢』，歲以爲常。」中原駱駝不多，人所少見，自古已然，成語云：「少見多怪，見駱駝曰『馬背腫』。」余在浙江讀初中時，國文老師斯老師摘此成語令學生讀，余與同學讀到「馬背腫」三字時大笑良久，至今不忘。牟融《理惑論》：「少所見，多所怪，睹馲駝，言馬腫背。」

二、汗血寶馬據聞今日仍有，二〇〇二年烏茲別克共和國贈我國汗血寶馬一匹，表示友好之意。

水聲響動，一葉扁舟從樹叢中飄了出來，只見船尾一個女子持槳盪舟，長髮披背，全身白衣，頭髮上束了條金帶，白雪映照下燦然生光。

第八回　各顯神通

王處一腳步好快，不多時便帶同郭靖到了城外，再行數里，到了一個山峯背後。他不住加快腳步，有心試探郭靖武功，到後來越奔越快。郭靖當日跟丹陽子馬鈺修學吐納功夫，兩年中每晚上落懸岩，這時一陣急奔，雖在劇鬥之後，倒還支持得住。疾風挾著雪片迎面撲來，王處一向著一座小山奔去，坡上都是積雪，著足滑溜，到後來更忽上陡坡，郭靖習練有素，居然面不加紅，心不增跳，隨著王處一奔上山坡，如履平地。

王處一放手鬆開了他手臂，微感詫異，道：「你的根基紮得不壞啊，怎麼打不過他？」郭靖不知如何回答，只楞楞的一笑。王處一道：「你師父是誰？」

郭靖那日在懸崖頂上奉命假扮尹志平欺騙梅超風，知道馬鈺的師弟之中有一個正是王處一，便毫不相瞞，將江南七怪與馬鈺授他功夫的事簡略說了。王處一喜道：「大師哥教過你功夫，好極啦！那我還有甚麼顧慮？不怕丘師哥怪我幫你。」

郭靖圓睜大眼，獃獃的望著他，不解其意。

王處一道：「跟你相打的那個甚麼小王爺完顏康，是我師兄長春子丘處機的弟子，你知道麼？」郭靖一呆，奇道：「是麼？我一點也不知道。」丹陽子馬鈺傳了他一些內功基礎，以及上落懸崖的輕身功夫「金雁功」，時日不少，但拳腳兵刃卻從未加以點撥，是以他全然不明全眞派武功家數，聽了王處一的話，又想起那晚跟小道士尹志平交手，他的招數似乎跟這完顏康確甚相似，不禁心感惶悚，低頭道：「弟子不知那小王爺原來是丘道長門下，粗魯冒犯，請道長恕罪。」

王處一哈哈大笑，說道：「你義俠心腸，我喜歡得緊，那會怪你？」隨即正色道：「我全眞教教規極嚴。門人做錯了事，只有加倍重處，決不偏袒。這人輕狂妄爲，我要會同丘師兄好好罰他。」郭靖道：「他要是肯同那位穆姑娘結親，道長就饒了他罷。」

王處一搖頭不語，見他宅心仁厚，以恕道待人，更是歡喜，尋思：「丘師兄向來嫉惡如仇，對金人尤其憎惡，怎會去收一個金國王爺公子爲徒？那完顏康所學的本派武功造詣已不算淺，顯然丘師哥在他身上著實花了不少時日與心血，而這人武功之中另有旁門左道的詭異手法，定然另外尚有師承，那更教人猜想不透了。」對郭靖道：「丘師兄約了我在大興府相會，這幾天就會到來，一切見了面再細說。聽說他收了一個姓楊的弟子，說要到嘉興跟你比武，不知那姓楊的功夫怎樣。你放心好了，有我在這裏，決不能叫你吃虧。」

郭靖奉了六位師父之命，要在三月廿四中午之前趕到兩浙西路的嘉興府，至於去幹甚麼，六位師父始終未對他說明，問道：「道長，比甚麼武啊？」

王處一道：「你六位師父既尚未明言，我也不便代說。」他曾聽丘處機說起過前後的原委，對江南六怪的義舉好生相敬。他和馬鈺是一般的心思，也盼江南六怪獲勝，不過他是師弟，不便明勸丘師哥相讓，今日見了郭靖的為人，暗自思量如何助他一臂之力，卻又不能挫折丘師哥的威名，決意屆時趕到嘉興，相機行事，從中調處。

王處一道：「咱們瞧瞧那穆易父女去。那女孩子性子剛烈，別鬧出人命來。」郭靖嚇了一跳。兩人逕到西城大街高陞客棧來。

走到客店門口，只見店中走出十多名錦衣親隨，躬身行禮，向王處一道：「小的奉小主之命，請道長和郭爺到府裏赴宴。」說著呈上大紅名帖，上面寫著「弟子完顏康敬叩」的字樣，呈給郭靖的那張名帖則自稱「侍教弟」。王處一接過名帖，點頭道：「待會就來。」

那為首的親隨道：「這些點心果物，小主說請道長和郭爺將就用些。兩位住在那裏，小的這就送去。」其餘親隨托上果盒，揭開盒蓋，只見十二隻盒中裝了各式細點鮮果，模樣十分精致。郭靖心想：「黃蓉賢弟愛吃精致點心，我多留些給他。」王處一不喜完顏康爲人，本待揮手命他們拿回，卻見郭靖神色歡喜，心想：「少年人嘴饞，這也難怪！」微微一笑，命將果盒留在客堂的櫃檯上。

王處一問明穆易所住的店房，走了進去，見穆易臉如白紙，躺在床上，他女兒坐在床沿上不住垂淚，兩人見王處一和郭靖入來，同時叫了一聲，都頗出意料之外。那姑娘當即站起。穆易也在床上坐起身來。

王處一看穆易雙手的傷痕時，見每隻手背五個指孔，深可見骨，猶似爲兵刃所傷，兩隻手腫得高高地，傷口已搽上金創藥，只是生怕腐爛，不敢包紮，心下不解：「完顏康這門陰毒狠辣的手法，不知是何人所傳，傷人如此厲害，自非朝夕之功，丘師哥怎會不知？知道之後，又怎會不理？」轉頭問那姑娘道：「姑娘，你叫甚麼名字？」那姑娘低聲道：「小女子名叫穆念慈。」她向郭靖望了一眼，眼色中充滿感激之意，隨即低下了頭。郭靖一轉眼間，見那根錦旗的旗桿倚在床腳邊，繡著「比武招親」四字的錦旗卻已剪得稀爛，茫然不解：「莫非她再也不比武招親了？」

王處一道：「令尊的傷勢不輕，須得好好調治。」見父女倆行李蕭條，料知手頭窘迫，只怕治傷的醫藥之資頗費張羅，從懷中取出兩錠銀子，放在桌上，說道：「明日我再來瞧你們。」不待穆易和穆念慈相謝，拉了郭靖走出客店。

四名錦衣親隨又迎了上來，說道：「小主在府裏專誠相候，請道爺和郭爺這就過去。」王處一點了點頭。郭靖道：「道長，你等我一忽兒。」奔入客堂，揭開完顏康送來的果盒蓋子，揀了四塊點心，用手帕包好了放在懷內，又再奔出，隨著四名親隨，和王處一逕到王府。

來到府前，郭靖見朱紅的大門之前左右旗桿高聳，兩頭威武猙獰的玉石獅子盤坐門旁，一排白玉階石直通到前廳，勢派豪雄。大門正中寫著「趙王府」三個金字。

郭靖知道趙王就是大金國的六皇子完顏洪烈，不由得心頭一震：「原來那小王爺是完顏洪烈的兒子。完顏洪烈認得我的，在這裏相見，可要糟糕。」

正自猶疑，忽聽鼓樂聲喧，小王爺完顏康頭戴束髮金冠，身披紅袍，腰圍金帶，搶步出來相迎，只臉上目青鼻腫，兀自留下適才惡鬥的痕跡。郭靖也是左目高高腫起，嘴角邊破損了一大塊，額頭和右頰滿是烏青。兩人均自覺狼狽，不由得相對一笑。

王處一見了他這副富貴打扮，眉頭微微一皺，也不言語，隨著他走進廳堂。完顏康請王處一在上首坐了，說道：「道長和郭兄光降，眞三生有幸。」

王處一見他既不跪下磕拜，又不口稱師叔，更心頭有氣，問道：「你跟你師父學了幾年武藝？」完顏康笑道：「晚輩懂甚麼武藝？只跟師父練了幾年，三腳貓的玩意眞叫道長和郭兄笑話了。」王處一哼了一聲，森然道：「全眞派的功夫雖然不高，可還不是三腳貓。你師父日內就到，你知道嗎？」

完顏康微笑道：「我師父就在這裏，道長要見他嗎？」王處一大出意外，忙問：「在那裏？」完顏康不答他問話，手掌輕擊兩下，對親隨道：「擺席！」衆親隨傳呼出去。完顏康陪著王郭兩人向花廳走去。

一路穿迴廊，繞畫樓，走了好長一段路。郭靖又怎見過這等豪華氣派，只看得眼也花了，老是念著見到完顏洪烈時不知如何應付，又想：「大汗命我來刺殺完顏洪烈，可是他兒子卻是馬道長、王道長的師姪，我該不該殺他父親？」心下甚爲迷惘。

來到花廳，只見廳中有六七人相候。其中一人額頭三瘤墳起，正是三頭蛟侯通海，雙手叉腰，怒目瞪視。郭靖一驚，但想有王道長在旁，諒他也不敢對自己怎樣，可是畢竟有些害怕，轉過了頭，目光不敢與他相觸，想起他追趕黃蓉的情狀，又暗暗好笑。

完顏康滿面堆歡，向王處一道：「道長，這幾位久慕你的威名，都想見見，」他指著彭連虎道：「這位彭寨主，兩位已經見過啦。」兩人互相行了一禮。

完顏康伸手向一個紅顏白髮的老頭一張，道：「這位是長白山參仙梁子翁梁老前輩。」梁子翁拱手道：「得能見到鐵腳仙王眞人，老夫這次進關可說不虛此行。這位是青海手印宗的五指祕刀靈智上人，我們一個來自東北，一個來自西南，萬里迢迢的，可說前生有緣。」王處一向靈智上人行禮，那和尚雙手合什相答。

忽聽一人嘶啞著嗓子說道：「原來江南七怪有全眞派撐腰，才敢這般橫行無忌。」王處一轉過頭打量那人，只見他一個油光光的禿頭，頂上沒半根頭髮，雙目佈滿紅絲，眼珠突出，見到這副異相，斗然想起，問道：「閣下可是鬼門龍王沙老前輩麼？」那人大剌剌的道：「正是，原來你還知道我。」王處一心想：「大家河水不犯井水，不知那裏得罪他了？」溫言答道：「沙老前輩的大名，貧道向來仰慕得緊。」

那鬼門龍王名叫沙通天，武功可比師弟侯通海高得很多，他性子暴躁，傳授武藝時動不動就大發脾氣，因此他一身深湛武功，四個弟子竟學不到十之二三。黃河四鬼在蒙古一戰，佔不到郭靖絲毫上風，在趙王完顏洪烈跟前大失面子，趙王此後對他四人也就不再如何看重。沙通天得知訊息後暴跳如雷，拳打足踢，將四人狠狠打了一頓，黃河四鬼險些兒一齊名副其實。沙通天再命師弟侯通海去將郭靖擒來，卻又連遭黃蓉戲弄，丟盡了臉面。他越想越氣，也顧不得在衆人之間失禮，突然伸手就向郭靖抓去。

郭靖急退兩步，王處一舉起袍袖，擋在他身前。

沙通天怒道：「好，你眞的袒護這小畜生啦？」呼的一掌，猛向王處一胸前擊來。王處一見他來勢兇惡，只得出掌相抵，啪的一聲輕響，雙掌相交，正要各運內力推出，突然身旁轉出一人，左手壓住沙通天手腕，右手壓住王處一手腕，向外分崩，兩人掌上都覺一震，當即縮手。王處一與沙通天都是當世武林中的成名人物，素知對方了得，這時一個出掌，一個還掌，都已運上了內勁，豈知竟有人能突然出手震開兩人手掌。只見那人一身白衣，輕裘緩帶，神態瀟洒，看來三十五六歲年紀，雙目斜飛，面目俊雅，卻又英氣逼人，身上服飾打扮，儼然是位富貴王孫。

完顏康笑道：「這位是西域崑崙白駝山少主歐陽公子，單名一個克字。歐陽公子從未來過中原，各位都是第一次相見罷？」

這人突如其來的現身，不但王處一和郭靖前所未見，連彭連虎、梁子翁等也均不相識。大家見他顯了這手功夫，暗暗佩服，但西域白駝山的名字，卻均感陌生。

歐陽克拱手道：「兄弟本該早幾日來到中都，只因途中遇上了點小事，躭擱了幾天，以致遲到了，請各位恕罪。」

郭靖聽完顏康說他是白駝山少主，早已想到路上要奪他馬匹的那些白衣女子，聽了他的話，心頭一凜：「莫非我六位師父已跟他交過手了？不知六位師父有無損傷？」

王處一見對方個個武功了得，這歐陽克剛才這麼出手一壓，內力和自己當在伯仲之間，勁力卻頗怪異，若說僵了動手，一對一尚且未必能勝，對方如數人齊上，自己如何能敵？問完顏康道：「你師父呢？怎不請他出來？」

完顏康道：「是！」轉頭對親隨道：「請師父出來見客！」那親隨答應去了。王處一大慰，心想：「有丘師兄在此，強敵再多，我們三人至少也能自保。」

過不多時，只聽靴聲橐橐，廳門中進來一個肥肥胖胖的錦衣武官，頦下留一叢濃髯，四十多歲年紀，模樣頗爲威武。完顏康上前叫了聲「師父」，說道：「這位道長很想見見您老人家，已經問過好幾次啦。」王處一大怒，心道：「好小子，你膽敢如此消遣我？」又想：「瞧這武官行路的模樣，身上沒甚麼高明功夫，那小子的詭異武功一定不是他傳的。」那武官道：「道士，你要見我有甚麼事，我是素來不喜見僧道尼姑的。」王處一氣極反笑，說道：「我是要向大人化緣，想化一千兩銀子。」

那武官名叫湯祖德，是趙王完顏洪烈手下的一名親兵隊長，當完顏康幼時曾教過他兩年武藝，因此趙王府裏人人都叫他師父，這時聽王處一獅子大開口，一化就是一千兩銀子，嚇了一跳，斥道：「胡說！」完顏康接口道：「一千兩銀子，小意思，小意思。」向親隨道：「快去預備一千兩銀子，待會給道爺送去。」湯祖德聽了，張大了口合不攏來，從頭至腳、又從腳至頭的打量王處一，猜不透這道士是甚麼來頭，小王爺竟對他如此厚待。

完顏康道：「各位請入席罷。王道長初到，請坐首席。」王處一謙讓不得，終於在首席坐了。酒過三巡，王處一道：「各位都是武林中大有名望的高人，請大家說句公道話，姓穆的父女之事，該怎麼辦？」衆人目光都集在完顏康臉上，瞧他如何對答。

完顏康斟了一杯酒，站起身來，雙手奉給王處一，說道：「晚輩先敬道長一杯，那件事道長說怎麼辦，晚輩無有不遵。」王處一一楞，想不到他竟答應得這麼爽快，舉杯一口飲盡，說道：「好！咱們把那姓穆的請來，就在這裏談罷。」完顏康道：「正該如此。就勞郭兄大駕，把那位穆爺邀來如何？」王處一點了點頭。

郭靖離席出了王府，由兩名親隨陪著來到高陞客棧。走進穆易的店房，父女兩人卻已人影不見，連行囊衣物都已帶走。一問店夥，卻說剛才有人來接他們父女走了，房飯錢已經結清，不再回來。郭靖忙問是誰接他們走的，店夥卻說不出個所以然來。

郭靖匆匆回到趙王府。完顏康下席相迎，笑道：「郭兄辛苦啦，那位穆爺呢？」郭靖說了。完顏康嘆道：「啊喲，那是我對不起他們啦。」轉頭對親隨道：「你快些多帶些人，四下尋訪，務必請那位穆爺轉來。」親隨答應著去了。

這一來鬧了個事無對證，王處一倒不好再說甚麼，心中疑惑，尋思：「要請那姓穆的前來，只須差遣一兩名親隨便是，這小子卻要郭靖自去，顯是要他親眼見到穆家父女已然不在，好作見證。」冷笑道：「不管誰弄甚麼玄虛，將來總有水落石出之日。」

完顏康笑道：「道長說得是。不知那位穆爺弄甚麼玄虛，當眞古怪。」

湯祖德先前見小王爺一下子就給這道士騙去了一千兩銀子，早就甚爲不忿，又感肉痛，這時見那道士神色凜然，對小王爺好生無禮，更加氣惱，發話道：「你這道士是那所道觀的？憑甚麼到這裏打秋風？」

王處一道：「你這將軍是那一國人？憑甚麼到這裏做官？」他見湯祖德明明是漢人，卻在金國做武官，欺壓同胞，忍不住出言嘲諷。

湯祖德生平最恨別人提起他是漢人。他自覺一身武藝，爲大金國辦事又死心塌地，忠心耿耿，但金朝始終不讓他帶兵，也不派他做個掌有實權的地方大官，辛苦了二十多年，官銜雖然不小，卻仍在趙王府中領個閒職。王處一的話正觸到了他痛處，臉色立變，虎吼一聲，站了起來，隔著梁子翁與歐陽克兩人，出拳向王處一臉上猛力擊去。

王處一右手伸出筷子，挾住了他手腕，笑道：「你不肯說也就罷了，何必動粗？」湯祖德這一拳立時在空中停住，連使了幾次勁，始終進不了半寸。他又驚又怒，罵道：「好妖道，你使妖法！」用力回奪，竟縮不轉來，紫脹了面皮，尷尬異常。

梁子翁坐在他身旁，笑道：「將軍別生氣，還是坐下喝酒罷！」伸手向他右肩按去。

王處一知道憑自己這筷子之力，挾住湯祖德的手腕綽綽有餘，抵擋梁子翁這一按卻有不足，當即鬆筷，順手便向湯祖德左肩按落，這一下變招迅捷，梁子翁不及縮手，兩股勁力同時按上了湯祖德雙肩。湯祖德當眞是祖上積德，名不虛取，竟有兩大高手同時向他夾擊，面子大是不小，雙手不由自主的向前撐出，噗噗兩聲，左手按入一盆糟溜魚，右手浸入一碗酸辣湯，喀喇喇一陣響，盆碗碎裂，魚骨共瓷片同刺，熱湯與鮮血齊流。湯祖德哇哇大叫，雙手亂揮，油膩四濺，湯水淋漓。衆人哈哈大笑，急忙閃避。湯祖德羞憤難當，急奔而入。衆僕役忍住了笑上前收拾，半晌方妥。

沙通天道：「全眞派威鎭南北，果然名不虛傳。兄弟要向道長請教一件事。」王處一道：「不敢，沙老前輩請說。」沙通天道：「黃河幫跟全眞教向來各不相犯，道長幹麼全力給江南七怪撑腰，來跟兄弟爲難？全眞敎雖人多勢衆，兄弟可也不懼。」

王處一道：「沙老前輩這可有誤會了。貧道雖知江南七怪的名頭，但跟他們七人沒一個相識。我一位師兄還和他們結下了一點小小樑子。要說幫著江南七怪來跟黃河幫生事，那決計沒有。」沙通天怪聲道：「好極啦，那麼你就把這小子交給我。」急躍離座，伸手往郭靖頸口抓落。

王處一知道郭靖躲不開這一抓，伸手在郭靖肩頭輕輕一推，郭靖身不由主的離椅躍出。喀喇一聲，沙通天五指落下，椅背已斷。這一抓裂木如腐，確是罕見的淩厲功夫。沙通天一抓不中，厲聲喝道：「你是護定這小子啦？」王處一道：「這孩子是貧道帶進王府來的，自要好好帶他出去。沙兄放他不過，日後再找他晦氣如何？」

歐陽克道：「這少年如何得罪了沙兄，說出來大家評評理如何？」

沙通天尋思：「這道士武功絕不在我之下，憑我們師兄弟二人之力，想來留不下那小畜生。彭賢弟雖會助我，但這歐陽克武功了得，不知是甚麼來頭，要是竟和這牛鼻子勾結，事情就不好辦了。」說道：「我有四個不成材的弟子，跟隨趙王爺到蒙古去辦一件大事，眼見可以成功，卻給這姓郭的小子橫裏竄出來壞了事，可叫趙王爺惱恨之極。各位想想，咱們連這樣個小子也奈何不得，趙王爺請咱們來淨是喝酒吃飯的麼？」

他性子暴躁，卻也非莽撞胡塗的一勇之夫，這麼一番話，郭靖登時成了衆矢之的。席上除了王處一與郭靖之外，人人都是趙王厚禮聘請來的，完顏康更是趙王的世子，聽了沙通天這番話，都聳然動容，個個決意把郭靖截下，交由趙王處置。

王處一暗暗焦急，籌思脫身之道，但強敵環伺，委實徬徨無策。本來他想完顏康是自己師姪，雖是大金王子，對自己總不敢如何，萬料不到他對師叔非但全無敬長之禮，而且在府中伏下了這許多高手，早知如此，自不能貿然深入虎穴前來赴宴。就算要來查問清楚，也不該帶了郭靖這少年同來。自己要脫身而走，諒來衆人也留不住，要同時救出郭靖卻非易事，心想：「眼下不可立即破臉，須得拖延時刻，探明各人的能耐。」說道：「各位威名遠震，貧道一向仰慕，今日有緣得見高賢，欣喜已極。」向郭靖一指，道：「這少年不知天高地厚，得罪了沙龍王，各位既要將他留下，貧道勢孤力弱，雖明知不可，卻也難違衆意。只是貧道斗膽求各位顯一下功夫，好令這少年知道，不是貧道不肯出力，實在愛莫能助。」他這麼說，一來是緩兵之計，盼有轉機，二來要想探知對方各人虛實。

三頭蛟侯通海早氣悶了半日，立即離座，捋起長衣，叫道：「我先領教你的高招。」王處一道：「貧道這點點薄藝，如何敢跟各位過招？盼望侯兄大顯絕技，讓貧道開開眼界，也好教訓教訓這少年，讓他知道天外有天，人上有人，日後不敢再妄自逞能。」侯通海聽他似乎話中含刺，至於含甚麼刺，可不明白了，只大聲道：「是啊！」

沙通天心想：「全眞派人多勢衆，很是難惹，不跟他動手最好。」對侯通海道：「師弟，那你就練練『雪裏埋人』的功夫，請王眞人指教。」王處一連說不敢。

這時飛雪兀自未停，侯通海奔到庭中，雙臂連掃帶扒，堆成了個四尺來高的小小雪墳，用腳踹得結實，倒退三步，忽地躍起，頭下腳上，撲的一聲，倒揷入雪墳之中，頭埋入雪，白雪直沒到他胸口。郭靖看了摸不著頭腦，不知這是甚麼功夫，只見他以頭頂地，倒身豎立，揷在雪裏，雙腳併攏，竟不稍動。

沙通天向完顏康的親隨們道：「相煩各位管家，將侯爺身旁的雪打實。」衆親隨都覺有趣，笑嘻嘻的將侯通海胸旁四周的雪踏得結實。

原來沙通天和侯通海在黃河裏稱霸，水上功夫都甚了得。熟識水性講究的是水底潛泳不換氣，是以侯通海把頭埋在水中、雪裏、土裏，凝住呼吸，能隔一頓飯的功夫再出來，這是他平日練慣了的。

衆人飲酒讚賞，過了良久，侯通海雙手一撐，「鯉魚打挺」，從雪裏拔出頭來，翻身直立。

郭靖是少年心性，首先拍掌叫好。侯通海歸座飲酒，卻狠狠瞪了他一眼。郭靖見他三枚肉瘤上都留有白雪，忍不住提醒他：「侯三爺，你頭上有雪。」侯通海怒道：「我諢號三頭蛟，可不是行三，你幹麼叫我侯三爺？我偏偏是侯四爺，可差了一爺！我頭上有雪，難道自己不知？我本來要抹，你這小子說了之後，偏偏不抹。」廳中暖和，雪融為水，從他額上分三行流下，他侯四爺言出如山，大丈夫說不抹就不抹。

沙通天道：「我師弟功夫粗魯，可見笑了。」伸手從碟中抓起一把瓜子，中指連彈，瓜子如一條線般直射出去。一顆顆嵌在侯通海所堆的雪堆之上，片刻之間，嵌成一個簡寫的「黃」字。雪堆離他座位約三丈之遙，他彈出瓜子，居然整整齊齊的嵌成一字，眼力手力之準實是驚人。王處一心想：「難怪鬼門龍王獨霸黃河，果然是有非同小可的藝業。」轉眼間雪堆上又現出一個「河」字，一個「九」字，看來他是要打成「黃河九曲」四字。

彭連虎笑道：「沙大哥，你這手神技可讓小弟佩服得五體投地。咱們向來合夥做買賣，這位王道長既要考較咱們，做兄弟的借光大哥這手神技，來合夥做件事吧！」身子微晃，躍到廳口。這時沙通天已把最後一個「曲」字打了一半，瓜子還在彈出，彭連虎忽地伸出雙手，將沙通天彈出的瓜子一顆顆的都從空中截了下來，放入左掌，跟著伸右指彈出，將雪堆中半個「曲」字嵌成了。

眾人叫好聲中，彭連虎笑躍歸座。要是換作了旁人，他這一下顯然有損削沙通天威風之嫌，但兩人交情深厚，彭連虎又有言在先，說是「合夥做買賣」，沙通天只微微一笑，並不見怪，回頭對歐陽克道：「歐陽公子露點甚麼，讓我們這些沒見過世面的人開開眼界。」

歐陽克聽他語含譏刺，知道先前震開他的手掌，此人心中已不無芥蒂，心想顯些甚麼功夫，叫這禿頭佩服我才好。這時侍役正送上四盆甜品，在每人面前放上一雙新筷，收起吃過鹹食的筷子。歐陽克將已收起的筷子接過，隨手一撒，二十隻筷子同時飛出，揷入雪地，整整齊齊的排成四個梅花形。將筷子擲出，揷入雪中，便小小孩童也會，自然不難，但一手撒出二十隻筷子而佈成如此整齊的圖形，其中功力深妙之處，郭靖與完顏康、侯通海還不了然，王處一與沙通天等人都暗暗驚佩，齊聲喝采。

王處一見了各人絕藝，苦思脫身之計，斗然想起：「這些武林好手，平時遇到一人已然不易，怎麼忽然都聚在這裏？像白駝山少主、靈智上人、參仙老怪等人，向來極少涉足中原，爲甚麼一齊來了燕京？這中間定有重大圖謀，倒要設法瞧個端的。」

參仙老怪梁子翁笑嘻嘻的站起身來，向眾人拱了拱手，緩步走到庭中，忽地躍起，左足探出，已落在歐陽克揷在雪地的筷子之上，拉開架子，「懷中抱月」、「二郎擔山」、「拉弓式」、「脫靴轉身」，把一路巧打連綿的「燕青拳」使了出來，腳下縱跳如飛，每一步都落在豎直的筷子之上。只見他「讓步跨虎」、「退步收勢」，把一路「燕青拳」打完，二十隻筷子仍整整齊齊的豎在雪地，僅因他身體重量而插入雪下土中數寸，卻沒一隻欹側彎倒。梁子翁臉上笑容不斷，縱身回席。登時采聲滿堂，連服役的侍僕也都叫好。郭靖更不住嘖嘖稱奇。

這時酒筵將完，衆僕在一隻隻金盆中盛了溫水給各人洗手。王處一心想：「現下只等靈智上人顯過武功，這些人就要一齊出手了。」斜眼看那和尚時，只見他若無其事的雙手浸入金盆。各人早已洗手完畢，他一雙手仍浸在盆裏，衆人見他若有所思，都有點奇怪。過了一會，他那金盆中忽有一縷縷水氣上升。再過一陣，盆裏水氣愈冒愈盛。片刻之間，盆裏發出微聲，小水泡一個個從盆底冒上。

王處一暗暗心驚：「這和尚內功好生了得！事不宜遲，我非先發制人不可。」一眼見衆人的目光都集注在靈智上人雙手伸入的金盆，心想：「眼前時機稍縱即逝，只有給他們來個出其不意，先下手爲強。」突然身子微側，左手越過兩人，隔座拿住了完顏康腕上脈門，將他提過，隨即抓住他背心上穴道。沙通天等大驚，一時不知所措。

王處一右手提起酒壺，說道：「今日會見各位英雄，實是有緣。貧道借花獻佛，代小王爺敬各位一杯。」右手提起酒壺給各人一一斟酒。酒壺嘴中一道酒箭激射而出，依次落入各人酒杯，不論那人距他是遠是近，這道酒箭總是恰好落入杯內。有的人酒杯已空，有的還賸下半杯，但他斟來都恰到好處，或多或少，一道酒箭從空而降，落入杯中後正好齊杯而滿，既無酒水溢出，也沒一滴落在杯外。

靈智上人等眼見他從斟酒之中，顯示了深湛內功，右手既能如此斟酒，左手搭在完顏康背上，稍一運勁，立即便能震碎他心肺內臟，明明是我衆敵寡，但投鼠忌器，大家眼睜睜不敢動手。

王處一最後爲自己和郭靖斟滿了酒，舉杯飲乾，朗然道：「貧道和各位無冤無仇，跟這位姓郭的小哥也非親非故，和雙方本來均不相干，不過見這少年頗有俠義之心，是個有骨氣的少年，因此想求各位瞧著貧道薄面，放他過去。」衆人默不作聲。王處一道：「各位若肯大量寬容，貧道自然也就放了小王爺，一位金枝玉葉的小王爺，換一個尋常百姓，各位決不吃虧，怎麼樣？」

梁子翁笑道：「王道長爽快得很，這筆生意就這樣做了。」

王處一毫不遲疑，左手鬆開，完顏康登得自由。王處一心知這些人都是武林中的成名人物，儘管邪毒狠辣，私底下幹事罔顧信義，但在旁人之前決計不肯食言而肥，自墮威名，向各人點首爲禮，拉了郭靖的手，說道：「就此告辭，後會有期。」

衆人眼見一尾入了網的魚兒竟自滑脫，無不暗呼可惜，均感臉上無光。

完顏康定了定神，含笑道：「道長有暇，請隨時過來敘敘，好讓後輩得聆教益。」站起身來，恭送出去。王處一哼了一聲，說道：「咱們的事還沒了結，定有再見的日子！」

走到花廳門口，靈智上人忽道：「道長功力精奧，令人拜服之至。」雙手合什，施了一禮，突然雙掌提起，一股勁風猛然撲出。王處一舉手回禮，也運力於掌。砰然聲響，兩人雙掌相擊。靈智上人右掌斗然探出，來抓王處一手腕。王處一反手勾腕，強對強，硬碰硬，兩人手腕剛搭上，立即分開。靈智上人臉色微變，說道：「佩服，佩服！」後躍退開。

王處一微笑道：「大師名滿江湖，怎地說了話不算數？」靈智上人怒道：「我……我不是留這姓郭的小子，我是要留你……」他為王處一掌力所震，已然受傷，倘若靜神定心，調勻呼吸，一時還不致發作，但受激之下，怒氣上沖，一言未畢，大口鮮血直噴出來。

王處一不敢停留，牽了郭靖的手，急步走出府門。

沙通天、彭連虎等一則有話在先，不肯言而無信，再則見靈智上人吃了大虧，心下均各凜然，不再上前阻攔，以免受挫失威。

王處一快步走出趙王府府門十餘丈，轉了個彎，見後面無人追來，低聲道：「你揹我去客店。」郭靖聽他聲音微弱，有氣沒力，不覺大驚，見他臉色蒼白，滿面病容，和適才神采飛揚的情狀大不相同，忙問：「道長，你受了傷麼？」王處一點點頭，一個踉蹌，竟站立不穩。

郭靖忙蹲下身來，把他負在背上，快步而行，走到一家大客店門前，正要入內。王處一低聲道：「找……找僻靜……地方的小……小店。」郭靖會意，明白是生恐對頭找來，他身受重傷，自己本領低微，只要給人尋到，只有束手待斃的份兒，於是低頭急奔。

他不識道路，儘往人少屋陋的地方走去，果然越走越偏僻，感到背上王處一呼吸漸弱，好容易找到一家小客店，門口和店堂又小又髒，當即闖進店房，放他上炕。王處一道：「快……快……找一隻大缸……盛滿……滿清水……」郭靖道：「還要甚麼？」王處一不再說話，揮手催他快去。

郭靖忙出房吩咐店伴，摸出一錠銀子，放在櫃上，又賞了店小二幾錢銀子。他來到中原數日，已明白了賞人錢財的道理。幾個店小二歡天喜地，抬了一口大缸放在天井之中，分提水桶打水，把清水裝得滿滿地。郭靖回報已經辦妥。王處一道：「好……好孩子，你抱我放在缸裏……不許……別人過來。」郭靖不解其意，依言將他抱入缸內，清水直浸到頭頸，再命店小二攔阻閒人。

只見王處一閉目而坐，急呼緩吸，過了一頓飯工夫，一缸清水竟漸漸變成黑色，他臉色卻也略復紅潤。王處一道：「扶我出來，換一缸清水。」郭靖依言換了水，又將他放入缸內。這時才知他是以內功逼出身上毒質，化在水裏。這般連換了三缸清水，水中才無黑色。王處一笑道：「沒事啦。」扶著缸沿，跨了出來，嘆道：「這和尙的功夫好毒！」郭靖放了心，甚是喜慰，問道：「那和尙手掌上有毒麼？」王處一道：「正是，毒沙掌的功夫我生平見過不少，但從沒見過這麼厲害的，今日幾乎性命不保。」郭靖道：「幸好沒事了。您要吃甚麼，我叫人去買。」

王處一命他向櫃上借了筆硯，開了張藥方，說道：「我性命已然無礙，但內臟毒氣未淨，如不儘快清毒除去，不免終身受累，說不定會殘廢。此時天色已晚，藥鋪都已關門了，明兒一早去抓藥。」

次日清晨，郭靖拿了藥方，飛奔上街，見橫街上有家藥鋪，忙將藥方遞到櫃上。店伴接過方子一看，說道：「客官來得不巧，方子上血竭、硃砂、田七、沒藥、熊膽五味藥，小店剛巧沒貨。」郭靖不等他說第二句，搶過方子便走。那知走到第二家藥鋪，仍缺了這幾味藥，接連走了七八家，無不如此。郭靖又急又怒，在城中到處奔跑買藥，連金字招牌的大藥鋪，也都說這些藥本來存貨不少，但剛才恰好給人盡數搜買了去。

郭靖這才恍然，定是那和尙料到王處一中毒受傷後要用這些藥物，趙王府竟差人把全城各處藥鋪中這幾味主藥都抄得乾乾淨淨，用心當眞歹毒。垂頭喪氣的回到客店，對王處一說了。王處一嘆了一口氣，臉色慘然。郭靖心中難過，伏在桌上放聲大哭。

王處一笑道：「凡人有生必有死，生固欣然，死亦天命，何況我也未見得會死呢，又何必哭泣？」輕輕擊著床沿，縱聲高歌：「知其雄兮守其雌，知其白兮守其黑，知榮守辱兮爲道者損，損之又損兮乃至無極。」郭靖收淚看著他，怔怔的出神。王處一哈哈一笑，盤膝坐在床上，用起功來。

郭靖不敢驚動，悄悄走出客房，忽想：「我趕到附近市鎮去，他們未必也把那裏的藥都買光了。」想到此法，心中甚喜，正要去打聽附近市鎮的遠近道路，只見店小二匆匆進來，遞了一封信給他，信封上寫著「郭大爺親啓」五字。郭靖心中奇怪：「是誰給我的信？」忙撕開封皮，抽出一張白紙，見紙上寫道：「我在城外向西十里的湖邊等你，有要緊事對你說，快來。」下面畫著一個小叫化的圖像，笑嘻嘻的正是黃蓉，形貌甚是神似。

郭靖心想：「他怎知我在這裏？」問道：「這信是誰送來的？」店小二道：「是街邊的一個閒漢送來的。」

郭靖回進店房，見王處一站在地下活動手足，說道：「道長，我到附近市鎮去買藥。」王處一道：「我們既想到這一層，他們何嘗想不到？不必去啦。」

郭靖不肯死心，決意一試，心想：「黃賢弟聰明伶俐，我先跟他商量商量。」說道：「我的好朋友約我見面，弟子去一下馬上就回。」說著將信給王處一看了。

王處一沉吟了一下，問道：「這孩子你怎麼認得的？」郭靖把旅途相逢的事說了。王處一道：「他戲弄侯通海的情狀我都見到了，這人的身法好生古怪……」隨即正色道：「你此去可要小心了。這孩子的武功在你之上，身法之中卻總透著股邪氣，我也摸不準是甚麼來頭。」郭靖道：「我跟他是生死之交，他決不能害我。」王處一嘆道：「你和他相識有多久，能說甚麼生死之交？你莫瞧他人小，他要算計你時，你定對付不了。」

郭靖心中對黃蓉絕無半分猜疑，心想：「道長這麼說，必是不知黃賢弟的為人。」便滿口誇說黃蓉的好處。王處一笑道：「你去吧。少年人無不如此，不經一事，不長一智。這人……瞧這人身形與說話聲音，似乎不是……好像是個……你難道當眞瞧不出來……」說到這裏，不說下去了，只微笑著搖了搖頭。

郭靖把藥方揣在懷裏，出了西門，放開腳步，向城外奔去。出得城來，飛雪愈大，雪花點點撲面，放眼白茫茫一片，野外人蹤絕跡，向西將近十里，前面水光閃動，是一個小小湖泊。此時天氣倒不甚寒，湖中並未結冰，雪花落在湖面，都融在水裏，湖邊一排排都是梅樹，梅花再加上冰花雪蕊，更顯皎潔。

郭靖四望不見人影，焦急起來：「莫非他等我不來，先回去了？」放聲大叫：「黃賢弟，黃賢弟。」只聽忽喇喇一聲響，湖邊飛起兩隻水鳥。郭靖再叫了兩聲，仍無應聲，心想：「或許他還沒到，我在這裏等他便了。」

坐在湖邊，既想著黃蓉，又掛念王處一的傷勢，也無心欣賞雪景，何況這大雪紛飛之象，他從小就在塞外見慣了的，毫不希奇，至於黃沙大漠與平湖寒梅之間的不同，他也不放在心上。

等了好一陣，忽聽得西首樹林中隱隱傳來爭吵之聲，他好奇心起，快步過去，只聽一人粗聲說道：「這當兒還擺甚麼大師哥架子？大家半斤八兩，你還不是也在半空中盪秋千。」另一人道：「他媽的！剛才你若不是這麼膽小，轉身先逃，咱們四個打他一個，難道便會輸了？」又一人道：「你逃得摔了一交，也不見得有甚麼了不起。」聽聲音似是黃河四鬼。郭靖手按腰間軟鞭，探頭往林中張去，卻空蕩蕩的不見人影。

忽聽得聲音從高處傳來，有人說道：「明刀明槍的交戰，咱們決不能輸，誰料得到這小叫化詭計百出……」郭靖抬起頭來，只見四個人吊在空中，搖搖擺擺，兀自指手劃腳的爭吵不休，卻不是黃河四鬼是誰？他心中大喜，料知黃蓉必在左近，笑吟吟的走過去，說道：「咦，你們又在這裏練輕功！」錢青健怒道：「誰說是練輕功？你這渾小子不生眼睛，咱們是給人吊在這裏的。」郭靖哈哈大笑，說道：「空中飛人，功夫高得很啊！」錢青健怒極，空中飛腳要去踢他，但相距遠了，卻那裏踢得著？馬青雄罵道：

「臭小子，你再不滾得遠遠的，老子撒尿淋你了！」

郭靖笑得彎了腰，說道：「我站在這裏，你的尿淋我不著。」突然身後有人輕輕一笑，郭靖轉過頭去，水聲響動，一葉扁舟從樹叢中飄了出來。

船尾一個女子持槳盪舟，長髮披背，全身白衣，頭髮上束了條金色細帶，白雪映照下燦然生光。郭靖見這少女一身裝束猶如仙女一般，不禁看得呆了。那船慢慢盪近，只見那女子方當韶齡，不過十五六歲年紀，肌膚勝雪，嬌美無比，笑面迎人，容色絕麗。

郭靖只覺耀眼生花，不敢再看，轉開了頭，緩緩退開幾步。

那少女把船搖到岸邊，叫道：「郭哥哥，上船來吧！」

郭靖猛吃一驚，轉過頭來，只見那少女笑靨生春，衣襟在風中輕輕飄動。郭靖如痴似夢，雙手揉了揉眼睛。

那少女笑道：「怎麼？不認識我啦？」郭靖聽她聲音，依稀便是黃蓉模樣，但一個骯髒襤褸的小叫化，怎麼會忽然變成了仙女，眞不能相信自己眼睛。只聽得背後黃河四鬼紛紛叫嚷：「小姑娘，快來割斷我們身上繩索，放我們下來！」「你來幫個忙，我給你一百兩銀子！」「每人一百兩，一共四百兩！」「你要八百兩也行。」

那少女對他們渾不理睬，笑道：「我是你的黃賢弟啊，你不睬我了麼？」郭靖再定神看時，果見她眉目口鼻確和黃蓉一模一樣，說道：「你……你……」只說了兩個「你」

字，再也接不下去了。黃蓉嫣然一笑，說道：「我本是女子，誰要你黃賢弟、黃賢弟的叫我？快上船來罷。」郭靖恍在夢中，雙足點地，躍上船去。黃河四鬼兀自將放人的賞格不斷提高。

黃蓉把小舟盪到湖心，取出酒菜，笑道：「咱們在這裏喝酒賞雪，那不好麼？」這時離黃河四鬼已遠，叫嚷之聲已聽不到了。

郭靖心神漸定，笑道：「我眞胡塗，一直當你是男的，以後不能再叫你黃賢弟啦！」黃蓉笑道：「你也別叫我黃賢妹，叫我作蓉兒罷。我爸爸一向這樣叫的。」郭靖忽然想起，說道：「我給你帶了點心來。」從懷裏掏出完顏康送來的細點，可是他背負王處一、換水化毒、奔波求藥，早把點心壓得或扁或爛，不成模樣。黃蓉看了點心的樣子，輕輕一笑。郭靖紅了臉，道：「吃不得了！」拿起來要拋入湖中。黃蓉伸手接過，道：「我愛吃。」

郭靖一怔，黃蓉已把一塊點心放在口裏吃起來。郭靖見她吃了幾口，眼圈漸紅，眼眶中慢慢湧上淚水，更是不解。黃蓉道：「我生下來就沒了媽，從來沒那個像你這樣記著我過……」說著幾顆淚水流了下來。她取出一塊潔白手帕，郭靖以爲她要擦拭淚水，那知她把幾塊壓爛了的點心細心包起，放在懷裏，回眸一笑，道：「我慢慢的吃。」

郭靖絲毫不懂這種女兒情懷，只覺這個「黃賢弟」的舉動很是特異，問她道：「你說有要緊事對我說，是甚麼事？」

黃蓉笑道：「我要跟你說，我不是甚麼黃賢弟，是蓉兒，這不是要緊事麼？」

郭靖也微微一笑，說道：「你這樣多好看，幹麼先前扮成個小叫化？」黃蓉側過了頭，道：「你說我好看麼？」郭靖嘆道：「好看極啦，眞像我們雪山頂上的仙女一般。」黃蓉笑道：「你見過仙女了？」郭靖道：「我沒見過，見了那還有命活？」黃蓉奇道：「怎麼？」郭靖道：「蒙古的老人家說，誰見了仙女，就永遠不想再回到草原上來啦，整天就在雪山上發痴，沒幾天就凍死了。」

黃蓉笑道：「那麼你見了我發不發痴？」郭靖臉一紅，急道：「咱們是好朋友，那不同的。」黃蓉點點頭，正正經經的道：「我知道你是眞心待我好，不管我是男的還是女的，是好看還是醜八怪。」隔了片刻，說道：「我穿這樣的衣服，誰都會對我討好，那有甚麼希罕？我做小叫化的時候你對我好，那才是眞好。」

她這時心情極好，笑道：「我唱個曲兒給你聽，好麼？」郭靖道：「明兒再唱好不好？咱們要先給王道長買藥。」把王處一在趙王府受傷、買不到傷藥的情形簡略說了。

黃蓉道：「我本在奇怪，你滿頭大汗的在一家家藥鋪裏奔進奔出，不知道幹甚麼，原來是爲了這個。」郭靖這才想起，他去買藥時黃蓉已躡在他身後，否則也不會知道他的住所，說道：「黃賢弟，我騎你的小紅馬去買藥好麼？」

黃蓉正色道：「第一，我不是黃賢弟。第二，那小紅馬是你的，難道我眞會要你的麼？我只是試試你的心。第三，到附近市鎭去，也未必能買到藥。」郭靖聽她所料的與王處一不謀而合，甚是惶急。

黃蓉微笑道：「現下我唱曲兒了，你聽著。」

她微微側過了頭，斜倚舟邊，一縷清聲自舌底吐出：

「雁霜寒透幙。正護月雲輕，嫩冰猶薄。溪奩照梳掠。想含香弄粉，靚妝難學。玉肌瘦弱，更重重龍綃襯著。倚東風，一笑嫣然，轉盼萬花羞落。

「寂寞！家山何在：雪後園林，水邊樓閣。瑤池舊約，鱗鴻更仗誰託？粉蝶兒只解尋花覓柳，開遍南枝未覺。但傷心，冷落黃昏，數聲畫角。」

郭靖一個字一個字的聽著，雖於詞義全然不解，但清音嬌柔，低迴婉轉，聽著不自禁的心搖神馳，意酣魂醉，這一番纏綿溫存的光景，他出世以來從未經歷過。只是常常想到王處一的傷勢，在心中將歌聲打了岔。

黃蓉一曲既終，低聲道：「這是辛大人所作的〈瑞鶴仙〉，是形容雪後梅花的，你說做得好麼？」郭靖道：「我一點兒也不懂，歌兒是很好聽的。辛大人是誰啊？」黃蓉道：「辛大人就是辛棄疾。我爹爹說他是位愛國愛民的好官。北方淪陷在金人手中，岳爺爺他們都給奸臣害了，現下只辛大人還在力圖恢復失地。」

郭靖雖然常聽母親說起金人殘暴，虐殺中國百姓，但終究自小生長蒙古，家國之痛在他並不深切，說道：「我從未來過中原，這些事你將來慢慢說給我聽，這當兒咱們想法兒救王道長要緊。」黃蓉道：「你聽我話，咱們就在這兒多玩一陣，不用著急。」郭靖道：「他說若不儘早清毒，會有大害，說不定就會殘廢！」黃蓉道：「那就讓他殘廢好了，又不是你殘廢，我殘廢。」郭靖「啊」的一聲，跳起身來，道：「這……這個怎麼可以……你……」臉上已現怒色。

黃蓉微笑道：「不用著惱，我包你有藥就是。」郭靖聽她言下之意似十拿九穩，再者自己也無別法，心想：「她計謀武功都遠勝於我，聽她的話一定錯不了。」只得暫且放寬胸懷。黃蓉說起怎樣把黃河四鬼吊在樹上，怎樣戲弄侯通海，兩人拊掌大笑。

眼見暮色四合，漸漸的白雪、湖水、梅花都化成了朦朦朧朧的一片，黃蓉慢慢伸出手去，握住了郭靖手掌，低聲道：「現今我甚麼都不怕啦。」郭靖道：「怎麼？」黃蓉道：「就算爸爸不要我，你也會要我跟著你的，是不是？」郭靖道：「那當然。蓉兒，我跟你在一起，眞是……眞是……眞是歡喜。」

黃蓉輕輕靠在他胸前。郭靖只覺一股甜香圍住了他的身體，圍住了湖水，圍住了整個天地，也不知是梅花的清香，還是黃蓉身上發出來的。兩人握著手不再說話。

過了良久良久，黃蓉嘆了口氣，道：「這裏眞好，只可惜咱們要走啦。」郭靖道：

「爲甚麼？」黃蓉道：「你不是要去拿藥救王道長麼？」郭靖喜道：「啊，到那裏去拿？」黃蓉道：「藥舖子的那幾味藥，都到那裏去啦？」郭靖道：「定是給趙王府的人搜去了。」黃蓉道：「不錯，咱們就到趙王府拿去。」郭靖嚇了一跳，道：「趙王府？」黃蓉道：「正是！」郭靖道：「那去不得。咱倆去只有送命的份兒。」

黃蓉道：「難道你就忍心讓王道長殘廢？說不定傷勢厲害，還要送命呢！」郭靖熱血上沖，道：「好，不過，不過你不要去。」黃蓉道：「爲甚麼？」郭靖道：「總而言之，你不能去。」卻說不出個道理來。

黃蓉低聲道：「你再體惜我，我可要受不了啦。要是你遇上了危難，難道我獨個兒能活著麼？」郭靖心中一震，不覺感激、愛惜、狂喜、自憐，諸般激情同時湧上心頭，突然間勇氣百倍，頓覺沙通天、彭連虎等人殊不足畏，天下更無難事，昂然道：「好，咱倆去拿藥。」

兩人把小舟划進岸邊，上岸回城，向王府而去。走到半路，郭靖忽然記起黃河四鬼兀自掛在樹上，停步說道：「啊，要不要去放了那四個人下來？」黃蓉格格一笑，道：「這四個傢伙自稱『剛烈雄健』，厲害得很，凍不壞、餓不死的。就算餓死了，『梅林四鬼』也比『黃河四鬼』高雅得多。」

楊鐵心取下壁上掛著的一桿生滿了鏽的鐵槍，輕輕撫摸槍桿，嘆道：「鐵槍生鏽了。這槍好久沒用啦。」王妃溫言道：「請你別動這槍。這是我最寶貴的東西。」楊鐵心道：「是嗎？鐵槍本有一對，現下卻只賸下一根了。」

第九回　鐵槍破犁

郭黃二人來到趙王府後院，越牆而進，黃蓉柔聲道：「你輕身功夫好得很啊！」郭靖伏在牆腳邊，察看院內動靜，聽她稱讚，只覺說不出的開心。

過了片刻，忽聽得腳步聲響，兩人談笑而來，走到相近，只聽一人道：「小王爺把這姑娘關在這裏，你猜是為了甚麼？」另一個笑道：「那還用猜？這樣美貌的姑娘，你出娘胎之後見過半個麼？」先一人道：「瞧你這副色迷迷的樣兒，小心小王爺砍掉你的腦袋。這個姑娘麼，相貌雖美，可還不及咱們王妃。」另一人道：「這等風塵女子，怎麼能拿來跟王妃比？」先一人道：「王妃，你道她出身又……」說到這裏，忽然住口，咳嗽了兩聲，轉口道：「小王爺昨日跟人打架，著實吃了虧，大夥兒小心些，別給他作了出氣袋，討一頓好打。」另一人道：「小王爺這麼一拳打來，我就這麼一避，跟著這麼一腳踢出……」先一人笑道：「別自己臭美啦！」

郭靖尋思：「原來那完顏康已經有了個美貌的意中人，因此不肯娶那穆姑娘了，倒也難怪。既是如此，他就不該去跟穆姑娘比武招親，更不該搶了人家的花鞋兒不還。他爲甚麼又把人家關起來？難道是人家不肯，他要強逼麼？」

這時兩人走得更近了，一個提了一盞風燈，另一個提著一隻食盒，兩人都是青衣小帽、僕役打扮。那提食盒的笑道：「又要關人家，又怕人家餓壞了，這麼晚啦，還巴巴的送菜去。」另一個道：「若不是又風流又體貼，怎能贏得美人兒的芳心？」兩人低聲談笑，漸漸走遠。

黃蓉好奇心起，低聲道：「咱們瞧瞧去，到底是怎麼樣的美人。」郭靖道：「還是盜藥要緊。」黃蓉道：「我偏要先看美人！」舉步跟隨兩個僕役。郭靖心想：「女人有甚麼好看？眞是古怪。」他卻那裏知道，凡是女子聽說有那一個女人美貌，若不親眼見上一見，可比甚麼都難過，如果自己是美麗女人，那是更加非去看一看、比一比不可。郭靖卻只道她孩子氣厲害，只得跟去。

那趙王府好大的園林，跟著兩個僕役曲曲折折的走了好一會，才來到一座大屋跟前，望見屋前有親兵手執兵刃把守。黃蓉和郭靖閃在一旁，只聽得兩僕和看守的親兵說了幾句話，親兵打開門放二人進去。

黃蓉撿起一顆石子，噗的一聲，打滅風燈，拉著郭靖的手，縱身擠進門去，反搶在兩僕之前。兩僕和眾親兵全未知覺，只道屋頂上偶然跌下了石子。兩僕說笑咒罵，取出火絨火石來點亮了燈，穿過一個大天井，開了裏面一扇小門，走了進去。

黃蓉和郭靖悄悄跟隨，見裏面是一條條極粗鐵條編成的柵欄，就如監禁猛獸的大鐵籠一般，柵欄後面坐著兩人，依稀可辨是一男一女。

一個僕人點燃了一根蠟燭，伸手進柵，放在桌上。燭光照耀下郭靖看得分明，不禁大奇，只見那男子鬚髮蒼然，滿臉怒容，正是穆易，一個妙齡少女垂首坐在他身旁，不是他女兒穆念慈是誰？郭靖滿腹疑團，大惑不解：「他們怎麼會在這裏？是了，定是給完顏康捉了來。那完顏康卻是甚麼心思？到底愛這姑娘不愛？」

兩名僕人從食盒中取出點心酒菜，一盆盆送進柵去。穆易拿起一盆點心擲將出來，罵道：「我落了你們圈套，要殺快殺，誰要你們假惺惺討好？」

喝罵聲中，忽聽得外面眾親兵齊聲說道：「小王爺您好！」

黃蓉和郭靖互望一眼，忙在門後躲起，只見完顏康快步入內，大聲呵斥道：「誰惹怒穆老英雄啦？回頭瞧我不打斷你狗腿子。」兩個僕人各跪下一腿，俯首說道：「小的不敢。」完顏康道：「快滾出去。」兩僕忙道：「是，是。」站起來轉身出去，走到門邊時，相對伸了伸舌頭，做個鬼臉。

完顏康等他們反帶上了門，和顏悅色的對穆易父女道：「我請兩位到這裏，另有下情相告，兩位千萬不要誤會。」穆易怒道：「你騙我們來，當犯人般關在這裏，這是『請』麼？」完顏康道：「實在對不住。請兩位暫且委屈一下，我實在過意不去。」穆易怒道：「這些話騙三歲孩子去。做官做府的吃人不吐骨頭，難道我還見得少了？」完顏康幾次要說話，都給穆易一陣怒罵擋了回去，但他居然涵養甚好，笑嘻嘻的並不生氣。

隔了一會，穆念慈低聲道：「爹，你且聽他說些甚麼。」穆易哼了一聲，這才不罵。

完顏康道：「令愛如此品貌，世上罕有，我又不是不生眼珠子，那有不喜愛的？」穆念慈一陣紅暈罩上雙頰，把頭俯得更低了。只聽完顏康又道：「只不過我是王爵的世子，家教又嚴，要是給人知道，說我和一位江湖英雄、草莽豪傑結了親家，不但父王怪罪，多半聖上還要嚴旨切責父王呢。」穆易道：「依你說怎樣？」完顏康道：「我是想請兩位在舍下休息幾日，養好了傷，然後回家鄉去。過得一年半載，待這事冷了下來，旁人更無閒言閒語，或者是我到府上來迎親，或者是請老前輩送令愛來完姻，那豈不是兩全其美？」穆易沉吟不語，心中卻在想著另一件事。

完顏康道：「父王為了我頑皮闖禍，三個月前已受過聖上的幾次責備，如再知道我有這等事，婚事決不能諧。是以務懇老前輩要嚴守秘密。」穆易怒道：「依你說來，我女孩兒將來就算跟了你，也是一輩子的偷偷摸摸，不是正大光明的夫妻了？」完顏康道：「這個我自然另有安排，將來邀出朝裏幾位大臣來做媒，總要風風光光的娶了令愛才是。」

穆易臉色忽變，道：「你去請你母親來，咱們當面說個清楚。」完顏康微微一笑，道：「我母親怎能見你？」穆易斷釘截鐵的道：「不跟你母親見面，任你如何花言巧語，我決不理睬。」說著抓起酒壺，從鐵柵中擲了出來。

穆念慈自和完顏康比武之後，一顆芳心早已傾注在他身上，耳聽他說得合情合理，正自竊喜，忽見父親突然無故動怒，不禁又驚訝，又傷心。

完顏康袍袖翻過，捲住了酒壺，伸手放回桌上，笑道：「不陪啦！」轉身而出。

郭靖聽著完顏康的話，覺得他確有苦衷，所說的法子也很週到，那料穆易卻忽然翻臉，心想：「我這就勸勸他去。」正想長身出來，黃蓉扯扯他衣袖，拉著他從門裏竄了出去。

只聽完顏康問一個僕人道：「拿來了麼？」那僕人道：「是。」舉起手來，手裏提著一隻兔子。完顏康接過，喀喀兩聲，把兔子的兩條後腿折斷了，放在懷中，快步而去。

郭靖與黃蓉甚是奇怪，不知他玩甚麼花樣，隨後遠遠跟著。

繞過一道竹籬，眼前出現三間烏瓦白牆小屋。這是南方鄉下尋常百姓的居屋，不意在這豪奢富麗的王府中見到，郭靖以前沒見過，黃蓉卻甚覺詫異，見完顏康推開小屋板門，走了進去。

兩人悄步繞到屋後，俯眼窗縫，向裏張望，心想完顏康來到這詭秘所在，必有特異行動，那知卻聽他叫道：「媽！」裏面一個女人聲音「嗯」的應了一聲。

完顏康走進內室，黃蓉與郭靖跟著轉到另外一扇窗子外窺視，見一個中年女子坐在桌邊，一手支頤，呆呆出神。這女子四十歲不到，姿容秀美，不施脂粉，身上穿的也是粗衣布衫。黃蓉心道：「這位王妃果然比那個穆姑娘又美了幾分，可是她怎麼扮作個鄉下女子，又住在這破破爛爛的屋子裏？難道給趙王打入了冷宮？」郭靖有了黃蓉的例子在先，倒不以為奇，不過另有一番念頭：「她多半跟蓉兒一般，故意穿些粗布衣衫，假裝窮人，鬧著玩兒。」

完顏康走到她身旁，拉住她手道：「媽，你又不舒服了麼？」那女子嘆了口氣道：「還不是為你躭心？」完顏康靠在她身邊，笑道：「兒子不是好好地在這裏麼？又沒少了半個腳趾頭。」說話神情，全在撒嬌。那女子道：「眼也腫了，鼻子也破了，還說好好地？你這麼胡鬧，你爹知道了倒沒甚麼，要是給你師父聽到風聲，可不得了。」

完顏康笑道：「媽，你道昨天出來打岔的那道士是誰？」那女人道：「誰啊？」完顏康道：「是我師父的師弟。說來該是我師叔，可是我偏不認他的，道長前、道長後的叫他。他向著我吹鬍子，瞪眼珠，可拿我沒法子。」說著笑了起來。那女子卻吃了一驚，道：「糟啦，糟啦。我見過你師父發怒的樣兒，他殺起人來，可眞教人害怕。」

完顏康奇道：「你怎會見過我師父殺人？在那裏？他幹麼殺人？」那女子抬頭望著燭光，似乎神馳遠處，緩緩的道：「那是很久很久以前的事了。唉，我差不多都忘啦！」

完顏康不再追問，得意洋洋的道：「那王道士逼上門來，問我比武招親的事怎樣了結。我一口應承，只要那姓穆的到來，他怎麼說就怎麼辦。」那女子道：「你問過爹爹麼？他肯答允麼？」完顏康笑道：「媽你就這麼老實。我早差人去把那姓穆的父女騙了來，鎖在後面鐵牢裏。那王道士又到那裏找他去？」

完顏康說得高興，郭靖在外面愈聽愈怒，心想：「我還道他眞是好意，那知竟如此奸惡。」又想：「幸虧穆老英雄不上他當。」

那女子也頗不以爲然，惱道：「你戲弄了人家閨女，還把人家關了起來，那成甚麼話？快去放了，再多送些銀子，好好賠罪，請他們別見怪。」郭靖暗暗點頭，心想：「這還說得過去。」

完顏康道：「媽你不懂的，這種江湖上的人才不希罕銀子呢。放了出去，他們在外宣揚，怎不傳進師父的耳裏？」那女子急道：「難道你要關他們一世？」完顏康笑道：「我說些好話，把他們騙回家鄉，叫他們死心塌地的在家裏等我一輩子，十年、二十年，沒完沒了！」說著哈哈大笑。

郭靖怒極，伸掌便要向窗格子上拍去，隨即要張口怒喝，突覺一隻滑膩的手掌按住了自己嘴唇，右手手腕也給人從空捏住，一個柔軟的聲音在耳邊輕聲道：「別發脾氣。」

郭靖登時醒悟，轉頭向黃蓉微微一笑，再向裏張望，只聽完顏康道：「那姓穆的老兒奸猾得緊，一時還不肯上鉤，再關他幾天，瞧他聽不聽話？」

他母親道：「我見那個姑娘品貌很好，我倒喜歡。我跟你爹說說，不如就娶了她，可不是甚麼事都沒了。」完顏康笑道：「媽你又來啦，咱們這般的家世，怎麼能娶這等江湖上低三下四的女子？爹常說要給我擇一門顯貴的親事。就可惜我們是宗室，也姓完顏。」那女子道：「怎麼？」完顏康道：「否則的話，我準能娶公主，做駙馬。」那女子嘆了口氣，低聲道：「你瞧不起窮人家的女兒……你自己難道當眞……」

完顏康笑道：「媽，還有一樁笑話兒呢。那姓穆的說要見你，跟你當面說明了，他才相信。」那女子道：「我才不幫你騙人呢，做這等缺德事。」完顏康笑嘻嘻的在室中走了幾個圈子，笑道：「你就算肯去，我也不讓。你不會撒謊，說不了三句便露出馬腳。」

黃蓉和郭靖打量室中陳設，見桌櫈之物都是粗木所製，床帳用具無一不是如同民間農家之物，甚爲粗糙簡陋，壁上掛著一枝生了鏽的鐵槍、一張殘破的犁頭，屋子一角放著一架紡紗用的舊紡車。兩人都暗暗稱奇：「這女子貴爲王妃，怎地屋子裏卻這般擺設？」

完顏康在胸前按了兩下，衣內那兔子吱吱的叫了兩聲。那女子問道：「甚麼呀？」完顏康道：「啊，險些兒忘了。剛才見到一隻兔子受了傷，撿了回來，媽，你給牠治治。」一說著從懷裏掏出那隻小白兔來，放在桌上。那兔兒後腿跛了，行走不得。那女子道：「好孩子！」一忙拿出刀圭傷藥，給兔子治傷。

郭靖怒火上沖，心想這人知道母親心慈，便把好好一隻兔子折斷腿骨，要她醫治，好教她無心理會自己幹的壞事，對自己親生母親，怎可如此玩弄權謀？

黃蓉靠在郭靖身旁，忽覺他全身顫抖，知他怒極，怕他發作出來給完顏康驚覺，忙牽著他手躡足走遠，說道：「不理他們，咱們找藥去。」郭靖道：「你可知藥在那裏？」黃蓉搖頭道：「不知道。這就去找。」

郭靖心想，偌大王府，到那裏找去？驚動了沙通天他們，那可大禍臨頭，正要開言和她商量，突然前面燈光閃動，一人手提燈籠，嘴裏低哼小曲：「我的小親親喲，你不疼我疼誰個？還是疼著我……」一陣急一陣緩的走近。

郭靖待要閃入樹後，黃蓉卻迎了上去。那人一怔，還未開口，黃蓉手腕翻處，一柄明晃晃的分水蛾眉刺已抵在他喉頭，喝道：「你是誰？」那人嚇得魂不附體，隔了片刻，才結結巴巴的道：「我……是府裏的簡管家。你……你幹甚麼？」黃蓉道：「幹甚麼？我要殺個人！你是管家，那好極啦。今日小王爺差你們去買來的那些藥，放在那裏？」簡管家道：「都是小王爺自己收著，我……我不知道啊！」

黃蓉左手在他手腕上抓落，右手微向前送，蛾眉鋼刺嵌入了他咽喉幾分。那簡管家只覺手腕和咽喉奇痛，卻又不敢叫出聲來。黃蓉低聲喝道：「你說不說？」簡管家道：「我眞的不知道。」黃蓉右手扯下他帽子，按在他口上，跟著左手一拉一扭，喀喇一聲，登時將他右臂臂骨扭斷了。那簡管家痛極大叫，立時昏暈，但嘴巴讓帽子按住了，這聲叫喊慘厲之中夾著窒悶，傳不出去。

郭靖萬料不到這個嬌滴滴的小姑娘下手竟如此毒辣，不覺驚呆了。黃蓉在簡管家脅下戳了兩下，那人醒轉，低聲呻吟，她把帽子順手在他頭頂一放，喝道：「要不要將左臂也扭斷了？」簡管家痛得眼淚直流，屈膝跪倒，道：「小人眞……眞的不知道，姑娘殺了小人也沒用。」黃蓉這才信他不是裝假，低聲道：「你到小王爺那裏，說你從高處摔下來摔斷了手臂，又受了不輕的內傷，大夫說要用硃砂、血竭、田七、熊膽、沒藥等等醫治，中都城裏買不到，你求小王爺賞賜一點。」

黃蓉說一句，簡管家應一句，不敢有絲毫遲疑。黃蓉又道：「小王爺在王妃那裏，快去，快去！我跟著你，你如裝得不像，露出半點痕跡，我扭斷你脖子，挖出你眼珠子。這幾味藥，你都記得了嗎？」說著伸出手指，將尖尖的指甲在他眼皮上重重一抓。

簡管家打個寒噤，爬起身來，咬緊牙齒，忍痛奔往王妃住處。

完顏康還在和母親東拉西扯的談論，忽見簡管家滿頭滿臉都是汗水、眼淚、鼻涕，奔進來把黃蓉教的話說了一遍。王妃見他右臂折斷，盪來盪去，痛得臉如白紙，不待完顏康答覆，已一疊連聲的催他給藥。完顏康皺眉道：「那些藥梁老先生要去啦，你自己拿去。」簡管家哭喪著臉道：「求小王爺賞張字條！」王妃忙拿出筆墨紙硯，完顏康寫了幾個字。簡管家磕頭謝賞，王妃溫言道：「快去，拿到藥好治傷。」

簡管家退了出來，剛走得幾步，一柄冰寒徹骨的利刃已架在後頸，只聽黃蓉道：「到梁老先生那裏去。」簡管家走了幾步，實在支持不住了，一個踉蹌，就要跌倒。黃蓉抓住他後領，說道：「不拿到藥，你的脖子就是喀喇一聲，斷成兩截。」按住他腦袋重重一扭。簡管家大驚，冷汗直冒，不知那裏突然來了一股力氣，急往前走。路上接連遇見七八個僕役侍從。眾僕見郭靖、黃蓉與他在一起，也沒人查問。

來到梁子翁所住館舍，簡管家過去一瞧，館門反鎖，出來再問，一個僕役說王爺在香雪廳宴客。郭靖見簡管家腳步蹣跚，伸手托在他脅下，三人並肩往香雪廳而去。

離廳門尚有數十步遠，兩個提著燈籠的衛士迎了上來，右手都拿著鋼刀，喝道：「停步，是誰？」簡管家取出小王爺的字條，一人看了字條，放他過去，又來詢問郭黃二人，簡管家道：「是自己人！」一名衛士道：「王爺在廳裏宴客，吩咐了誰也不許去打擾。有事明天再回……」話未說完，兩人只覺脅下一陣酸麻，動彈不得，已給黃蓉點中穴道。

黃蓉把兩名衛士提在花木叢後，牽了郭靖的手，隨著簡管家走到香雪廳前。她在簡管家身後輕輕一推，與郭靖縱身躍起，攀住簷頭，從窗縫中向裏觀看。

廳上燈燭輝煌，擺著一桌筵席，郭靖看桌邊所坐諸人，一顆心不禁突突亂跳，昨天同席過的白駝山少主歐陽克、鬼門龍王沙通天、三頭蛟侯通海、參仙老怪梁子翁、千手人屠彭連虎等都圍坐在桌邊，下首相陪的正是大金國六皇子完顏洪烈。桌旁放著一張太師椅，墊了一張厚厚氈毯，靈智上人坐在椅上，雙目微張，臉如金紙，顯然受傷不輕。郭靖暗喜：「你暗算王道長，教你也受一下好的。」

簡管家推門而進，向梁子翁行了個禮，將完顏康所寫的字條遞給他。梁子翁看了，望了簡管家一眼，把字條遞給完顏洪烈道：「王爺，這是小王爺的親筆吧？」完顏洪烈接過來看了，道：「是的，梁公瞧著辦吧。」梁子翁對身後一名青衣童子道：「今日小王爺送來的五味藥材，各拿五錢給這位管家。」

那童子應了，隨著簡管家出來。郭靖在黃蓉耳邊道：「快走吧，那些人個個厲害得緊。」黃蓉笑了笑，搖搖頭。郭靖只覺她一縷柔髮在自己臉上輕輕擦過，從臉上到心裏，都有點癢癢的，不再和她爭辯，踴身往下便跳。黃蓉忙抓住他手腕，身子向前撲出，雙足鉤住屋簷，緩緩將他放落。郭靖暗叫：「好險！裏面這許多高手，我這往下一跳，他們豈有不發覺之理？」自愧初涉江湖，事事易出毛病。

簡管家和那小童出來，郭靖跟在後面，走出十餘丈，回過頭來，只見黃蓉使個「倒捲珠簾勢」，正向裏張望，清風中白衫微動，猶如一朵百合花在黑夜中盛開。

黃蓉向廳裏瞥了一眼，見各人並未發覺，回頭目送郭靖的身形在黑暗之中消失，這才再向內窺探，見彭連虎目光四射，到處察看。黃蓉不敢再看，側頭附耳傾聽。

只聽一個嗓子沙啞的人道：「那王處一昨天橫加插手，各位瞧他是無意中碰著呢，還是有所爲而來？」一個聲音極響的人道：「不管他有意無意，總之受了靈智上人這一掌，不死也落個殘廢。」黃蓉向內張望，見說話之人是那身材矮小、目光如電的彭連虎。

一個話聲清朗的人笑道：「兄弟在西域之時，也曾聽過全眞七子的名頭，該當不是浪得虛名之輩，要不是靈智上人送了他這一下好生厲害的五指祕刀，咱們昨天全算折在他手裏啦。」一個粗厚低沉的聲音道：「歐陽公子別在老衲臉上貼金啦，我跟這道士大家吃了虧，半斤八兩，誰也沒贏。」歐陽克道：「總之他不喪命就落個殘廢，上人卻只須靜養些時日。」

此後各人不再談論，聽聲音是主人在敬酒。隔了一會，一人說道：「各位遠道而來，小王深感榮幸。此番能邀到各位大駕，實是大金國之福。」黃蓉心想，說這話的必是趙王完顏洪烈了。衆人謙遜了幾句。完顏洪烈又道：「靈智上人是青海得道高僧，梁老先生是關外一派的宗師，歐陽公子已得令叔武功眞傳，彭寨主威震中原，沙幫主獨霸黃河。五位中只要有一位肯拔刀相助，大金國的大事就能成功，何況五位一齊出馬，哈哈，哈哈。那眞是獅子搏兔用全力了。」言下甚是得意。

梁子翁笑道：「王爺有事差遣，咱們當得效勞，只怕老夫功夫荒疏，有負王爺重託，那就老臉無光了，哈哈！」彭連虎等也均說了幾句「當得效勞」之類的言語。這幾個人向來獨霸一方，都是自尊自大慣了的，語氣之中儼然和完顏洪烈分庭抗禮，並不過於卑諂。完顏洪烈又向衆人敬了一杯酒，說道：「小王既請各位到來，自是推心置腹，天大的事也不能相瞞。各位知曉之後，當然也決不會向旁人提及，洩漏了風聲，以致對方有了防備，壞了我大金朝廷的大事，這也是小王信得過的。」

各人會意，他這幾句話雖說得婉轉，其實是要他們務必嚴守秘密，都道：「王爺放心，這裏所說的話，誰都不能洩漏半句。」

各人受完顏洪烈重聘而來，均知若非爲了頭等大事，決不致使了偌大力氣，費了這許多金銀珠寶前來相請，到底爲了何事，他卻一直不提，也不便相詢，這時知他便要揭開一件重大機密，個個又好奇，又興奮。

完顏洪烈道：「大金太宗天會三年，那就是趙官兒徽宗的宣和七年了，我金兵由粘沒喝、斡離不兩位元帥率領征伐宋朝，俘虜了宋朝徽宗、欽宗兩個皇帝，自古以來，兵威從無如此之盛的。」衆人都嘖嘖稱讚。黃蓉心道：「好不要臉！除了那和尙和甚麼歐陽公子之外，你們都是漢人。這金國王爺自吹自擂，說擄了大宋的兩個皇帝，你們竟都來捧場。」

完顏洪烈道：「那時我大金兵精將廣，本可一統天下，但到今日將近百年，趙官兒還在臨安做他的皇帝，各位可知是甚麼原因麼？」梁子翁道：「請王爺示下。」

完顏洪烈嘆了口氣道：「當年我大金國敗在岳飛那廝手裏，那是天下皆知之事，也不必諱言。我大金元帥兀朮善會用兵，可是遇到岳飛，總是連吃敗仗。後來岳飛雖讓我大金授命秦檜害死，但金兵元氣大傷，此後再也無力大舉南征。然而小王卻雄心勃勃，不自量力，想爲我聖上立一件大功，這事非衆位相助不可。」

各人面面相覷，不明其意，均想：「衝鋒陷陣，攻城掠地，非吾輩之所長，難道他要我們去刺殺南朝的元帥大將？」

完顏洪烈神色得意，語音微顫，說道：「幾個月前，小王無意間在宮裏舊檔之中，看到一通前朝留下來的文書，是岳飛寫的幾首詞，辭句甚爲奇特。我揣摩了一些時日，終於端詳出了其中意思。原來岳飛給關在獄中之時，知道已無活命之望，說他這人精忠報國，倒是不假，竟把生平所學的行軍佈陣、練兵攻伐的秘要，詳詳細細的寫了部書，只盼得到傳人，用以抗禦金兵。幸虧秦檜這人也好生厲害，怕岳飛跟外人私通消息，防備得周密之極，獄中官吏兵丁，個個都是親信心腹。要知岳飛部下那些兵將勇悍善戰，倘若造起反來，宋朝沒人抵擋得住。當年所以沒人去救岳飛，全因岳飛不肯違抗朝廷旨意，要是他忽然改變了主意，可不得了啦，是不是？他可不知岳飛忠於皇帝和朝廷，決不會造反，他想救的不是他自己性命，而是大宋江山。但也幸得這樣，岳飛這部兵書，直到死後也沒能交到外面。」

眾人聚精會神的聽著，個個忘了喝酒。黃蓉懸身閣外，也如聽著一個奇異的故事。

完顏洪烈道：「岳飛無計可施，只得把那部兵書貼身藏了，寫了四首甚麼〈菩薩蠻〉、〈醜奴兒〉、〈賀聖朝〉、〈齊天樂〉的歪詞。這四首詞格律不對，平仄不叶，句子顛三倒四，不知所云。那秦檜雖說是才大如海，卻也不明其中之意，於是差人送到大金國來。數十年來，這四首歪詞收在大金宮裏秘檔之中，沒人領會得其中含意，人人都道岳飛臨死氣憤，亂寫一通，語無倫次，那知其中竟藏著一個極大啞謎。小王苦苦思索，終於解明了，原來這四首歪詞須得每隔三字的串讀，先倒後順，反覆連貫，便即明明白白。岳飛在這四首詞中囑咐後人習他兵法遺書，滅了我大金。他用心雖苦，但宋朝無人，卻也枉然，哈哈！」眾人齊聲驚嘆，紛紛稱譽完顏洪烈的才智。

完顏洪烈道：「想那岳飛用兵如神，打仗確實厲害。只要咱們得了他這部遺書，學得了他的兵法，大金國一統天下，豈不是易如反掌麼？」

眾人恍然大悟，均想：「趙王請我們來，原來是要我們去做盜墓賊。」

完顏洪烈道：「小王本來想，這部遺書必是他帶到墳墓中去了。」頓了一頓，續道：「各位是大英雄大豪傑，難道請各位去盜墓麼？再說，那岳飛雖是大金讎寇，但他精忠神武，天下人人相欽，咱們也不能動他墳墓。小王翻檢歷年南朝密探送來的稟報，卻另外得到了線索。岳飛當日死在風波亭後，葬在附近的眾安橋邊，後來宋孝宗將他遺體遷到西湖邊上隆重安葬，建造祠廟。他的衣冠遺物，卻讓人放在另外一處，這部遺書自然也在其中。這地方也是在臨安。」

他說到這裏，眼光逐一向眾人望去。眾人都急於聽他說出藏書的地點來。

那知他卻轉過話題，說道：「小王曾想：既有人搬動過岳飛的衣冠遺物，只怕也已把這部書取了出來。但仔細一琢磨，知道決計不會。宋人對他敬若神明，既不知他的原意，決不敢動他遺物，咱們到了那個地方，必能手到拿來。不過南方奇材異能之士極多，咱們要不是一舉成功，露出了風聲，反讓宋人先得了去，那可是弄巧成拙了。這件事有關兩國氣運，因此小王加意鄭重將事，若非請到武林中一等一的高手相助，決不敢輕舉妄動。」眾人聽得連連點頭。

完顏洪烈道：「不過藏他遺物的所在，卻也非同小可，因此這件事說它難嗎，固然難到極處，然而在有大本領的人看來，卻又容易之極。原來他的遺物是藏在……」

正說到這裏，突然廳門推開，一人衝了進來，面目青腫，奔到梁子翁面前，叫道：「師父……」衆人看時，卻是梁子翁派去取藥的那個青衣童子。

郭靖跟隨簡管家和那青衣童子去取藥，左手仍托在簡管家脅下，既防他支持不住而跌倒，又教他不敢向青衣童子通風示意。三人穿廊過舍，又來到梁子翁所住的館舍。那童子開門進去，點亮了蠟燭。

郭靖一踏進房，便覺藥氣沖鼻，又見桌上、榻上、地下，到處放滿了諸般藥材，以及大大小小的瓶兒、罐兒、缸兒、缽兒，看來梁子翁喜愛調弄丹藥，雖在客中，也不放下這些傢伙。那小童也熟習藥性，取了五味藥，用白紙分別包了，交給簡管家。

簡管家伸手接過，轉身出房。郭靖緊跟在旁。不料簡管家甚是狡猾，出房時故意落後，待郭靖與那小童一出門，立時關上了門，撐上門閂，大聲叫喊：「有賊啊，有賊啊！」郭靖一怔，轉身推門，那門甚是堅實，一時推之不開。簡管家揚手將五包藥從窗口抛入了房旁的池塘。郭靖又驚又怒，雙掌按在門上，運起勁力，喀喇一響，門閂立斷。他搶進門去，一拳擊中簡管家下顎，顎骨登時碎裂。幸好梁子翁性喜僻靜，居處與別的房舍遠離，簡管家這幾下叫喚，倒沒人聽到。

郭靖回身出門，見那童子已奔在數丈之外，忙提氣縱身，追到他身後，伸手往他後領抓落。那童子聽得腦後風響，身子一挫，右腿橫掃，身手竟自不弱。郭靖心知只要給他聲張出來，黃蓉與自己不免有性命之憂，下手更不容情，鉤、拿、抓、打，招招是分筋錯骨手的狠辣家數，那童子臉上連中兩拳。郭靖乘勢直上，又在他天靈蓋上擊了一掌，那童子立時昏暈。郭靖提足將他撥入路旁草叢，回進房去，打火點亮蠟燭，見簡管家倒在地下，兀自昏暈。

郭靖暗罵自己胡塗：「那童兒剛才從那五個瓶罐裏取藥，我可沒留意，怎知這五味藥放在那裏？」見瓶罐上面畫的都是些彎彎曲曲的符號，竟無一個文字，好生爲難：「記得他是站在這裏拿的，我且把這個角落裏的數十罐藥每樣都拿些，回頭請王道長選出來就是。」取過一疊白紙，每樣藥材都包了一包，生怕剛才簡管家叫喊時讓人聽到，心裏一急，包得更加慢了。

好容易在每個藥罐中都取了藥包好，揣在懷裏，大功告成，心下歡喜，回過身來，不提防手肘在旁邊的大竹簍上一撞。那竹簍橫跌翻倒，蓋子落下，驀地呼嚕一聲，竄出一條殷紅如血的大蛇，猛向他臉上撲來。

郭靖大驚，忙向後躍開，只見那蛇身子有小碗粗細，半身尚在簍中，不知其長幾何，最怪的是通體朱紅，蛇頭忽伸忽縮，蛇口中伸出一條分叉的舌頭，不住向他搖動。蒙古苦寒之地，蛇蟲本少，這般朱紅的奇蛇他更生平未見，慌亂中倒退幾步，背心撞向桌邊，燭台受震跌倒，室中登時漆黑一團。他藥材已得，急步奪門而出，剛走到門邊，突覺腿上一緊，似給人伸臂抱牢，又如是給一條極粗的繩索緊緊縛住，急躍想逃，不料竟掙之不脫，隨即右臂一陣冰冷，全身立時動彈不得。

郭靖心知已給大蛇纏住，這時只賸下左手尚可活動，立即伸手向腰間去摸成吉思汗所賜的金刀。突然間一陣辛辣的藥氣撲鼻而至，其中夾著一股腥味，臉上一涼，竟是那蛇伸舌來舐他臉頰，當這危急之際，已無餘暇去抽刀殺蛇，忙提起左手，叉住蛇頸。那蛇力大異常，身子漸漸收緊，蛇頭猛力向郭靖臉上伸過來，張口欲咬。

郭靖挺臂撐持，過了片刻，只感覺腿腳酸麻，胸口爲蛇身纏緊，呼吸越來越難，運內勁向外力崩，蛇身稍一放鬆，但跟著纏得更緊。郭靖左手漸感無力，蛇口中噴出來的氣息難聞之極，胸口發惡，只是想嘔。再相持一會，神智逐漸昏迷，再無抗拒之力，左手一鬆，大蛇張口直咬下來。

那青衣童子給郭靖擊暈，過了良久，慢慢醒轉，想起與郭靖相鬥，躍起身來，回頭見師父房中漆黑一團，聲息全無，想來那人已逃走了，忙奔到香雪廳中，氣急敗壞的向梁子翁稟告。黃蓉在窗縫中聽到那童子說話，心下驚惶，一個「雁落平沙」，輕輕落下。但廳中這許多高手何等了得，適才傾聽完顏洪烈說話，未曾留意外面，這時聽那童子一說，個個已在凝神防敵，黃蓉落下雖輕，彭連虎等已然驚覺。

梁子翁身形晃動，首先疾竄而出，擋住黃蓉去路，喝問：「甚麼人？」

黃蓉見了他這一躍，便知他武功遠勝於己，別說廳裏還有許多高手，單這老兒一人，便已對付不了，微微一笑，說道：「這裏的梅花開得挺好呀，你折一枝給我好不好？」

梁子翁想不到廳外竟是個秀美絕倫的少女，衣飾華貴，又聽她笑語如珠，不覺一怔，料想必是王府中人，說不定還是王爺的千金小姐，是位郡主娘娘，當即縱身躍起，伸手折了一枝梅花下來。黃蓉含笑接過，道：「老爺子，謝謝您啦。」

這時衆人都已站在廳口，瞧著兩人。彭連虎見黃蓉轉身要走，問完顏洪烈道：「王爺，這位姑娘是府裏的麼？」完顏洪烈搖頭道：「不是。」彭連虎道：「王爺剛才說的大事，給這位姑娘聽了去，不妨事嗎？」縱身攔在黃蓉面前，說道：「姑娘慢走，我也折一枝梅花給你。」右手一招「巧扣連環」，便來拿她手腕，五指伸近黃蓉身邊，突然翻上，抓向她喉頭。黃蓉本想假裝不會武藝，含糊混過，以謀脫身，豈知彭連虎不但武功精湛，且機警過人，只一招就令對方不得不救。

黃蓉微微一驚，退避已自不及，右手揮出，拇指與食指扣起，餘下三指略張，手指如一枝蘭花般伸出，姿式美妙已極。

彭連虎只感上臂與小臂之交的「曲池穴」上一麻，手臂疾縮，總算變招迅速，沒給她拂中穴道。這一來心中大奇，想不到這樣個小姑娘竟身負絕藝，不但出招快捷，認穴極準，而這門以小指拂穴的功夫，饒是他見多識廣，也從未見過。黃蓉這「蘭花拂穴手」乃家傳絕技，講究「快、準、奇、清」，快、準、奇，這還罷了，那個「清」字，務須出手優雅，氣度閒逸，輕描淡寫，行若無事，才算得到家，要是出招緊迫狠辣，不免落了下乘，配不上「蘭花」的高雅之名了。四字之中，倒是這「清」字訣最難。

黃蓉這一出手，旁觀諸人無不訝異。彭連虎笑道：「姑娘貴姓？尊師是那一位？」黃蓉笑道：「這枝梅花眞好，是麼？我去插在瓶裏。」竟不答彭連虎問話。衆人俱各狐疑，不知她是甚麼來頭。

侯通海厲聲道：「彭大哥問你話，你沒聽見麼？」黃蓉笑道：「問甚麼啊？」

彭連虎昨日曾見黃蓉戲弄侯通海，見了她這小嘴微扁、笑嘻嘻的鄙夷神態，突然想起：「啊，那髒小子原來是你扮的。」笑道：「老侯，你不認得這位姑娘了麼？」

侯通海愕然，上下打量黃蓉。彭連虎笑道：「你們日裏捉了半天迷藏，怎麼忘了？」侯通海又呆呆向黃蓉望了一陣，終於認出，虎吼一聲：「好，臭小子！」他追逐黃蓉時不住罵她「臭小子」，現下她雖改了女裝，這句咒罵仍衝口而出，雙臂前張，向她猛撲過去。黃蓉向旁閃避，侯通海一撲落空。

鬼門龍王沙通天身形晃動，搶前抓住黃蓉右腕，喝道：「往那裏跑？」黃蓉左手疾起，雙指點向他兩眼。沙通天右手伸出，又將她左手拿住。

黃蓉一掙沒能掙脫，叫道：「不要臉！」沙通天道：「甚麼不要臉？」黃蓉道：「大人欺侮孩子，男人欺侮女人！」沙通天一愕，他是成名的前輩，覺得果然是以大壓小，放開雙手，喝道：「進廳去說話。」黃蓉知道不進去不行，只得踏進門去。

侯通海怒道：「我先廢了這臭小子再說。」上前又要動手。彭連虎道：「先問清楚她師父是誰，是誰派來的！」他見了黃蓉這等武功，又是這麼的衣飾人品，料知必是大有來頭，須得先行問明，再作定奪。

侯通海卻不理會，舉拳當頭向黃蓉打下。黃蓉閃過，問道：「你眞要動手？」侯通海道：「難道還有假的？你可不許逃。」他最怕黃蓉逃跑，一逃就追她不上了。

黃蓉道：「你要跟我比武那也成。」拿起桌上一隻裝滿酒的酒碗頂在頭上，雙手又各拿一隻，說道：「你敢不敢學我這樣？」侯通海怒道：「搗甚麼鬼？」

黃蓉環顧衆人，笑道：「我和這位額頭生角的爺又沒冤仇，要是我失手打傷了他，怎麼對得起大家？」侯通海踏上一步，怒道：「憑你這臭小子，又傷得了我？我額頭上生的是瘤子，不是角！你瞧瞧清楚，可別胡說八道！」

黃蓉不去理他，仍臉向旁人，說道：「我和他各拿三碗酒，比比功夫。誰的酒先潑出來，誰就輸了，好不好？」她見梁子翁折花、彭連虎發招、沙通天擒拿，個個武功了得，均遠在自己之上，即如這三頭蛟侯通海，雖曾迭加戲弄，但自己也只仗著輕身功夫和心思靈巧才佔上風，要講眞實本領，自知頗有不如，心想：「唯今之計，只有以小賣小，跟他們胡鬧，只要他們不當眞，就可脫身了。」

侯通海怒道：「誰跟你鬧著玩！」劈面一拳，來勢如風，力道沉猛。

黃蓉閃身避過，笑道：「好，我身上放三碗酒，你就空手，咱們比劃比劃。」

侯通海年紀大她兩倍有餘，在江湖上威名雖遠不如師兄沙通天，總也是成名的人物，受她當著衆人連激幾句，更加氣惱，不加思索的也將一碗酒往頭頂一放，雙手各拿一碗，左腿微曲，右腿已猛往黃蓉踢去。

黃蓉笑道：「好，這才算英雄。」展開輕功，滿廳遊走。侯通海連踢數腿，都給她避開。衆人笑吟吟的瞧著二人相鬥。但見黃蓉上身穩然不動，長裙垂地，身子卻如在水面飄盪一般，又似足底裝了輪子滑行，想是以細碎腳步前趨後退。侯通海大踏步追趕，一步一頓，騰騰有聲，顯然下盤功夫紮得極爲堅實。黃蓉以退爲進，連施巧招，想以手肘碰翻他酒碗，都給他側身避過。

梁子翁心道：「這女孩功夫練到這樣，確也不容易了。但時刻一長，終究不是老侯對手。理他誰勝誰敗，都不關我事。」記掛自己房裏的珍藥奇寶，轉身走向門邊，要去追拿盜藥的奸細，心想：「對方要的是硃砂、血竭、田七、熊膽、沒藥這五味藥，自是王處一派人來盜的了。這五味也不是甚麼名貴藥物，給他盡數取去了也不打緊。可別給他順手牽羊，拿了我旁的甚麼。」

郭靖爲大蛇纏住，漸漸昏迷，忽覺異味斗濃，料知蛇嘴已伸近臉邊，若給蛇牙咬中，那還了得？危急中低下頭來，口鼻眼眉都貼緊蛇身，這時全身動彈不得，只賸下牙齒可用，情急之下，左手運勁托住蛇頭，張口往蛇頸咬下，那蛇受痛，一陣扭曲，纏得更加緊了。郭靖連咬數口，驀覺一股帶著藥味的蛇血從口中直灌進來，辛辣苦澀，其味難當，也不知血中有毒無毒，但不敢張口吐在地下，生怕一鬆口後，再也咬牠不住；又想那蛇失血多了，必減纏人之力，便盡力吮吸，大口大口吞落，吞得幾口蛇血，大蛇纏力果然漸減，吸了一頓飯時分，腹中飽脹之極。那蛇漸漸力弱，幾下痙攣，放鬆了郭靖，摔在地下，再也不動了。

郭靖累得筋疲力盡，扶著桌子想逃，但雙腳酸麻，過得一會，只覺全身都熱烘烘地，猶如在一堆大火旁烘烤一般，心中害怕，又過片刻，手足已行動如常，周身燥熱卻絲毫不減，手背按上臉頰，著手火燙。一摸懷中各包藥材並未跌落，心想：「藥材終於取得，王道長有救了。那穆易父女給完顏康無辜監禁，說不定會給他害死，須得救他們脫險才是。」出得門來，辨明方向，逕往監禁穆氏父女的鐵牢而去。

來到牢外，只見衆親兵來往巡邏，把守甚嚴。郭靖等了一會，無法如先前一般混入，奔到屋子背後，待巡查的親兵走過，躍上屋頂，輕輕落入院子，摸到鐵牢旁邊，側耳傾聽，牢旁並無看管的兵丁，低聲道：「穆老前輩，我來救你啦。」

穆易大爲詫異，問道：「尊駕是誰？」郭靖道：「晚輩郭靖。」

穆易昨日曾依稀聽到過郭靖名字，當時人聲嘈雜，兼之受傷之後，各事紛至沓來，無暇多想，這時午夜人靜，突然間「郭靖」兩字送入耳鼓，心中一震，顫聲道：「甚麼？郭靖？你……你……姓郭？」郭靖道：「是，晚輩就是昨日和小王爺打架的那人。」穆易道：「你父親叫甚麼名字？」郭靖道：「先父名叫嘯天。」他幼時不知父親的名字，後來朱聰教他識字，已將他父親的名字教了他。

穆易熱淚盈眶，抬頭叫道：「天哪，天哪！」從鐵柵中伸出手來，緊緊抓住郭靖手腕。郭靖只覺他那隻手不住顫抖，同時感到有幾滴淚水落在自己手臂上，心想：「他見我前來相救，歡喜得不得了。」輕聲道：「我這裏有柄利刃，斬斷了鎖，前輩就可以出來啦。那小王爺先前說的話都是存心欺騙，兩位不可相信。」

穆易卻問：「你娘姓李，是不是？她活著呢還是故世啦？」

郭靖大奇，道：「咦，你怎知道我媽姓李？我媽在蒙古。」穆易心情激動，抓住郭靖的手只是不放。郭靖道：「你放開我手，我好斬鎖。」穆易似乎拿住了一件奇珍異寶，唯恐一放手就會失去，仍牢牢握住他手，歎道：「你……你長得這麼大啦，唉，我一閉眼就想起你故世的爸爸。」郭靖奇道：「前輩認識先父？」穆易道：「你父親是我的義兄，我們八拜之交，情義勝於同胞手足。我們拋頭露面，說是『比武招親』，似乎無聊之極，郭賢姪，其實只是爲了找你。只因難以尋訪，這才出此下策。」說到這裏，喉頭哽住，再也說不下去。郭靖聽了，眼中也不禁濕潤。

這穆易就是楊鐵心了。他當日與官兵相鬥，背後中槍，受傷極重，伏在馬背上奔出數里，摔下馬來，暈在草叢之中。次晨醒轉，拚死爬到附近農家，養了月餘，才勉強支撐著可以起床。他寄居的村子叫荷塘村，離牛家村有十五六里。幸好那家人家對他倒盡心相待。他記掛妻子，卻又怕官兵公差在牛家村守候，又隔數日，半夜裏回家查看。來到門前，但見板門反扣，心下先自涼了，開門進屋，只見出事當夕妻子包氏替他縫了一半的新衣兀自拋在床上，牆上本來掛著兩桿鐵槍，一桿已在混戰中失落，餘下一桿仍倚壁而懸，卻孤零零地，宛似自己一般形單影隻，失了舊侶。屋中除了滿積灰塵，一切便與當晚無異，顯是妻子沒回來過。再去看隔壁義兄郭家，也是如此。

他想賣酒的曲三是個身負絕藝的異人，或能援手，可是來到小酒店前，卻見也是反鎖著門，無人在內。敲門向牛家村相熟的村人詢問，都說官兵去後，郭楊兩家一無音訊。他再到紅梅村岳家去探問，不料岳父得到噩耗後受了驚嚇，已在十多天前去世，曲三的小女兒倒仍由岳母撫養。

楊鐵心欲哭無淚，只得又回荷塘村那家農家。當眞禍不單行，當地瘟疫流行，那農家一家四口，三個人在數天內先後染疫身亡，只留下一個出世未久的女嬰。楊鐵心責無旁貸，收了這女嬰爲義女，帶著她四下打聽，找尋郭嘯天之妻與自己妻子的下落，但這時一個遠投漠北，一個也已到了北方，那裏找尋得著？

他不敢再用楊鐵心之名，把「楊」字拆開，改「木」爲「穆」，變名穆易。十餘年來東奔西走，浪跡江湖，義女穆念慈也已長大，出落得花朵一般的人才。楊鐵心料想妻子多半已死在亂軍之中，卻盼望老天爺有眼，義兄郭嘯天有後，因此才要義女拋頭露面，豎起「比武招親」的錦旗，打造了一對鑌鐵短戟，揷在旗旁，實盼能與郭靖相會。「比武招親」只是幌子，眞正用意卻是尋訪郭靖，因此言明要相會的少年英雄須得是二十歲上下年紀，最好是山東兩浙人氏，這兩個條款，差不多便是指明了郭靖。倘能尋到，自照當年與郭嘯天之約，將義女許配予他。但人海茫茫，卻又怎遇得著？

過得大半年，楊鐵心也心淡了，也不知郭家嫂子是否尙在人世，就算生了孩子，也不知是男是女，只盼爲義女找到一個人品篤實、武藝過得去的年青漢子爲婿，也已心滿意足。那知道昨日遇上了完顏康這件尷尬事，而這仗義出手的少年，竟便是日夜掛在心懷的義兄之子，怎教他如何不心情激盪、五內如沸？

穆念慈在一旁聽兩人敘舊，便想出言提醒，要郭靖先救他們出去，再慢慢談論，忽然轉念：「這一出去，只怕永遠見不到他啦。」一句話剛到口邊，又縮了回去。

郭靖也已想到救人要緊，緩緩伸手出栅，舉起金刀正要往鐵鎖上斬去，門縫中忽然透進幾道亮光，有腳步聲走向門邊。他忙縮入門後藏起，牢門打開，進來幾人。郭靖從門縫裏瞧出去，見當先那人手提紗燈，看服色是個親兵隊長，身後跟著的卻是完顏康的母親趙王王妃。只聽她問道：「這兩位便是小王爺昨兒關的麼？」親兵隊長應道：「是。」王妃道：「馬上將他們放了。」那隊長有些遲疑，並不答應。王妃道：「小王爺問起，說是我教放的。快開鎖罷！」那隊長不敢違拗，開鎖放了兩人出來。王妃摸出兩錠銀子，遞給楊鐵心，溫言說道：「你們好好出去罷！」

楊鐵心不接銀子，雙目盯著她，目不轉睛的凝視。

王妃見他神色古怪，料想他必甚氣惱，心中甚是歉疚，輕聲道：「對不起得很，今日得罪了兩位，實是我兒子不好，請別見怪。」

楊鐵心仍瞪目不語，過了半晌，伸手接過銀子揣入懷裏，牽了女兒的手，大踏步走出。那隊長罵道：「不懂規矩的野人，也不拜謝王妃。」楊鐵心只如不聞。

郭靖等眾人出去，關上了門，聽得王妃去遠，這才躍出，四下張望，已不見楊鐵心父女的蹤跡，心想他們多半已經出府，於是到香雪廳來尋黃蓉，要她別再偷聽，趕緊回去送藥給王處一服用。走了一程，前面彎角處轉出兩盞紅燈，有人快步而來。郭靖忙縮在旁邊假山之後。那人卻已瞧見了他，喝道：「誰？」縱身撲到，舉手抓將下來。郭靖伸臂格開，燈光掩映下看得明白，正是小王爺完顏康。

原來那親兵隊長奉王妃之命放走楊鐵心父女，忙去飛報小王爺。完顏康一驚：「母親一味心軟，不顧大局，卻將這兩人放走了。要是給我師父得知，帶了他父女來和我對質，抵賴不得，那可糟了。」忙來查看，想再截住兩人，豈知在路上撞見了郭靖。

兩人白日裏已打了半天，不意黑夜中又再相遇，一個急欲出府送藥，一個亟盼殺人滅口，均想儘快了結，這一搭上手，打得比昨日更加狠辣三分。郭靖幾次想奪路而逃，總讓完顏康截住了無法脫身，見那親兵隊長拔出腰刀，更欲上來相助，心中只是叫苦。

梁子翁料到黃蓉要敗，那知他剛一轉身，廳上情勢倏變。黃蓉雙手齊振，頭頂挺昂，三隻碗同時飛起，一招「八步趕蟾」，雙掌向侯通海胸前劈到。侯通海手中有碗，不能發招抵禦，只得向左閃讓。黃蓉右手順勢掠去，侯通海避無可避，只得舉臂擋格，雙腕相交，侯通海雙手碗中的酒水潑得滿地都是，頭上的碗更落在地下，噹啷一聲，打得粉碎。

黃蓉拔起身子，向後疾退，雙手接住空中落下的兩碗，另一碗酒端端正正的落在她雲鬢之頂，三碗酒只濺出了一點兒。衆人見她以巧取勝，不禁都暗叫一聲：「好！」歐陽克卻大聲喝采。沙通天怒目向他瞪了一眼。歐陽克渾沒在意，反而加上一聲：「好得很啊！」

侯通海滿臉通紅，叫道：「再比過。」黃蓉手指在臉上一刮，笑道：「不害臊麼？」沙通天見師弟失利，哼了一聲，道：「小丫頭詭計多端，你師父到底是誰？」黃蓉笑道：「明兒再對你說，現下我可要走啦。」沙通天膝不彎曲，足不跨步，不知怎樣，突然間身子已移在門口，攔住了當路。

黃蓉剛才給他抓住雙手手腕，立時便動彈不得，已知他厲害，這時見他這一下「移形換位」功夫更加了得，心中暗驚，臉上卻神色不變，眉頭微皺，問道：「你攔住我幹麼？」沙通天道：「要你說出是誰門下，闖進王府來幹甚麼？」黃蓉秀眉微揚，笑問：「要是我不說呢？」沙通天道：「鬼門龍王的問話，不能不答！」

黃蓉眼見廳門就在他身後，相距不過數尺，可就是給他攔在當路，萬難闖關，見梁子翁正要走出，叫道：「老伯伯，他攔住我，不讓我回家。」

梁子翁聽她這般柔聲訴苦，笑道：「沙龍王問你話，你好好回答，他就會放你。」

黃蓉格的一笑，說道：「我就偏不愛答。」對沙通天道：「你不讓路，我可要闖啦。」

沙通天冷冷的道：「只要你有本事出去。」黃蓉笑道：「你可不能打我。」沙通天道：「要攔住你這小小丫頭，何必沙龍王動手。」黃蓉道：「好，大丈夫一言為定。沙龍王，你瞧那是甚麼？」說著向左一指。沙通天順著她手指瞧去，黃蓉乘他分心，衣襟帶風，縱身從他肩旁鑽出，身法甚是迅捷。

黃蓉剛要搶出，驀地裏見沙通天右手伸出兩根手指，對準了她眼睛，只待她自己撞將上去，幸而她能發能收，去勢雖急，仍在中途猛然止住，立即後退。她忽左忽右，後退前趨，身法變幻，連闖三次，總是給沙通天擋住去路。最後一次卻見他一個油光晶亮的禿頭俯下尺許，正對準了自己鼻尖，若非收腳得快，只怕自己的鼻血便得染上了他禿頭，只嚇得黃蓉大聲尖叫。

梁子翁笑道：「沙龍王是大行家，別再試啦，快認輸罷。」說著加快腳步，疾往自己房中奔去。剛踏進門，一股血腥氣便撲鼻而至，猛叫不妙，晃亮火摺子，只見那條朱紅大蛇已死在當地，身子乾癟，蛇血幾乎已給吸空，滿屋子藥罐藥瓶亂成一團。梁子翁這一下身子涼了半截，十餘年之功廢於一夕，抱住了蛇屍，忍不住哭出聲來。

這參仙老怪本是長白山中的參客，乘人之危害死了一個身受重傷的前輩異人，從他衣囊中得了一本武學秘本和十餘張藥方，照法修練研習，自此武功了得，兼而精通藥理。藥方中有一方是以藥養蛇、從而易筋壯體的秘訣。他照方採集藥材，又費了千辛萬苦，在深山密林中捕到了一條奇毒的大蟒蛇，以各種珍奇的小動物與藥物飼養。那蛇體色本是灰黑，長期食了貂鼠、丹砂、參茸等物後漸漸變紅，蛇毒也漸化淨，餵養十餘年後，這幾日來體已全紅。因此他雖從遼東應聘來到中都，卻也將這條累贅的大蛇帶在身畔。眼見功德圓滿，只要稍有數日之暇，就要吮吸蛇血，靜坐修功之後，便可養顏益壽，大增功力。那知蛇血突然爲人吸去，豈不令他傷痛欲絕？

他定了定神，見蛇頸血液未凝，知道仇人離去未久，疾奔出房，躍上高樹，四下眺望，見園中有兩人正在翻翻滾滾的惡鬥。他怒火如焚，頃刻間趕到郭靖與完顏康身旁，甫近身就聞到郭靖衣上蛇血的腥氣。

郭靖武功本來不及完顏康，這番交手，初時又吃了幾下虧，拆不十餘招，只覺腹中炎熱異常，似有一團火球在猛烈燃燒，體內猶如滾水沸騰，熱得難受，口渴異常，周身欲裂，到處奇癢無比，心想：「這番我眞要死了，蛇毒發作出來了。」驚懼之下，背上又讓完顏康連打了兩拳，此刻體內難受無比，相形之下，身上中拳已不覺如何疼痛。

梁子翁怒喝道：「小賊，誰指使你來盜我寶蛇？」他想這寶蛇古方隱密異常，諒郭靖這毛頭小子決不能知道，必是另有高人指點了他來下手，十之八九便是王處一。郭靖也心中大怒，叫道：「這條放在房裏害人的毒蛇原來是你養的。你這壞東西，我已中了蛇毒，跟你拚啦！」飛步過去，舉拳向梁子翁打到。

梁子翁聞到他身上藥氣，惡念陡生：「他喝了我的蟒蛇寶血，我立即取他性命，喝乾他血，藥力仍在，或許更佳也未可知。」想到此處，不禁大喜，雙掌翻飛，數招間已抓住郭靖手臂，腳下一勾，郭靖撲地倒了。梁子翁拿住他左手脈門，將他按倒在地，張口便去咬他咽喉，要吸回寶血。

黃蓉連搶數次，不論如何快捷，總讓沙通天輕輕易易的擋住。沙通天如要擒她，可說手到拿來，然見趙王完顏洪烈在旁觀看，便乘機露一手上乘輕功。

黃蓉暗暗著急，忽然停步，說道：「只要我一出這門，你不能再跟我爲難，成不成？」沙通天道：「只要你能出去，我就認輸。」黃蓉嘆道：「唉，可惜我爹爹只教了我進門的本事，卻沒教出門的。」沙通天奇道：「甚麼進門的，出門的？」黃蓉道：「你這路『移形換位』功夫，雖然已很不差，但比起我爹爹可還差得遠，簡直差了十萬八千里。」沙通天怒道：「小丫頭胡說八道。你爹爹是誰？」黃蓉道：「我爹爹的名字說出來只怕嚇壞了你，不說也罷。當時他教我闖門的本事，他守在門口，我從外面進來，闖了幾次也闖不進。但似你這般微末功夫哪，我從裏到外雖然走不出，但從外面闖進來，卻不費吹灰之力。」沙通天冷笑道：「從外入內，跟從內到外還不是一樣？好！你倒來闖闖看。」讓開身子，要瞧她從外入內，又有甚麼特別不同的功夫。

黃蓉閃身出門，哈哈大笑，道：「你中計啦。你說過的，我一到門外，你就認輸。現下我可不是到了門外？沙龍王是當世高人，言出如山，咱們這就再見啦。」

沙通天左手在光頭頂門上搔了三搔，心想這一小丫頭雖然行詭，但自己確是有言在先，對她這等後輩如何能說過了不算？脹紅了臉，一時無計可施。

彭連虎卻那能讓黃蓉就此脫身，心想倘使讓這小姑娘脫逃，趙王爺所說的大事只怕便即洩漏了，雙手連揚，兩枚銅錢激射而出，從黃蓉頭頂飛越而過。黃蓉見錢鏢雙雙越過頭頂，正自奇怪此人發射暗器的準頭怎麼如此低劣，突然間噹的一聲，背後風聲響動，兩枚錢鏢分左右襲來，直擊腦後。原來彭連虎發出的錢鏢算準了方位勁力，錢鏢在廊下大理石柱子上一撞，便即回過來打向黃蓉後腦。錢鏢所向，正是要害之處，黃蓉無法擋架，只得向前急躍，身剛站定，後面錢鏢又到。彭連虎鏢發連珠，十數枚接連不斷的撞向石柱，彈了回來。黃蓉閃避固是不及，伸手相接更屬難能，錢鏢的準頭，盡是對向她後腦，黃蓉只得向前縱躍而避，數躍之後，又已回進了大廳。

彭連虎發射錢鏢，只是要將她逼回廳內，志不在傷人，因此使勁不急。眾人喝釆聲中，彭連虎擋住了門口，笑道：「怎麼？你又回進來啦？」黃蓉小嘴一撅，說道：「你暗器功夫好，可是用來欺侮女孩兒家，又有甚麼希奇？」彭連虎道：「誰欺侮你啦？我又沒傷你。」黃蓉道：「那麼你讓我走。」彭連虎道：「你先得說說，教你功夫的是誰。」黃蓉笑道：「是我在娘肚子裏自己學的。」

彭連虎道：「你不肯說，難道我就瞧不出。」反手出掌，向她肩頭揮去。黃蓉竟不閃不避，不招不架，明知鬥不過，便索性跟他撒賴。

彭連虎手背剛要擊到她肩頭，見她不動，果然撤掌迴臂，喝道：「快招架！十招之內，我必能揭出你這小丫頭的底來。」他生平各家各派的武功見得多了，眼見黃蓉身法詭異，一時瞧不準她來歷，但自料只要動上了手，不出十招，便能辨明她宗派門戶。

黃蓉道：「要是十招認不出呢？」彭連虎道：「那我就放你走。看招！」左掌斜劈，右拳衝打，同時右腿直踹出去，這一招「三徹連環」雖是一招，卻包含三記出手。黃蓉轉身閃過，右手拇指按住了小指，將食指、中指、無名指三指伸展開來，戳了出去，便如是一把三股叉模樣，使的是一招叉法「夜叉探海」。

侯通海大叫：「『夜叉探海』！大師哥，這臭小子使的是……是本門武功。」沙通天斥道：「胡說！」心知黃蓉戲弄這個寶貝師弟多時，早已學會了幾招他的叉法。

彭連虎也忍不住好笑，掄拳直衝。黃蓉斜身左竄，膝蓋不曲，足不邁步，已閃在一旁。侯通海叫道：「『移形換位』！大師哥，是你教的嗎？」沙通天斥道：「少說幾句成不成？老是出醜。」心中倒也佩服這姑娘聰明之極，這一下「移形換位」勁力方法雖然完全不對，但單看外形，倒與自己的功夫頗爲相似，而且一竄之下，居然避得開彭連虎出手如風的一拳，那可著實不易。

接下去兩招，黃蓉右掌橫劈，使的是沈青剛的「斷魂刀法」，雙臂直擊，用上了馬青雄的「奪魄鞭法」。只把侯通海看得連聲「咦，咦，咦」的呼叫，說道：「大師哥，這招是『探海斬蛟』，這……這臭小子當眞是本門……」

彭連虎怒氣漸生，心道：「我手下留情，小丫頭忒煞狡猾。不下殺手，諒她不會用她本門拳法招架。」學武之人修習本門功夫之後，儘有旁採博取、再去學練別派拳技的，但到了生死關頭，自然而然的總是以最精熟的本門功夫抵禦。

彭連虎初時四招只是試招，到第五招上，竟不容情，呼的一聲，雙掌帶風，迎面劈去。旁觀諸人見他下了殺手，不自禁的都爲黃蓉擔心。衆人不知她來歷，又均與她無冤無仇，見她年幼嬌美，言行又俏皮可喜，都不想見她就此命喪彭連虎的殺手之下。惟有侯通海才盼這「臭小子」死得越快越好。

黃蓉還了一招完顏康的全眞派掌法，又架了一招郭靖的「南山掌法」，那都是昨日見到兩人比武時學來的，第七招「三徹連環」，竟然現學現賣，便是彭連虎自己所使的第一招，但左支右絀，已險象環生。若憑二人眞實功夫，黃蓉出盡全力，尚且抵禦不住，何況如此存心戲弄？總算彭連虎畢竟不願眞下毒手，憑凌厲內力取她性命，不過要從她招數上認出她的師承來歷，這才容她拆了七招。

白駝山少主歐陽克笑道：「小丫頭聰明得緊，可用上了彭寨主的拳法，啊喲，不成啦，不成啦，還不向左？」

彭連虎拳法靈動，虛實互用，到第八招上，左手虛晃，右拳搶出。黃蓉料得他左手似虛乃實，右拳如實卻虛，正要向右閃避，忽聽歐陽克叫破，心念一動，當即斜身輕飄飄向左躍出，這下姿式美妙，廳上衆人竟誰也認不出來。

彭連虎聽歐陽克從旁指點，心下著惱，暗道：「難道我就斃不了你這丫頭？」他號稱「千手人屠」，生性殘忍不過，初時見黃蓉年幼，又是女子，殺了她未免有失身分，這時拆了八招，始終瞧不出分毫端倪，如何不怒，第九招「推窗望月」，竟自用上了十成力，左掌陰，右掌陽，剛柔並施，同時推到。

黃蓉暗叫不妙，正待急退閃躲，其勢已然不及，眼見拳鋒掌力迫到面門，急忙低頭，雙臂內彎，手肘向前，似箭般向敵人胸口撞去。

彭連虎這一招去勢雖猛，知她尙能拆解，但接著第十招料得她萬難招架，倏然間見她以攻爲守，襲向自己要害，第十招「星落長空」本已使出半式，立即凝住內力，便如懸崖勒馬般硬生生扣招不發，叫道：「你是黑風雙煞門下！」語聲竟微微顫抖，右臂振處，黃蓉向後直跌出了七八步。

彭連虎此言一出，衆人都聳然動容。除完顏洪烈外，廳中對黑風雙煞人人忌憚。彭連虎第十招本要痛下殺手，至少也要打得這小丫頭重傷嘔血，但在第九招忽然看出她武功竟是黑風雙煞一路，大驚之下，這個連殺百人毫不動心的魔頭竟斂手躍開。

黃蓉爲他推振，險些摔倒，待得勉力定住，全身都震得隱隱作痛，雙臂更似失了知覺，待要答話，靜夜中遠處傳來一聲大叫，正是郭靖的聲音，叫聲中帶著驚慌憤怒，似乎遇到了極大凶險。黃蓉情切關心，不禁失色。

郭靖給梁子翁按倒在地，手上腿上脈門同時遭拿，再也動彈不得，倏覺梁子翁張口來咬自己咽喉，無法拆解，先前咬嚙蛇頸，方脫危難，此刻依樣葫蘆，以咬對咬，也張口向梁子翁嘴上咬去。梁子翁吃了一驚，手勁稍鬆，郭靖奮力猛掙，急使「鯉魚打挺」，已躍起身來。梁子翁反手出掌。郭靖向前急躍，但梁子翁掌法如風，這一掌如何避得開？啪的一聲，背心早著。這一下與完顏康的拳頭可大不相同，登時奇痛徹骨。郭靖只嚇得心膽俱寒，那敢逗留，急步前奔。他輕功本好，在花園中假山花木之間東西奔竄，梁子翁一時倒也追他不著。郭靖逃了片刻，腳步稍緩，嗤的一聲，後心衣服給撕下了一大片，背心隱隱作痛，料知已給抓破皮肉。

郭靖大駭，沒命的奔逃，眼見前面正是王妃所居農舍，當即躍入，只盼黑暗中敵人找尋不到，得以脫難。他伏在牆後，不敢稍動，只聽梁子翁與完顏康一問一答，慢慢走近，梁子翁粗聲暴氣，顯是怒不可抑。郭靖心想：「躲在牆邊，終究會給他找到。王妃心慈，或能救我。」危急中不暇再想，直闖進房，見房中燭火尚明，那王妃卻在另室。

他四下張望，見東邊有個板櫥，當即打開櫥門，縮身入內，再將櫥門關上，把金刀握在手裏，剛鬆得口氣，腳步聲響，有人進房。郭靖從櫥縫中望出去，見進來的正是王妃。只見她緩步走到桌邊坐下，望著燭火呆呆出神。

不久完顏康進來，問道：「媽，沒壞人進來嚇了您麼？」王妃搖搖頭。完顏康退了出去，與梁子翁另行搜查去了。

王妃關上了門，便欲安寢。郭靖心想：「待她吹滅燈火，我就從窗裏逃出去。不，還是多待一會，別又撞上了小王爺和那白髮老頭。這老頭兒剛才要咬我咽喉，這一招實在古怪，師父們可從來沒教過，下次見到，須得好好請問。人家咬你咽喉，那又如何拆解？剛才我跟大蛇以咬對咬，或許便是正招。」又想：「鬧了這麼久，想來蓉兒早回去啦。我得快些出去，否則她定會記掛。」

忽然窗格響動，有人推窗跳進。郭靖和王妃都大吃一驚，王妃更失聲而呼。郭靖看這人時，正是那自稱穆易的楊鐵心，不禁大出意料之外，只道他早已帶了女兒逃出王府，豈知仍在此處。

王妃稍一定神，看清楚是穆易，說道：「你快走罷，別讓他們見到。」楊鐵心道：「多謝王妃的好心！我不親來向您道謝，死不瞑目。」但語含譏諷，充滿酸苦辛辣之意。王妃嘆道：「那也罷了，這本是我孩兒不好，委屈了你們父女兩位。」

楊鐵心在室中四下打量，見到桌櫈櫥床，竟然無一物不是舊識，心中一陣難過，眼眶一紅，忍不住要掉下眼淚來，伸袖子在眼上抹了抹，走到牆旁，取下壁上掛著的一桿生滿了鏽的鐵槍，拿近看時，只見近槍尖六寸處赫然刻著「鐵心楊氏」四字。他輕輕撫挲槍桿，嘆道：「鐵槍生鏽了。這槍好久沒用啦。」王妃溫言道：「請您別動這槍。」楊鐵心道：「為甚麼？」王妃道：「這是我最寶貴的東西。」

楊鐵心澀然道：「是嗎？」頓了一頓，又道：「鐵槍本有一對，現下只賸下一根了。」王妃道：「甚麼？」楊鐵心不答，把鐵槍掛回牆頭，向槍旁的那張破犁注視片刻，說道：「犁頭損啦，明兒叫東村張木兒加一斤半鐵，打一打。」

王妃聽了這話，全身顫動，半晌說不出話來，凝目瞧著楊鐵心，道：「你……你說甚麼？」楊鐵心緩緩的道：「我說犁頭損啦，明兒叫東村的張木兒加一斤半鐵，打一打。」

王妃雙腳酸軟無力，跌在椅上，顫聲道：「你……你是誰？你怎麼……怎麼知道我丈夫去世那一夜……那一夜所說的話？」

這位王妃，自就是楊鐵心的妻子包惜弱了。金國六王子完顏洪烈在臨安牛家村中了丘處機甩手箭，幸得包惜弱相救，一來他是北國雄豪之輩，見了她江南蘇杭美女嬌柔秀麗的容貌，念念不能去心，二來生死之際，遭際易於動情，深入心中難忘，便使金銀賄賂了段天德，要他帶兵夜襲牛家村，自己卻假裝俠義，於包惜弱危難之中出手相救。包惜弱家破人亡，舉目無親，只道丈夫已死，只得隨完顏洪烈北來，禁不住他低聲下氣，出盡了水磨功夫，過得年餘，無可奈何之下，終於委身相嫁。

包惜弱在王府之中，十八年來容顏並無多大改變，但楊鐵心奔走江湖，風霜侵磨，早已非復昔時少年子弟的模樣，是以此日重會，包惜弱竟未認出眼前之人便是前夫。但兩人別後互相思念，於當年遭難之夕對方的一言一動，魂牽夢縈，記得加倍分明。

楊鐵心不答，走到板桌旁邊，拉開抽屜，見放著幾套男子的青布衫褲，正與他從前所穿著的一模一樣，他取出一件布衫，往身上披了，說道：「我衣衫夠穿啦！你身子弱，又有了孩子，好好兒多歇歇，別再給我做衣裳。」這幾句話，正是十八年前那晚，他見包惜弱懷著孕給他縫新衫之時，對她所說。

她搶到楊鐵心身旁，捋起他衣袖，果見左臂上有個傷疤，不由得驚喜交集，但十八年來認定丈夫早已死了，此時重來，自是鬼魂顯靈，當即緊緊抱住他，哭道：「你……你快帶我去……我跟你一塊兒到陰間，我不怕鬼，我願意做鬼，跟你在一起。」

楊鐵心抱著妻子，兩行熱淚流了下來，過了好一陣，才道：「你瞧我是鬼麼？」包惜弱摟著他道：「不管你是人是鬼，我總不放開你。」頓了一頓，又道：「鐵哥，難道你沒有死？難道你還活著？那……那……」

楊鐵心正要答言，忽聽完顏康在窗外道：「媽，你怎麼又傷心啦？你在跟誰說話？」包惜弱一驚，道：「我沒事，就睡啦。」完顏康明明聽得室內有男人之聲，起了疑心，繞到門口，輕輕打門，道：「媽，我有話跟你說。」包惜弱道：「明天再說罷，這時候我倦得很。」完顏康見母親不肯開門，疑心更甚，只道她要庇護郭靖，說道：「只說幾句話就走。」

楊鐵心知他定要進來，走到窗邊想越窗而出，一推窗子，那窗卻給人在外面反扣住了。包惜弱惶急之下，心想只有暫且瞞過兒子再說，室中狹隘，無地可藏，便指了指板櫥。楊鐵心與愛妻劫後重逢，再也不肯分手，拉開櫥門，便要進去。

櫥門一開，房內三人同時大驚。包惜弱乍見郭靖，禁不住叫出聲來。

完顏康聽得母親驚呼，更加擔心，只怕有人要害她，肩頭在門上猛撞。郭靖一把將楊鐵心拉進板櫥，關上櫥門。門閂跟著便斷，門板飛起，完顏康直闖進來。他見母親臉色蒼白，頰有淚痕，但房中卻無別人，甚爲奇怪，忙問：「媽，出了甚麼事？」包惜弱定了定神，道：「沒事，我心裏不大舒服。」

完顏康走到母親身邊，靠在她懷裏，說道：「媽，我不再胡鬧啦。你別傷心，是兒子不好。」包惜弱道：「嗯，你去吧，我要睡啦。」完顏康只覺母親不住顫抖，問道：「媽，沒人進來過麼？」包惜弱驚道：「誰？」完顏康道：「王府混進來了奸細。」包惜弱道：「是麼？你快去睡，這些事情你別理會。」完顏康道：「那些衛兵眞夠膿包的。媽，你休息罷。」正要退出，忽見板櫥門縫中露出一片男子衣角，疑雲大起，便不動聲色的坐下，斟了杯茶，慢慢喝著，心中琢磨：「櫥裏藏得有人，不知媽知不知道？」喝了幾口茶，站起來緩步走動，道：「媽，兒子昨天的槍法使得好不好？」

包惜弱道：「下次不許你再仗勢欺人。」完顏康道：「仗甚麼勢啊？我跟那渾小子是憑眞本事一拳一槍的比武。」說著從壁上摘下鐵槍，一抖一收，紅纓一撲，一招「起鳳騰蛟」，猛向板櫥門上刺去。這一下倘若直戳進去，郭靖與楊鐵心不知抵禦，不免不明不白的送了性命。包惜弱心中大急，失聲驚呼，登時暈去。

完顏康槍尖未到櫥門，已自收轉，心想：「原來媽知道櫥裏有人。」拄槍靠在身旁，扶起母親，注視著櫥中動靜。

包惜弱悠悠醒轉，見櫥門好端端地並未刺破，大爲喜慰，但這般忽驚忽喜，已支持不住，全身酸軟，更無半分力氣。

完顏康甚是恚怒，道：「媽，我是您的親兒子麼？」包惜弱道：「當然是啊，你問這個幹麼？」完顏康道：「那爲甚麼很多事你瞞著我？」

包惜弱思潮起伏，心想：「今日之事，必得跟他明言，讓他們父子相會。然後我再自求了斷。我既失了貞節，鑄成大錯，今生今世不能再跟鐵哥重圓的了。」言念及此，淚落如雨。完顏康見母親今日神情大異，驚疑不定。

包惜弱道：「你好生坐著，仔細聽我說。」完顏康依言坐了，手中卻仍綽著鐵槍，目不轉睛的瞧著櫥門。包惜弱道：「你瞧瞧槍上四個甚麼字？」完顏康道：「我小時候就問過媽了，你不肯對我說那楊鐵心是誰。」包惜弱道：「此刻我要跟你說了。」

楊鐵心躲在櫥內，母子兩人的對話聽得淸淸楚楚，心中怦然，暗道：「她現今是王妃之尊，豈能再跟我這草莽匹夫？她洩漏我的行藏，莫非要他兒子來殺我麼？」

只聽包惜弱道：「這枝鐵槍，本來是在江南大宋京師臨安府牛家村，是我派人千里迢迢去取來的。牆上那個半截犁頭，這屋子裏的桌子、櫈子、板櫥、木床，沒一件不是從牛家村運來的。」完顏康道：「我一直不明白，媽爲甚麼定要住在這破破爛爛的地方。兒子給你拿些傢具來，你總不要。」包惜弱道：「你說這地方破爛麼？我可覺得比王府裏畫棟彫樑的樓閣要好得多呢！孩子，你沒福氣，沒能跟你親生的爹爹媽媽一起住在這破爛的地方。」

楊鐵心聽到這裏，心頭大震，眼淚撲簌簌的落下。

完顏康笑道：「媽，你越說越奇怪啦，爹爹怎能住在這裏？」包惜弱嘆道：「可憐他十八年來東奔西走，流落江湖，要想安安穩穩的在這屋子裏再住上一天半日，又怎能夠？」完顏康睜大了眼睛，顫聲道：「媽，你說甚麼？」包惜弱厲聲道：「你可知你親生的爹爹是誰？」完顏康更奇了，說道：「我爹爹是大金國趙王的便是，媽你問這個幹麼？」

包惜弱站起身來，抱住鐵槍，淚如雨下，哭道：「孩子，你不知道，那也怪你不得，這……這便是你親生爹爹當年所用的鐵槍……」指著槍上的名字道：「這才是你親生爹爹的名字！」

完顏康身子顫抖，叫道：「媽，你神智胡塗啦，我請太醫去。」包惜弱道：「我胡塗甚麼？你道你是大金國女眞人麼？你是漢人啊！你不叫完顏康，你本來姓楊，叫作楊康！」

完顏康驚疑萬分，又感說不出的憤怒，轉身道：「我請爹爹去。」

包惜弱道：「你爹爹就在這裏！」大踏步走到板櫥邊，拉開櫥門，牽著楊鐵心的手走了出來。

郭靖抱起梅超風放在肩頭，依著她的出聲指示，前趨後避，迎擊敵人。他身軀粗壯，輕身功夫本就不弱，梅超風身子又不甚重，放在肩頭，渾不減弱他趨退閃躍的靈動。

第十回　往事如煙

完顏康斗然見到楊鐵心，驚詫之下，便即認出，大叫：「啊，是你！」提起鐵槍，「行步蹬虎」、「朝天一炷香」，槍尖閃閃，直刺楊鐵心咽喉。

包惜弱叫道：「這是你親生的爹爹啊，你……你還不信麼？」舉頭猛往牆上撞去，蓬的一聲，倒在地下。

完顏康大驚，回身撤步，收槍看母親時，只見她滿額鮮血，呼吸細微，存亡未卜。他倏遭大變，一時手足無措。楊鐵心俯身抱起妻子，便往外闖。

完顏康叫道：「快放下！」上步「孤雁出羣」，槍勢如風，往他背心刺去。

楊鐵心聽到背後風聲響動，左手反圈，已抓住了槍頭之後五寸處。「楊家槍」戰陣無敵，一招「回馬槍」尤爲世代相傳的絕技。楊鐵心這一下以左手拿住槍桿，乃「回馬槍」中第三個變化的半招，本來不待敵人回奪，右手早已挺槍迎面搠去，這時他右手抱著包惜弱，回身喝道：「這招槍法我楊家傳子不傳女，諒你師父沒教過。」

丘處機武功甚高，於槍法卻不精研。大宋年間楊家槍法流傳江湖，可是十九並非嫡傳正宗。他所知的正宗楊家槍法，大抵便是當年在牛家村雪地裏和楊鐵心試槍時所見，楊家世代秘傳的絕招，畢竟並不通曉。完顏康果然不懂這招槍法，一怔之下，兩人手力齊迸，那鐵槍年代長久，桿子早已朽壞，喀的一聲，齊腰迸斷。

郭靖縱身上前，喝道：「你見了親生爹爹，還不磕頭？」完顏康躊躇難決。楊鐵心早抱了妻子衝出屋去。穆念慈在王府圍牆外守候，父女兩人會齊後便即逃遠。

郭靖不敢逗留，奔到屋外，正要翻牆隨出，猛覺黑暗中一股勁風襲向頂門，急忙縮頭，掌風從鼻尖上直擦過去，臉上劇痛，猶如刀刮。這敵人掌風好不厲害，而且悄沒聲的襲到，自己事先竟無知覺，不禁駭然，只聽那人喝道：「渾小子，老子在這兒候得久啦！把頭頸伸過來，讓老子吸你的血！」正是參仙老怪梁子翁。

黃蓉聽彭連虎說她是黑風雙煞門下，笑道：「你輸啦！」轉身走向廳門。

彭連虎晃身攔在門口，喝道：「你既是黑風雙煞門下，我也不來為難你。但你得說個明白，你師父叫你到這兒來幹甚麼？」黃蓉笑道：「你說十招中認不出我的門戶宗派，就讓我走，你好好一個大男人，怎地這麼無賴？」彭連虎怒道：「你最後這招『靈鰲步』，還不是黑風雙煞所傳？」黃蓉笑道：「我從來沒見過黑風雙煞。再說，他們這一點兒微末功夫，怎配做我師父？」彭連虎道：「你混賴也沒用。」黃蓉道：「黑風雙煞的名頭我倒也聽見過。我只知道這兩人傷天害理，無惡不作，欺師滅祖，殘害良善，乃武林中的無恥敗類。彭寨主怎能把我跟這兩個下流傢伙牽扯在一起？」

衆人起先還道她不肯吐實，待得聽她如此詆譭黑風雙煞，不禁面面相覷，才信她決不是雙煞一派，均知再無稽的天大謊話也有人敢說，但決計無人敢於當衆肆意辱罵自己師長。

彭連虎向旁一讓，說道：「小姑娘，算你贏啦。老彭很佩服，想請教你芳名。」黃蓉嫣然一笑，道：「不敢當，我叫蓉兒。」彭連虎道：「你貴姓？」黃蓉道：「那就說不得了。我既不姓彭，也不姓沙。」

這時閣中諸人除靈智與歐陽克之外，都已輸在她手裏。靈智身受重傷，動彈不得，只歐陽克出手，才能將她截留，各人都注目於他。

歐陽克緩步而出，微微一笑，說道：「下走不才，想請教姑娘幾招。」黃蓉見到他一身白衣打扮，問道：「那些騎駱駝的美貌姑娘，都是你一家的麼？」歐陽克笑道：「你見過她們了？這些女子通統加在一起，也及不上你一半美貌。」黃蓉臉上微微一紅，聽他稱讚自己容貌，也自歡喜，道：「你倒不像這許多老頭兒那麼蠻不講理。」

歐陽克武功了得，又仗著叔父撐腰，多年來橫行西域。他天生好色，歷年派人到各地搜羅美女，收爲姬妾，其中頗有些是內地漢女，閒居之餘又教她們學些武功，因此這些姬妾又算得是他女弟子。這次他受趙王之聘來到燕京，隨行帶了二十四名姬人，命各人身穿白衣男裝，騎乘駱駝。因姬妾數衆，兼之均會武功，是以分批行走。其中八人在道上遇到了江南六怪與郭靖，聽朱聰說起汗血寶馬的來歷，便起心劫奪，想將寶馬獻給歐陽克討好，卻未成功。其中二人在道上喪命。

歐陽克自負下陳姬妾全是天下佳麗，就是大金、大宋兩國皇帝的後宮也未必能比得上，在趙王府中卻遇到了黃蓉，但見她秋波流轉，嬌腮欲暈，雖年齒尚稚，實是生平從所未見的絕色，自己的衆姬相比之下直如糞土，當她與諸人比武之時，早已神魂飄盪，這時聽她溫顏軟語，更是心癢骨軟，說不出話來。

黃蓉道：「我要走啦，要是他們再攔我，你幫著我，成不成？」歐陽克笑道：「要我幫你也成，你得拜我爲師，永遠跟著我。」黃蓉道：「就算拜師父，也不用永遠跟著啊！」歐陽克道：「我的弟子可與別人的不同，都是女的，永遠跟在我身邊。我只消呼叫一聲，她們就全都來啦。」黃蓉側了頭，笑道：「我不信。」

歐陽克一聲唿哨，白影晃動，門中走進二十幾個白衣女子，或高或矮，或肥或瘦，但服飾打扮全無二致，個個體態婀娜、笑容冶艷，一齊站在歐陽克身後。他在香雪廳飲宴，衆姬都在廳外侍候。彭連虎等個個看得眼都花了，好生羨慕他眞會享福。

黃蓉出言相激，讓他召來衆姬，原想乘閣中人多雜亂，借機脫身，那知歐陽克看破她用意，待衆姬進廳，立即擋在門口，摺扇輕搖，紅燭下斜睨黃蓉，顯得舉止瀟洒，神情得意。二十二名姬人退在他身後，都目不轉睛的瞧著黃蓉，有的自慚形穢，有的便生妒心，料知這樣的美貌姑娘既入「公子師父」之眼，非成爲他的「女弟子」不可，此後自己再也休想得他寵愛了。這二十二名姬人在他身後這麼一站，有如兩面屏風，黃蓉更難奪門逃出。

黃蓉見計不售，說道：「你如眞的本領了得，我拜你爲師那再好沒有，免得我給人家欺侮。」歐陽克道：「莫非你要試試？」黃蓉道：「不錯。」歐陽克道：「好，你來吧，不用怕，我不還手就是。」黃蓉道：「怎麼？你不用還手就勝得了我？」歐陽克笑道：「你打我，我歡喜還來不及，怎捨得還手？」

衆人心中笑他輕薄，卻又頗爲奇怪：「這小姑娘武功不弱，就算你高她十倍，不動手怎能將她打敗？難道會使妖法？」

黃蓉道：「我不信你眞不還手。我要將你兩隻手縛了起來。」歐陽克解下腰帶，遞給了她，雙手疊在背後，走到她面前。黃蓉見他有恃無恐，全不把自己當一回事，臉上雖仍露笑容，心裏卻越來越驚，一時彷徨無計，心想：「只好行一步算一步了。」接過腰帶，雙手使力向外一崩，那腰帶似是用金絲織成，雖使上了內力，竟崩它不斷，當下將他雙手緊緊縛住，笑道：「怎麼算輸？怎麼算贏？」

歐陽克伸出右足，點在地下，以左足爲軸，雙足相離三尺，在原地轉了個圈子，磚地上已讓他右足尖畫了淺淺的一個圓圈，直徑六尺，圓邊一般粗細，整整齊齊，印痕深約半寸。畫這圓圈已自不易，而足下內勁如此了得，連沙通天、彭連虎等也均佩服。

歐陽克走進圈子，說道：「誰給推出了圈子，誰就輸了。」黃蓉道：「要是兩人都出圈子呢？」歐陽克道：「算我輸好啦。」黃蓉道：「倘若你輸了，就不能再追我攔我？」歐陽克道：「這個自然。如你給我推出了圈子，可得乖乖的跟我走。這裏衆位前輩都是見證。」

黃蓉道：「好！」走進圈子，左掌「迴風拂柳」，右掌「星河在天」，左輕右重，勁含剛柔，同時發出。歐陽克身子微側，這兩掌竟沒能避開，同時擊在他肩背之上。黃蓉掌力方與他身子相遇，立知不妙，這歐陽克內功精湛，說不還手眞不還手，但借力打力，自己有多少掌力打到他身上，立時有多少勁力反擊出來，黃蓉竟站立不穩，險些便跌出了圈子。她那敢再發第二招，在圈中走了幾步，朗聲說道：「我要走啦，卻不是給你推出圈子的。你不能出圈子追我。剛才你說過了，兩人都出圈子就是你輸。」

歐陽克一怔，黃蓉已緩步出圈子。她怕夜長夢多，再生變卦，加快腳步，只見她髮上金環閃閃，身上白衫飄動，已奔到門邊。

歐陽克暗呼：「上當！」礙於有言在先，不便追趕。沙通天、彭連虎等見黃蓉又以詭計僵住了歐陽克，忍不住捧腹大笑。

黃蓉正要出門，猛聽得頭頂風響，身前一件巨物從空而墮。她側身閃避，只怕給這件大東西壓住了，見空中落下來的竟是坐在太師椅中的那高大和尚。他身穿紅袍，坐在椅上竟還比她高出半個頭，他連人帶椅，縱躍而至，椅子便似乎黏在他身上一般。

黃蓉正要開言，忽見這和尚從僧袍下取出一對銅鈸，雙手合處，噹的一聲，震耳欲聾，並非銅聲，當係外鍍黃銅的鋼鈸，突然眼前一花，那對鋼鈸一上一下，疾飛過來，鈸邊閃閃生光，鋒利異常，要是給打中了，身子只怕要給雙鈸切成三截，大驚之下，鋼鈸離身已近，那裏還來得及閃避，立即竄起，反向前衝，右掌在上面鋼鈸底下一托，左足在下面鋼鈸上一頓，竟自在兩鈸之間衝了過去。這一下凶險異常，雙鈸固然逃過，但也已躍近靈智身旁。

靈智巨掌起處，「五指祕刀」向她拍去。黃蓉便似收足不住，仍向前猛衝，直撲向敵人懷裏。衆人同聲驚呼，這個花一般的少女眼見要給靈智巨掌震得筋折骨斷，五臟碎裂。歐陽克大叫：「手下留情！」要想躍上搶救，那裏還來得及？但見靈智的巨掌已擊中她背心，卻見他手掌立即收轉，大聲怪叫。黃蓉已乘著他這一掌之勢飛出廳外。遠遠聽得她清脆的笑聲不絕，似乎全未受傷。衆人料想靈智這一掌擊出時力道必巨，但不知如何，他手掌甫及對方身子，立即迅速異常的回縮，竟似掌力來不及發出。

衆人一凝神間，但聽得靈智怒吼連連。他舉起掌來，右手掌中鮮血淋漓，只見掌中竟給刺破了十多個小孔，驀地裏想起，叫道：「軟蝟甲！軟蝟甲！」叫聲中又是驚，又是怒，又有痛楚。

彭連虎驚道：「這丫頭身上穿了『軟蝟甲』？那是東海桃花島的鎮島之寶！」沙通天奇道：「她小小年紀，怎能弄到這副『軟蝟甲』？」

歐陽克掛念著黃蓉，躍出門外，黑暗中不見人影，不知她已逃到了何處，長聲唿哨，領了衆姬追尋，心中卻感喜慰：「她既逃走，想來並未受傷。好歹我要抱她在手裏。」

侯通海問道：「師哥，甚麼叫軟蝟甲？」彭連虎搶著道：「刺蝟見過嗎？」侯通海道：「當然見過。」彭連虎道：「她外衣內貼身穿著一套軟甲，這軟甲不但刀槍不入，而且生滿了倒刺，就同刺蝟一般。誰打她一拳，踢她一腳，就夠誰受的！」侯通海伸了伸舌頭，道：「虧得我從來沒打中過這臭小子！」沙通天道：「我去追她回來！」侯通海道：「師哥，她……她身子可碰不得。」沙通天道：「還用你說？我抓住她頭髮拖了回來。」侯通海道：「對，對，怎麼我便想不到。師哥，你真聰明。」師兄弟倆和彭連虎一齊追了出去。

這時趙王完顏洪烈已得兒子急報，得悉王妃被擄，驚怒交集，父子兩人點起親兵，出府追趕。衛隊長湯祖德奮勇當先，率領了部屬大呼小叫，搜捕刺客。王府裏裏外外，鬧得天翻地覆。

郭靖又在牆邊遇到梁子翁，大駭之下，轉頭狂奔，不辨東西南北，儘往最暗處鑽去。梁子翁一心要喝他鮮血，半步不肯放鬆。幸好郭靖輕功了得，又在黑夜，奔了好一陣，四下裏燈燭無光，也不知到了何處，忽覺遍地都是荊棘，亂石嶙峋，有如無數石劍倒插。王府之中何來荊棘亂石，郭靖那有餘暇尋思？只覺小腿給荊棘刺得甚是疼痛，他一想到那白髮老頭咬向自己咽喉的牙齒，別說是小小荊棘，就是刀山劍林，也毫不猶豫的鑽了進去。突然間腳下一空，叫聲：「啊喲！」身子已然下墮，似乎跌了四五丈這才到底，竟是個極深的洞穴。

他身在半空已然運勁，只待著地時站定，以免跌傷，不料雙足所觸處都是一個個圓球，圓球滾動，立足不穩，仰天一交跌倒，撐持著坐起身來時手觸圓球，嚇了一跳，摸得幾下，辨出這些大圓球都是死人骷髏頭，看來這深洞是趙王府殺了人之後拋棄屍體的所在。

只聽梁子翁在上面洞口叫道：「小子，快上來！」郭靖心想：「我可沒那麼笨，上來送死！」伸手四下摸索，身後空洞無物，於是向後退了幾步，以防梁子翁躍下追殺。

梁子翁叫罵了幾聲，料想郭靖決計不會上來，喝道：「你逃到閻王殿上，老子也會追到你。」踴身跳下。郭靖大驚，又退了幾步，居然仍有容身之處。他轉過身來，雙手伸出探路，一步步前行，原來是個地道。

接著梁子翁也發覺了是地道，他藝高人膽大，雖眼前漆黑一團，伸手不見五指，卻也不怕郭靖暗算，發足追去，反而歡喜：「甕中捉鱉，這小子再也逃不了啦。這一下還不喝乾了你身上鮮血？」郭靖暗暗叫苦：「這地道總有盡頭，可逃不了啦！」梁子翁哈哈大笑，雙手張開，摸著地道左右兩壁，也不性急，慢慢一步步緊迫。

郭靖又逃了數丈，斗覺前面空曠，地道已完，來到一間土室。梁子翁轉眼追到，笑道：「臭小子，再逃到那裏去？」

忽然左邊角落裏一個冷冷的聲音說道：「誰在這裏撒野？」兩人萬料不到這地底黑洞之中竟會有人，驀地裏聽到這聲音，語聲雖輕，在兩人耳中卻直如轟轟焦雷一般。郭靖固嚇得一顆心突突亂跳，梁子翁也不禁毛骨悚然。

只聽得那聲音又陰森森的道：「進我洞來，有死無生。你們活得不耐煩了麼？」話聲似是女子，說話時不住急喘，似乎身患重病。

兩人聽話聲不像是鬼怪，驚懼稍減。郭靖聽她出言怪責，忙道：「我是不小心掉進來的，有人追我……」一言未畢，梁子翁已聽清楚了他的所在，搶上數步，伸手來拿。郭靖聽到他手掌風聲，疾忙避開。梁子翁一拿不中，連施擒拿。郭靖左躲右閃。一團漆黑之中，一個亂抓，一個瞎躲。突然嗤的一聲響，梁子翁扯裂了郭靖左手衣袖。

那女子怒道：「誰敢到這裏捉人？」梁子翁罵道：「你裝神扮鬼，嚇得倒我麼？」那女人氣喘喘的道：「哼，少年人，躲到我這裏來。」郭靖身處絕境，危急萬狀，聽了她這話，不加思索的便縱身過去，突覺五根冰涼的手指伸過來一把抓住了自己手腕，勁力大得異乎尋常，給她一拉之下，不由得向前撲出，撞入一團乾草。

那女人喘著氣，向梁子翁道：「你這幾下擒拿手，勁道不小啊。你是關外來的罷？」梁子翁大吃一驚，心想：「我瞧不見她半根寒毛，怎地她連我的武功家數都認了出來？難道她竟能黑中視物？這個女人，可古怪得緊了！」不敢輕忽，朗聲道：「在下是關東參客，姓梁。這小子偷了我的要物，在下非追還不可，請尊駕勿加阻攔。」

那女子道：「啊，是參仙梁子翁枉顧。別人不知，無意中闖進我洞來，已罪不可恕，梁老怪你是一派宗師，難道武林中的規矩你也不懂麼？」梁子翁愈覺驚奇，問道：「請教尊駕的萬兒。」那女人道：「我……我……」郭靖突覺拿住自己手腕的那隻手劇烈顫抖，慢慢鬆開了手指，又聽她強抑呻吟，似乎十分痛苦，問道：「你有病麼？」

梁子翁自負武功了得，又聽到她的呻吟，心想這人就算身負絕技，也是非病即傷，不足爲患，運勁於臂，雙手疾向郭靖胸口抓去，剛碰到他衣服，正待手指抓緊，突然手腕上遇到一股大力向左黏去。梁子翁吃了一驚，左手迴轉，反拿敵臂。那女子喝道：「去罷！」一掌拍在梁子翁背上。騰的一聲，將他震得倒退三步，幸他內功了得，未曾受傷。

梁子翁罵道：「好賊婆！你過來。」那女子只是喘氣，絲毫不動，梁子翁知她果眞下身不能移動，驚懼之心減了七分，慢慢逼近，正要縱身上前襲擊，突然腳踝上有物捲到，似是一條軟鞭，這一下無聲無息，鞭來如風，他應變奇速，就在這一瞬間身隨鞭起，右腿向那女子踢去，噗的一下，頭頂撞上了土壁。

他腿上功夫原是武林一絕，在關外享大名逾二十年，這一腿當者立斃，端的厲害無比。那知他腳尖將到未到之際，頭頂撞壁，接著忽覺「衝陽穴」上一麻，大驚之下，立即縮回。「衝陽穴」位於足趺上五寸，若爲人拿正了穴道，一條腿便痲木不仁，他急踢急縮，總算沒給拿住，但自己已扭得膝彎劇痛，再加頭頂這一撞也疼痛不小。

梁子翁心念閃動：「這人在暗中如處白晝，拿穴如是之準，豈非妖魅？」危急中翻了半個觔斗避開，反手揮掌，要震開她拿來這一招。他知對手厲害，這掌使上了十成力，心想此人這般氣喘，決無內力抵擋，忽聽得格格一響，敵人手臂暴長，指尖已搭上了他肩頭。梁子翁左手力格，只覺敵人手腕冰涼，似非血肉之軀，那敢再行拆招，就地翻滾，急奔而出，手足並用，爬出地洞，吁了一口長氣，心想：「我活了幾十年，從未遇過這般怪事，不知她是女人呢還是女鬼？想來王爺必知其中蹊蹺。」忙奔回香雪廳去。一路上只想：「這臭小子落入了那不知是女鬼還是女妖的手裏，一身寶血當然給她吸得乾乾淨淨。難道還會跟我客氣？唉，採陰補陽遇上了臭叫化，養蛇煉血卻又撞到了女鬼，兩次都險些性命不保。難道修煉長生果眞是逆天行事，鬼神所忌，以致功敗垂成麼？」

郭靖聽他走遠，心中大喜，跪下向那女人磕頭，說道：「弟子拜謝前輩救命之恩。」

那女人適才和梁子翁拆了這幾招，累得氣喘更劇，咳嗽了一陣，嘶嗄著嗓子道：「那老怪幹麼要殺你？」郭靖道：「王道長受了傷，要藥治傷，弟子便到王府來……」忽然想到：「此人住在趙王府內，不知是否完顏洪烈一黨？」當即住口。那女人道：「嗯，你是偷了老怪的藥。聽說他精研藥性，想來你偷到的必是靈丹妙藥了。」

郭靖道：「我拿了他一些治內傷的藥，他大大生氣，非殺了我不可。前輩可是受了內傷？弟子這裏有很多藥，其中五味是硃砂、田七、血竭、熊膽、沒藥，王道長也不需用這許多，前輩要是……」那女人怒道：「我受甚麼內傷，誰要你討好？」

郭靖碰了個釘子，忙道：「是，是。」隔了片刻，聽她不住喘氣，心中不忍，又道：「前輩要是行走不便，晚輩負你老人家出去。」那女人罵道：「誰老啦？你這渾小子怎知我是老人家？」郭靖唯唯，不敢作聲，要想捨她而去，總感不安，硬起頭皮又問：「您可要甚麼應用物品，我去給您拿來。」

那女人冷笑道：「你婆婆媽媽的，倒眞好心。」左手伸出，搭住他肩頭一拉，郭靖只覺肩上劇痛，身不由主的到了她面前，忽覺頸中冰涼，那女人的右臂已扼住他頭頸，只聽她喝道：「揹我出去。」郭靖心想：「我本來要揹你出去。」轉身彎腰，負著她走出地道。那女人道：「是我逼著你揹的，我可不受人賣好。」

郭靖這才明白，這女人驕傲得緊，不肯受後輩恩惠。走到洞口，舉頭上望，看到天上的星星，不由得吁了口長氣，心想：「剛才眞死裏逃生，這黑洞之中，竟有人等著救我性命。我去說給蓉兒聽，只怕她還不肯信呢。」他跟著馬鈺行走懸崖慣了的，那洞雖如深井，卻也毫不費力的攀援了上去。

出得洞來，那女子問道：「你這輕功是誰教的？快說！」手臂忽緊，郭靖喉頭受扼，幾乎喘不過氣來。他心中驚慌，忙運內力抵禦。那女人故意要試他功力，扼得更加緊了，過了半晌，才漸漸放鬆，喝道：「嘿，看你不出，渾小子還會玄門正宗的內功。你說王道長受了傷，王道長叫甚麼名字？」

郭靖心道：「你救了我性命，要問甚麼，自然不會瞞你，何必動蠻？」答道：「王道長名叫王處一，人家稱他爲玉陽子。」突覺背上那女人身子一震，又聽她氣喘喘的道：「你是全眞門下的弟子？那……那好得很。」語音中流露出情不自禁的歡愉之意，又問：「王處一是你甚麼人？幹麼你叫他道長，不稱他師父、師叔、師伯？」郭靖道：「弟子不是全眞門下，不過丹陽子馬鈺馬道長傳過我一些呼吸吐納的功夫。」

那女人喜道：「嗯，你學過全眞派內功，很好。」隔了一會，問道：「那麼你師父是誰？」郭靖道：「弟子共有七位師尊，人稱江南七俠。大師父飛天蝙蝠姓柯。」那女人劇烈的咳嗽了幾下，說道：「那是柯鎭惡！」聲音甚是苦澀。郭靖道：「是。」那女人道：「你從蒙古來？」郭靖又道：「是。」心下奇怪：「她怎麼知道我從蒙古來？」

那女人緩緩的道：「你叫楊康，是不是？」語音之中，陰森之氣更甚。

郭靖道：「不是，弟子姓郭。」

那女人沉吟片刻，說道：「你坐在地下。」郭靖依言坐倒。那女人伸手從懷中摸出一樣物事，放在地下，星光熹微下燦然耀眼，赫然是柄短劍。郭靖見了甚是眼熟，拿起一看，那短劍寒光閃閃，柄上刻著「楊康」兩字，正是那晚自己用以刺死銅屍陳玄風的利刃。當年郭嘯天與楊鐵心得長春子丘處機各贈短劍一柄，兩人曾有約言，妻子他日生下孩子，如均是男，結爲兄弟，若各爲女，結爲姊妹，要是一男一女，那就是夫妻。兩人互換短劍，作爲信物，因此刻有「楊康」字樣的短劍後來在郭靖手中。他其時年幼，不識「楊康」兩字，但短劍的形狀卻是從小便見慣了的，心道：「楊康？楊康？」他心思不靈，一時想不起這名字剛才便聽王妃說過。

他正自沉吟，那女人已夾手奪過短劍，喝道：「你認得這短劍，是不是？」

郭靖只消機靈得半分，聽得她聲音如此淒厲，也必回頭向她瞥上一眼，但他念著人家救命之恩，想來救我性命之人，當然是大大的好人，更無絲毫疑忌，立即照實回答：「是啊！晚輩幼時曾用這短劍殺死一個惡人，那惡人突然不見了，連短劍都……」剛說到這裏，突覺頸中一緊，登時窒息，危急中彎臂向後推出，手腕立時給那女人伸左手擒住。

那女人右臂放鬆，身子滑落，坐在地下，喝道：「你瞧我是誰？」

郭靖給她扼得眼前金星直冒，定神看去時，只見她長髮披肩，臉如白紙，正是黑風雙煞中的鐵屍梅超風，這一下嚇得魂飛魄散，左手出力掙扎，但她五爪已經入肉，那裏還掙扎得脫？腦海中一片混亂：「怎麼是她？她救了我性命？決不能夠！但她確是梅超風！」

梅超風坐在地下，右手仍扼在郭靖頸中，十餘年來遍找不見的殺夫仇人忽然自行送上門來，「是賊漢子地下有靈，將殺了他的仇人引到我手中嗎？」她頭髮垂到了臉上，仰頭向天，本來該可看到頭頂星星，這時眼前卻漆黑一片，想要站起身來，下半身卻使不出半點力道，尋思：「那定是我內息走岔了道路，只消師父隨口指點一句，我立刻就好了。在蒙古，我遇到全眞七子，馬鈺只教了我一句內功秘訣，再下去問到要緊關頭，他就不肯說了。倘若我這時是在師父身邊，我就問一千句、一萬句，他也肯教，師父……師父，要是我再拉住你手，你還……還肯再教我麼？」一霎時喜不自勝，卻又悲不自勝，一生往事，斗然間紛至沓來，一幕幕在心頭閃過：

「我本來是個天眞爛漫的小姑娘，整天戲耍，父母當作心肝寶貝的愛憐，那時我名字叫作梅若華。不幸父母相繼去世，我伯父、伯母收留了我去撫養，在我十一歲那年，用五十兩銀子將我賣給了一家有錢人家做丫頭，那是在上虞縣蔣家村，這家人家姓蔣。蔣老爺對我還好，蔣太太可兇得很。

「在我十二歲那年，我在井欄邊洗衣服，蔣老爺走過來，摸摸我的臉，笑咪咪的說道：『小姑娘越長越齊整了，不到十六歲，必定是個美人兒。』我轉過了頭不理他，他忽然伸手到我胸口來摸，我惱了，伸手將他推開，我手上有皂莢的泡沫，抹得他鬍子上都是泡沫，我覺得好笑，正在笑，忽然咚的一聲，頭上大痛，吃了一棒，幾乎要暈倒，聽得蔣太太大罵：『小狐狸精，年紀小小就來勾引男人，大起來還了得！』一面罵，一面打，拿木棒夾頭夾腦一棒一棒的打我。我轉頭就逃，蔣太太追了上來，一把抓住我頭髮，將我的頭拉向後面，舉起木棒打我的臉，罵道：『小浪貨，我打破你的臭臉，再挖了你的眼睛，瞧你做不做得成狐狸精！』將手指甲來掐我眼珠子，我嚇得怕極了，大叫一聲，將她推開，她一交坐倒。這惡婆娘更加怒了，叫來三個大丫頭抓住我手腳，拉我到廚房裏，按在地下。她將一把火鉗在灶裏燒得通紅，喝道：『我在你的臭臉上燒兩個洞，再燒瞎你的眼珠，叫你變成個瞎子醜八怪！』我大叫求饒：『太太，我不敢啦，求你饒了我！』蔣太太舉起火鉗，戳向我的眼珠！

「我出力掙扎，但掙不動，只好閉上眼睛，只覺熱氣逼近，忽聽得啪的一聲，熱氣沒了，有個男人聲音喝道：『惡婆娘，你還有天良嗎？』按住我手腳的人鬆了手，我忙掙扎著爬起，只見一個身穿青袍的人左手抓住了蔣太太的後領，將她提在半空，右手拿著那把燒紅的火鉗，伸到蔣太太眼前。蔣太太殺豬般的大叫：『救命，救命哪，強盜殺人啦！』蔣家幾個長工拿了木棍鐵叉，搶過來相救，那男子一腳一個，將那幾個長工都踢出廚房，摔在天井之中。蔣太太大叫：『老爺饒命，老爺饒命，我再也不敢了！』那男子問道：『你以後還敢欺侮這小丫頭嗎？』蔣太太叫道：『再也不敢了，老爺要是不信，過幾天請你過來查看好啦！』那男子冷笑道：『我怎麼有空時時來查看你的家事。我先燒瞎了你兩隻眼睛再說。』蔣太太求道：『老爺，請你將這小丫頭帶了去。我們不要了，送了給老爺，只求老爺饒了我這遭。』那男子左手一鬆，蔣太太摔在地下。她磕頭道：『多謝老爺饒命，這小丫頭送了給老爺，她賣身錢五十兩銀子，我們也不要了。』那男子從衣囊裏摸出一大錠銀子，摔在地下，喝道：『誰要你送！這小姑娘我不救，遲早會給你折磨死。這是一百兩銀子，你去將賣身契拿來！』蔣太太一把眼淚、一把鼻涕的奔向前堂，不久拿了一張白紙文書來，左手還將蔣老爺拉著過來。蔣老爺兩邊臉頰紅腫，想是已給蔣太太打了不少耳光出氣。

「我跪倒向那男子磕頭，謝他救命之恩。那男子身形瘦削，神色嚴峻，說道：『不用謝了，起來罷，以後就跟著我。』我又磕了頭，說道：『若華以後一定盡心盡力，服侍老爺。』那男子微笑道：『你不做我丫頭，做我徒弟。』就這樣，我跟著師父來到桃花島，做了他的徒弟。我師父是桃花島島主黃藥師，他已有一個大弟子曲靈風，二弟子陳玄風，還有幾個年紀比我略小的弟子陸乘風、武罡風、馮默風。師父給我改了名字，叫做梅超風。

「師父教我武功，還教我讀書寫字。師父沒空時，就叫大師哥代教。大師哥曲靈風文武全才，還會畫畫，他教我讀詩讀詞，解說詩詞裏的意思。

「我年紀一天天的大了起來。這年快十五歲了，拜入師父門下已有三年多了，詩書武功都已學了不少。我身子高了，頭髮很長，有時在水中照照，模樣兒眞還挺好看，大師哥有時目不轉睛的瞧我，瞧得我很害羞。大師哥三十歲，大了我一倍，身材很高，不過很瘦，有點像師父，也像師父那樣，老是愁眉苦臉的不大開心，只跟我在一起時才會說幾句笑話，逗我高興。他常拿師父抄寫的古詩古詞來教我。

「『階上簸錢階下走，恁時相見早留心，何況到如今。』這幾句詞，是師父瀟灑瘦硬的字體，用淡淡的墨寫在一張白紙箋上。曲師哥一聲不響的放在我正在書寫的練字紙旁。我轉過頭來，見到他神色古怪，眼神更是異樣。我輕聲問：『是師父寫的？』他點點頭，又拿一張白紙箋蓋在第一張紙箋上，仍是師父飄逸瀟洒的字：『江南柳，葉小未成蔭。十四五，閒抱琵琶尋。恁時相見早留心，何況到如今。』我臉上熱了，一顆心忽然怦怦怦的亂跳，我心慌意亂，站起來想逃走，曲師哥說：『小師妹，你坐著。』我又輕輕的問：『是師父做的詞？』曲師哥說：『是師父寫的，這是歐陽修的詞，不是師父做的。』我舒了一口氣，鬆了下來。

「曲師哥說：『據書上說，歐陽修心裏喜歡他的外甥女，做了這首詞，吐露了心意。他見到十二三歲的外甥女，在廳堂上和女伴們玩擲錢遊戲，笑著嚷著追逐到階下天井裏。歐陽修見外甥女美麗活潑、溫柔可愛，不禁動心。後來外甥女十四五歲了，更加好看了，歐陽修已是個五十來歲的老頭子，他只好「留心」，歎了口氣，做了這首詞。後來給人見到了，惹起了挺大風波。歐陽修那時在做大官，道德文章，舉世欽仰，給朝裏御史們大大攻擊。其實，他只心裏讚他外甥女小姑娘美貌可愛，又沒越禮亂倫，做詩詞過份一點，也沒甚麼大不了。不過，師父爲甚麼特別愛這首詞，寫了一遍又一遍的？』他左手中執著一疊白箋，揚了一揚，每張箋上都寫著『恁時相見早留心，何況到如今。』他問：『小師妹，你懂了麼？』我搖搖頭，說道：『不懂！』他湊近了一點，又問：『你眞的不懂？』我搖搖頭。他笑了笑，說道：『那你爲甚麼要臉紅？』我說：『我告訴師父去。』曲師哥臉色突然蒼白了，說道：『小師妹，千萬別跟師父說。師父知道了要打斷我的腿，那麼誰來教你武功呢？』他聲音發顫，似乎很是害怕。我們人人都怕師父，倒也怪他不得。我說：『我當然不會去跟師父說。那有這麼蠢！招師父罵嗎？』曲師哥說：『師父才不會罵你呢。你來到桃花島上之後，師父罵過你一句沒有？』

「眞的。這幾年來，師父對我總是和顏悅色，從來沒罵我過一句話，連板起了臉生氣也沒有。不過有時他皺起了眉頭，顯得很不高興，我就會說些話逗他高興：『師父，那個師哥惹你生氣了？陳師哥嗎？武師弟嗎？』陳師哥言語粗魯，有時得罪師父，師父反手就是輕輕一掌。陳師哥輕身功夫練得很俊，但不論他如何閃避，師父隨隨便便的一掌總是打在他頭頂心，不過師父出掌極輕，只輕輕一拍就算了。武師弟脾氣倔強，有時對師父出言頂撞，師父也不去理他，笑笑就算了，但接連幾天不理睬他。武師弟害怕了，跪著磕頭求饒，師父袍袖一拂，翻他一個觔斗。武師弟故意摔得十分狼狽，搞得灰頭土臉的，師父哈哈一笑，就不生他的氣了。

「師父聽我這樣問，說道：『我不是生玄風、罡風他們的氣，是他們就好了。我是生老天爺的氣。』我說：『老天爺的氣也生得的？師父，請你教我。』師父板起了臉，說：『我不教。教了你也不懂。』我拉住他手，輕輕搖晃，求道：『師父，求求你，教一點兒。我不懂，你就多教點兒嘛！』每次我這樣求懇，總會靈光。師父笑了笑，走進書房，拿了幾張白紙箋交給我。我臉又紅了，不敢瞧他的臉，只怕箋上寫的又是『恁時相見早留心，何況到如今』，幸好，一張張白紙箋上寫的是另外一些詞句：

黃老邪錄朱希眞詞

人已老，事皆非。花間不飲淚沾衣。如今但欲關門睡，一任梅花作雪飛。

老人無復少年歡。嫌酒倦吹彈。黃昏又是風雨，樓外角聲殘。

劉郎已老，不管桃花依舊笑。萬里東風，國破山河照落紅。

今古事，英雄淚，老相催。長恨夕陽西去，晚潮回。

「我說：『師父，你爲甚麼總是寫些老啊老的？你又沒老，精神這樣好，武功這麼高，那些年輕力壯的師哥、師弟們誰也及不上你。』師父嘆道：『唉！人總是要老的。瞧著你們這些年輕孩子，師父頭上白髮一根根的多了起來。「高堂明鏡悲白髮，朝見青絲暮成雪。」』我說：『師父，你坐著，我給你把白頭髮拔下來。』我眞的伸手到師父鬢邊，給他拔了一根白頭髮，提在他面前。師父吹一口氣，這口氣勁力好長，我放鬆了手指，那根白頭髮飛了起來，飛得很高，飄飄蕩蕩的飛出了窗外，直上天空。我拍手道：『「萬古雲霄一羽毛」，師父，你的文才武功，千載難逢，眞是萬古雲霄一羽毛。』

師父微微一笑，說道：『超風，你儘說笑話來叫師父高興。不過像今天這樣的開心日子，也是不多的。師父文才武功再高，終究會老，你也在一天天的長大，終究會離開師父的。』我拉著師父的手輕輕搖晃，說道：『師父，我不要長大，我一輩子跟著你學武功，陪在你身邊。』

「師父微微苦笑，說道：『眞是孩子話！歐陽修的〈定風波〉詞說得好：「把酒花前欲問君，世間何計可留春？縱使青春留得住。虛語，無情花對有情人。任是好花須落去。自古，紅顏能得幾時新？」你會長大的。超風，咱們的內功練得再強，也鬥不過老天爺，老天爺要咱們老，練甚麼功都沒用。』我說：『師父，你功夫這樣高，超風一輩子跟著你練，服侍你到一百歲，兩百歲……』師父搖頭說：『多謝你，你有這樣的心就好了。「今歲春來須愛惜，難得，須知花面不長紅。待得酒醒君不見。千片，不隨流水即隨風。」』我說：『師父，梅超風不隨流水不隨風，就只學彈指神通！』師父哈哈大笑，說道：『你眞會哄師父，明兒起傳你彈指神通的入門功夫。』

「過了幾天，我問曲師哥：『師父爲甚麼自稱黃老邪？這稱呼可夠難聽的，師父不過大得你十來歲吧，既不老，又不邪？』曲師哥笑笑說：『你說師父既不老，又不邪，那好極了，師父聽了一定很高興。』

「他說師父是浙江世家，書香門第，祖上在太祖皇帝時立有大功，一直封侯封公，歷朝都做大官。師父的祖父在高宗紹興年間做御史。這一年奸臣秦檜冤害大忠臣岳飛，師父的祖父一再上表爲岳飛申冤，皇帝和秦檜大怒，不但不准，還將他貶官。太師祖忠心耿耿，在朝廷外大聲疾呼，叫百官與衆百姓大夥兒起來保岳飛。秦檜便將太師祖殺了，家屬都充軍去雲南。師父是在雲南麗江出生的。他從小就讀了很多書，又練成了武功，從小就詛罵皇帝，說要推倒宋朝，立心要殺了皇帝與當朝大臣爲岳爺爺跟太師祖報仇。那時秦檜早已死了，高宗年老昏庸。師父的父親教他忠君事親的聖賢之道，師父聽了不服，不斷跟師祖爭論，家裏都說他不孝，後來師祖一怒之下，將他趕了出家。他回到浙江西路，非但不應科舉，還去打毀了慶元府明倫堂，在皇宮裏以及宰相與兵部尚書的衙門外張貼大告示，在衢州南遷孔府門外張貼大告示，非聖毀賢，指斥朝廷的惡政，說該當圖謀北伐，恢復故土。朝廷派了幾百人馬晝夜捕捉，那時師父的武功已經很高，又怎捕捉得到他。就這樣，師父的名頭在江湖上非常響亮，因爲他非聖毀祖，謗罵朝廷，肆無忌憚，說的是老百姓心裏想說卻不敢說的話，於是他在江湖上得了個『邪怪大俠』的名號。

「曲師哥說：『幾年前，武林中爲了爭奪《九陰眞經》這部武功秘笈而鬧得滿是腥風血雨，殺傷人無數。全眞教教主王重陽眞人邀集武林中武功絕頂的幾位高手到華山去比試武功，當時稱爲「華山論劍」，言明武功最高的人掌管《九陰眞經》，從此誰也不得爭鬥搶奪，使得天下江湖上復歸太平。當時參與論劍的共有五人，稱為「東邪、西毒、南帝、北丐、中神通」。「東邪」就是師父，人家又叫他「黃老邪」，「中神通」是重陽真人。論劍結果，東邪、西毒等四人都服中神通居首。』

「我問：『大師哥，九陰真經是甚麼啊？師父本事這麼大，難道那個中神通還勝得過他？』曲師哥說：『聽人說，《九陰真經》之中，記載了天下各家各派最高明、最厲害的武功家數和練法。誰得到了這部書，照著其中的載錄照練，那就能天下無敵！好在重陽真人本就是武功天下第一，再得這部書，也仍不過是天下第一，他為人又公道仁善，決不恃強欺壓旁人，因此結果公布出來，倒人人歡喜，並沒異言。小師妹，武學之道，真所謂天外有天，人上有人。在我們看來，師父自然是高不可攀，但勝得他老人家一招半式的，也未必真的沒有。』

「師父當日隨口吟幾句詞，『待得酒醒君不見，不隨流水即隨風』，可真說準了，師父酒醒時，我的人真不見了，隨著二師哥陳玄風走了。二師哥粗眉大眼，全身是筋骨，比我大兩歲。他很少跟我說話，只默不作聲的瞧著我，往往瞧得我臉也紅了，轉頭走開。桃花島上桃子結果時，他常捧了一把又紅又鮮的桃子，走進我屋子，放在桌上，一聲不響就走了。曲師哥比我大了十幾歲，陸師弟小我兩歲，武師弟、馮師弟年紀更小，在我心裏，他們都是小孩子。島上只二師哥比我稍大一點兒。他粗魯得很，有一次，他拉著我手，說：『賊小妹子，我們偷桃子去。』我生氣了，甩脫他手，說道：『你叫我甚麼？』他說：『我們去偷桃子，是做賊，你自然是賊小妹子。』我說：『那麼你呢？』他說：『我是賊哥哥。』我大聲叫：『賊哥哥！』他說：『是啊！賊哥哥要偷賊妹子了。』我沒理他，心裏卻覺得甜甜的。這天晚上，他帶我去偷桃子，偷了很多很多。他把桃子放在我房裏桌上，黑暗之中，他忽然抱住了我，我出力掙不脫，突然間我全身軟了，他在我耳邊說：『賊小妹子，我要你永遠永遠跟著我，決不分開。』」

一陣紅潮湧上梅超風的臉，郭靖聽得她喘氣加劇，又輕輕嘆了口長氣，嘆息聲很溫柔，扣在郭靖頸中的手臂也放鬆了一些。梅超風輕聲道：「為甚麼？為甚麼？師父要打斷曲師哥的腿？為甚麼又趕了他出島？」這時大仇已在掌握之中，兩人默默的坐在洞口，四下寂靜無聲，她又沉入對往事的回憶：

「曲師哥瞧著我的眼色，一向也是挺溫柔的，那時候我已十八歲了，明白了他眼光的含意。但他成過親，老婆死了，還有個小女兒，而且我已經跟賊哥哥好了，只好避開曲師哥的眼光。一天晚上，賊哥哥在我房裏，在我床上抱著我，窗外忽然有人喝道：『陳玄風！你這畜生，快給我出來！』是曲師哥的聲音。賊哥哥匆匆忙忙的穿上衣服，從門裏衝了出去，只聽得門外風聲呼呼，是曲師哥跟他動上了手。我害怕得很，大聲求道：『大師哥，對不起，求你饒了我們！』曲師哥冷冷的道：『饒了你們？「恁時相見早留心，何況到如今。」這是誰寫的字？我饒得你，只怕師父饒你們不得。』喀的一響，甚麼人重重中了一掌。陳師哥大聲叫道：『啊唷！你真的想打死我？』曲師哥道：『那還有假的！梅師妹，你說要跟師父練一輩子功夫，永遠服侍他老人家，你欺騙師父。』陳師哥叫道：『師父不管，卻要你管！你不是多管閒事，你是吃醋，不要臉！』我從窗裏望出去，只見到兩個人影飛快的打鬥，我功夫不夠，瞧不清楚。

「忽然喀勒一聲大響，陳師哥身子飛了起來，摔在地下。曲師哥道：『我不是喝醋，是代師父出氣，今日打死你這無情無義的畜生！』我從窗子裏跳出去，伏在陳師哥身上，叫道：『大師哥饒命，大師哥饒命！』曲師哥嘆了口氣，轉身走了。

「第二天師父把我們三個叫去。我害怕得很，不敢瞧師父的臉，後來一轉頭，見到師父神氣很難過，像要哭出來那樣，只是問：『爲甚麼？爲甚麼？』陳師哥說：『大師哥見到我跟小師妹好，他吃醋，要打死我。』師父嘆道：『靈風，命中是這樣，那沒有用的。』說著不住搖頭。我哭了出來，跪在師父面前，說道：『師父，是我不好，求你不要責罰大師哥。』師父說：『靈風，你爲甚麼要背「何況到如今」這兩句詞？爲甚麼要責問超風，說她欺騙我，說她答應了一輩子服侍我，卻又做不到？哼，你一直在偷聽我們說話！黃老邪跟人說話，有人偷聽，黃老邪會不知道嗎？嘿嘿，你太也小覷我了。我有甚麼氣要出？要出氣，難道我自己不會？我可沒派你去打人！我如派你打人，是我吃醋了。玄風，超風，你們出去！』就這樣，師父用一根木杖，震斷了曲師哥的兩根腿骨，向衆同門宣稱：『曲靈風不守門規，以後非我桃花島弟子。』命啞僕將他送歸臨安府。

「從此以後，師父不再跟我說話，也不跟陳師哥說話，再不傳我們功夫。他不久就去了慶元府、臨安府，再過兩年，忽然娶了師母回來。師母年紀很輕，和我同年，我們兩個都屬猴。師母相貌好美，皮色又白又嫩，就像牛奶一樣，怪不得師父非常愛她，常帶她出門。師母不會武功，但挺愛讀書寫字。有一次中秋節，師母備了酒菜，招衆弟子過中秋，師父喝得大醉，師母進廚房做湯，師父喃喃說醉話：『再沒人胡說八道，說黃老邪想娶女弟子做老婆了罷？靈風呢？我不怪他啦！他人好嗎？腿怎樣了？』

「師母比我還小幾個月，是十月份的生日。她待我很好，有一天跟我說：『師父常讚你很乖，對他很有孝心。又說你身世很可憐，要我待你好些。師父不懂女孩子的事，從小將你帶大，很多事都照顧不到，很過意不去。你有甚麼事，要甚麼東西，只管跟我說好了。』我聽得流了眼淚，說道：『師父已經待我很好很好了。他跟你成親，我們見到他很開心，衆弟子個個爲他高興。』師母說：『這次師父跟我出門，得到了一部武學奇書《九陰眞經》，以你師父的武學修爲，也不覺得有甚麼了不起。但其中有一段古怪文字，嘰哩咕嚕的十分難懂。你師父素來好勝，又愛破解疑難啞謎，跟我一起推考了好久，還沒解破，以致沒時候教你們功夫。』她指指桌上的兩本白紙册頁，說道：『這就是《九陰眞經》的抄錄本，其實桃花島武功有通天徹地之能，又何必再去理會旁人的武功。唉！武學之士只要見到新鮮的一招半式，定要鑽研一番，便似我們見到一首半首絕妙好詞，也定要記在心中才肯罷休。』

「我將這番話跟賊師哥說了，他說：『中秋節那晚，師父流露了心聲，似乎對大師哥恩情未斷，可能讓他重歸師門。大師哥一回來，我就沒命。賊妹子，我們這次眞的做一次賊，把師父那部《九陰眞經》去偷來，練成了上乘武功，再歸還師父，那時連師父都不怕，大師哥更加不用忌憚。』我竭力反對，說要去稟告師父。這賊師哥當眞膽大妄爲，當晚就去將經書偷了來，可是只偷到一本。

「師父這些日子中，老是抬起了頭想事，我看也不是想著作詩塡詞，兩隻手的手指不住扳動。我跟陳師哥說起，他說師父得到了《九陰眞經》，正在細想經上的功夫。師父這些日子中沒教我們功夫，甚至話也不大說，滿腹心事似的。我瞧他頭上白頭髮一根根的多了起來，心裏很爲他難過。陳師哥說，那天晚上他見到師父手裏拿著一本眞經的抄本，走向試劍亭，口中喃喃的不知說甚麼，仰起了頭。陳師哥對面走來，叫了聲『師父！』師父似乎沒見到他，也好像沒聽見，自管自的筆直向前走去。陳師哥忙避在一旁，走向師父的書房，悄悄進去，見到眞經的抄本便放在桌上，不過只有一本，另一本師父手裏拿著。只因爲師父思索經上的功夫想得出了神，陳師哥才能鑽空子，把眞經下卷的抄本偷了來。否則師父這麼精明能幹，陳師哥怎偷得到手？

「他還想再去偷另一本，我說甚麼也不肯了，說偷一本已經對不起師父，還想再偷，簡直不是人了。師父待我們這樣好，做人要有點良心。賊師哥說：『待你自然很好，待我有甚麼好？』我說：『你再要去偷，我就在師父屋子外大叫：有人來偷九陰眞經啦！有人來偷九陰眞經啦！』」

她想到這裏，情不自禁的輕輕叫了出來：「有人來偷九陰眞經啦！師父，師父！」

郭靖微微一驚，問道：「偷甚麼九陰眞經？」梅超風不禁失笑，忙道：「沒甚麼，我隨口說說。」園中梅花香氣暗暗浮動，她記起了桃花島上的花香：

「賊師哥害怕得很，當晚我們就離開了桃花島，乘海船去了普渡山，在海邊的一個岩洞中躲了起來。接連幾天，他翻看眞經的手抄本下卷，皺起了眉頭苦苦思索。我見手抄本上的字跡是師母寫的。賊師哥說：『我們錄一個抄本下來，再把原抄本還給師父，但怎麼還法？』我說：『去桃花島！』師哥說：『賊妹子，你要命嗎？還敢再去桃花島？』我們不敢在普渡山多躭，終究離桃花島太近。過得一個月，我們乘船去了中土，在慶元、上虞、百官、餘姚這些地方東躲西藏的躲了幾個月，逃到了臨安、嘉興、湖州、蘇州這些地方的河浜裏，水鄉裏小河小溪千條萬條，我們白天躲在船裏，緊緊上了門板，師父、師弟他們再也見不到我們，也不會讓曲師哥撞上了。

「我跟師哥兩個一起翻看經上的功夫。眞經上寫滿了各種厲害的武功，開頭就是『九陰白骨爪』與『摧心掌』，經上寫明了這兩門功夫的練法和破法。經上說：『此二功不必以內功爲根基，以外功入手亦可。余弟妹二人，喪命於此二功，殺人如草不聞聲，此二功之謂也。』師哥和我大喜，就起始練了起來。練這兩門功夫，要殺活人來練，我跟師哥說了，我們就去上虞蔣家村，從那惡毒婦人蔣太太起始，將蔣家村的男女老幼，一個個都練作了白骨骷髏。我想起師父相救的恩情，心裏很難過。師哥問明之後，忽然大大喝醋，怪我不該想念師父。練到後來，經上的功夫都要以內功爲根基了。但紮根基、練內功的訣竅全在上卷之中。經上功夫屬於道家，與師父所教的全然不同，我們這可練不下去了。師哥說：『有志者，事竟成！』於是他用自己想出來的法子練功，教我也跟著練。他練手掌上的功夫，給我去打造了一條鍍銀鋼鞭，用來練白蟒鞭。他說沒送過定情的表記，沒送過成親的禮物給我，就送一件華麗的兵器。我們那時挺有錢了，哈哈，練成了高明的武功，搶大戶、劫官府還不手到拿來，要多少有多少。」

這時一陣清風緩緩吹動梅超風的長髮，她抬頭向天，輕聲問道：「天上有星星嗎？」郭靖道：「有的。」梅超風問道：「有銀河麼？」郭靖道：「有的。」梅超風又問：「有牛郎織女星嗎？」郭靖道：「有的。」梅超風問：「有北斗星嗎？」郭靖道：「我不認得。」梅超風道：「你蠢死了。你向北方的天上瞧，有七顆亮晶晶的星，排成一隻瓢兒那樣的，就是北斗星了。」

郭靖凝目向天空搜尋，果然在北邊天上見到七顆明星，排成一隻長長的水杓，喜道：「見到啦，見到啦！」梅超風問道：「甚麼叫『七星聚會』？」郭靖道：「我不知道。」梅超風雙手一緊，森然道：「那馬鈺沒教過你嗎？」郭靖道：「沒有。道長只教我躺倒身子後怎麼透氣。」梅超風道：「怎麼透氣？」郭靖道：「吸氣時肚皮鼓起，呼氣時肚皮吸進去貼背。」梅超風試著照做，心想：「我們練功時呼吸恰恰相反。只怕這便是道家功夫的關訣。」

「《九陰眞經》下卷上記的全是武功法門，賊漢子練功練不下去，老是說要去偷眞經上卷。我說去桃花島也好，咱們先把下卷還給師父師娘。師哥說：『下卷中的功夫還沒練成呢！有些功夫注明「五年可成」、「七年可成」、「十年初窺門徑」，咱們不必理會，像九陰白骨爪、摧心掌、白蟒鞭這些功夫，雖沒上卷中所教的內功根底，硬練也練得成，而且快速可成。你的白蟒鞭練得怎樣了？』我說：『馬馬虎虎，現下還用不上，總得再有一年時光。』

「為了練九陰白骨爪這些陰毒功夫，我們得罪了一大批自居名門正派、假充好人的狗屁英雄，他們不斷來圍攻我們夫婦，我們拚命練功，用功勤得很，殺了不少人，可處境越來越不利，東躲西逃，難以安身。他們口中說不准我們濫殺無辜，練那些陰毒武功，其實還不是想搶奪我們手裏的眞經。不過，師門所授的挑花島功夫本來也就十分了得，我們二人單以桃花島功夫，就殺得那些狗子們望風披靡，叫我們是甚麼『黑風雙煞』，那眞難聽，該叫『桃花雙煞』才是！後來來的人越來越強，我夫婦功夫高了，名聲大了，但漸漸抵擋不住了。這樣心驚膽戰的過了兩年，我獨個兒常常想，早知這樣，盜甚麼勞什子的眞經，還不如安安靜靜的在桃花島好，可是陳師哥跟我這樣，師父也知道了，我們有臉在桃花島躭下去嗎？又怕曲師哥回島。

「又聽說，當年師父爲了我們二人盜經叛逃而大發脾氣，陸師弟、武師弟二人勸告時又出言不愼，師父狂怒之下打斷了他們腳骨。馮師弟又說：『背叛師父的只陳師哥、梅師姊二人，我們都對師父忠心耿耿，師父不該遷怒，把曲、陸、武三位師哥都打傷了。』師父大怒，喝道：『連你又打，怎麼樣？我花這許多心血，辛辛苦苦教你們功夫，到頭來你們一個個都反我。我黃老邪還是去死了的好！』木杖一震之下，把馮師弟的腳骨也打斷了。

「三個師弟都給趕出桃花島，後來這話便傳了開來，江湖上傳得沸沸揚揚，都說黃老邪當眞夠邪。我聽到傳言說師父說道：『我黃老邪還是去死了的好！』不由得心如刀割，眞想去跪在師父、師母面前，任由他們處死，以贖我的罪業。所以師哥說要再去桃花島，我並不阻止，我想去再見師父一面。師哥說，這些狗屁英雄老是陰魂不散的追尋我們，遲早會讓師父聽到風聲，要是師父也來追尋，我們準沒命了，只要上卷到手，我們去蒙古、去西夏，逃得遠遠的，千里萬里之外，誰也找不到。我想也眞不錯，於是甩出了性命，決意再去桃花島。反正倘若不去，遲早會送了命，死在師父手下，一了百了，倒也心安理得。

「一天夜裏，我們終於上了桃花島。剛到大廳外，就聽得師父在跟人大聲吵嘴，他說：『不通兄，我沒拿你的眞經，怎能要我交還？』我想師父說話不客氣了，當面叫人家『不通兄』。我和師哥湊眼到窗縫中瞧去，見跟師父說話的是個留了長鬍子的中年男子，年紀比師父大些。他倒不生氣，笑嘻嘻的道：『黃老邪，你作事向來邪裏邪氣，誰信得過你啊。』師父說：『我黃老邪之邪，是非聖非賢，叛君背祖，是不遵聖賢之教，不奉君父之尊，於「禮義廉恥」這四字上，沒半分虧了。我說過沒拿你的眞經，就是沒拿。就算拿了，憑我黃老邪的所學所知，也不屑來練你全眞教狗屁假經上的臭功夫。』那人呵呵笑道：『是香是臭，一嗅便知，是眞是假，出手便曉。黃老邪，咱哥兒倆來玩玩，瞧你練過九陰眞經的功夫沒有。』他站起身來，等師父也離椅站起，便左手出拳，向師父打去。師父還以一招『桃華落英掌』。兩人這一動上手，但見燭影飄飄，身法快速。我向師哥瞧去，他也正回頭瞧我，兩人都伸伸舌頭，這樣高明的武功，我們可從來沒見過。

「我拉拉師哥的衣袖，打個手勢，心想這是千載難逢的良機，師父給一位大高手纏上了，一時脫不了身，正好去他書房盜眞經的上卷。師母不會武功，我們決不傷她，也決不驚嚇她，我只向她拜上三拜，以表感恩，搶了經書便走。可是師哥瞧得著了迷，說甚麼也不肯走。他後來說，他想師父跟那全眞教的長鬍子動手過招，到頭來必定會使九陰眞經武功，就算師父眞的沒學過，那長鬍子必定會使，親眼見到兩大高手過招印證，可比單瞧書本上的字句描述好得多了。他捨不得走，我也就不敢自己一個兒去，湊眼到窗縫中再去看，只見師父的身子好似在水上飄行那麼滑來滑去，似乎只是閃避而沒進招。那『不通兄』的招式也異常巧妙古怪。只見師父一滑退到了窗邊，那長鬍子左手揮掌拍來，師父一矮身，蓬的一響，長鬍子這一掌拍開了長窗，我忙閃身在旁。師父一瞥之下見到我的長頭髮，怔了一怔，叫道：『超風！』身法稍緩，長鬍子的右掌同時拍到，師父似乎閃避不及，這一掌拍上了他肩頭。師父一個踉蹌，右足稍跪，連出兩指，嗤嗤聲響，『彈指神通』彈中了長鬍子的雙腿，那長鬍子委倒在地，滾開了站不起身。

「師父嘿嘿一笑，說道：『超風，師父不練九陰眞經，只用彈指神通，還不是贏了他！你來幹甚麼？』我跳起身來，跪在師父面前，哭道：『師父，弟子對你不起，是瞧你老人家和師母來著。』師父淒然道：『你師母過去啦！後面便是靈堂。』他伸手向後面一指。我只嚇得頭腦中一片混亂，奔向後進，只見天井之後的廳中，赫然是座靈堂，中間一個靈位，寫著『先室馮氏之靈位』。我跪下來拜倒，痛哭失聲。忽然之間，看見靈堂旁邊有個一兩歲大的小女孩兒，坐在椅子上向著我直笑，這女孩兒眞像師母，定是她的女兒，難道她是難產死的麼？

「師父站在我後面，我聽得那女孩兒笑著在叫：『爸爸，抱！』她笑得像一朵花，張開了雙手，撲向師父。師父怕她跌下來，伸手抱住了她。陳師哥拉著我飛奔，搶到了船裏，海水濺進船艙，我的心還在突突急跳，好像要從口裏衝出來，聽得師父的話聲遠遠傳過來：『你們去吧！你們好自爲之，不要再練九陰眞經了，保住性命要緊。』

「我和賊漢子看了師父這一場大戰，從此死了心。他說：『不但師父的本事咱們沒學到一成，就是那全眞教的長鬍子，咱倆又怎及得上？』我說：『你懊悔了嗎？若是跟著師父，總有一天能學到他的本事。』他說：『你不懊悔，我也不懊悔。』於是他用自己想出來的法子練功，教我跟著也這麼練。他說這法子當然不對，然而也能練成厲害武功。我說：『師父叫我們不可練經上武功。』陳師哥說：『有師父這樣高的功夫，自然不必練經上武功。我們有麼？不練行麼？』

「我二人把金鐘罩鐵布衫一類的橫練功夫也練成了七八成，此後橫行江湖，『黑風雙煞』名頭越來越響。有一天，我們在一座破廟裏練『摧心掌』，突然四面八方的給數十名好手圍住了。領頭的是師弟陸乘風。他惱恨爲了我們而給師父打斷雙腿，大舉約人，想擒我們去獻給師父。這小子定是想重入師門。哼，要擒住『黑風雙煞』，可也沒那麼容易。我們殺了七八名敵人，突圍逃走，可是我也受傷不輕。那飛天神龍柯辟邪是賊漢子殺的，還是我殺的？可記不清楚了，反正誰殺的都是一樣。過不了幾個月，忽然發覺全眞教的道士也在暗中追蹤我們。鬥是鬥他們不過的，我們結下的冤家實在太多，於是離開了中原，走得遠遠的，直到了蒙古的大草原。

「我們繼續練『九陰白骨爪』和『摧心掌』，有時也練白蟒鞭。他說這是可以速成的外門神功，不會內功也不打緊。忽然間，那天夜裏在荒山之上，江南七怪圍住了我。『我的眼睛！我的眼睛！』我又疼痛，又痲癢，最難當的是甚麼也瞧不見了。我運氣抵禦毒質，爬在地下，幾乎要暈了過去。我沒死，可是眼睛瞎了，師哥死了。那是報應，這柯鎭惡柯瞎子，我們曾殺死了他的兄長，他要報仇。」

梅超風想到這件痛事，雙手自然而然的一緊，牙齒咬得格格作響，郭靖左手腕骨如欲斷折，暗暗叫苦：「這次一定活不成啦，不知她要用甚麼狠毒法子來殺我？」便道：「喂，我是不想活啦，我求你一件事，請你答允罷。」梅超風冷然道：「你還有事求我？」郭靖道：「是。我身上有好些藥，求你行行好，拿去交給西城安寓客棧裏的王道長。」

梅超風不答，也不轉頭。郭靖道：「你答允了嗎？多謝你！」梅超風道：「多謝甚麼？我從來沒做過好事！」

她已記不起這一生中受過多少苦，也記不起殺過多少人，但荒山之夜的情景卻記得清清楚楚。「眼前突然黑了，瞧不見半點星星的光。我那好師哥說：『小師妹，我以後不能照顧你啦。你自己要小心……』這是他最後的話。『哼，他不照顧我了，我小心來幹麼？』他把眞經下卷的抄本塞在我手裏，『唉，眼睛盲了，還看得見麼？』我把眞經抄本塞在懷裏。我雖沒用，也不能落入敵人手裏，總有一天，我要去還給師父。忽然大雨傾倒下來，江南七怪猛力向我進攻，我背上中了一掌。這人內勁好大，打得我痛到了骨頭裏。我抱起了好師哥的屍體逃下山去，我看不見，可是他們也沒追來。啊，雨下得這麼大，四下裏一定漆黑一團，他們看不見我。

「我在雨裏狂奔。好師哥的身子起初還是熱的，後來漸漸冷了下來，我的心也在跟著他一分一分的冷。我全身發抖，冷得很。『賊哥哥，你眞的死了麼？你這麼厲害的武功，就這麼不明不白的死了嗎？是誰殺了你的？』我拔出了他肚臍中的短劍，鮮血跟著噴出來。那有甚麼奇怪？殺了人一定有血，我不知殺過多少人。『算啦，我也該和賊哥哥一起死啦！沒人叫他賊哥哥，他在陰間可有多冷清！』短劍尖頭抵到了舌頭底下，那是我的罩門所在，忽然間，我摸到了短劍柄上有字，細細的摸，是『楊康』兩字。嗯，殺死他的人叫做楊康。此仇怎能不報？不先殺了這楊康，我怎能死？」

想到這裏，長長的嘆了口氣。「甚麼都完了，賊哥哥，你在陰世也這般念著我嗎？

你要是娶了個女鬼做老婆，咱們可永遠沒了沒完……

「我在沙漠中挖了個坑，把師哥的屍身埋在裏面。我瞎了眼睛，每日裏單是尋找飲食也難得很，只好向人乞食。幸好蒙古人心好，見我是個瞎女子可憐，倒肯施捨牛乳、牛羊肉、麵餅給我。就這樣，我在大漠中苦挨了幾年。這一天，我在山洞裏練功，忽聽到大隊人馬經過，說的是大金國女眞話。我出去向他們討東西吃，帶隊的王爺收留了我，帶我到中都王府來。後來我才知道，原來這位王爺是大金國的六皇子趙王爺。我在後花園給他們掃地，在後園中找到一個廢置了的地窖，就住在那裏。晚上偷偷練功夫，這樣練了幾年，誰也沒瞧出來，只當我是個可憐的瞎眼婆子。

「那天晚上，唉，那頑皮的小王爺半夜裏到後花園找鳥蛋，他一聲不響，我瞧不見他，他卻見到了我練銀鞭，纏著我非教不行。我教了他三招，他一學就會，眞聰明。我教得高興起來，甚麼功夫也傳了他，九陰白骨爪也教，摧心掌也教，但要他發了重誓，對誰都不許說，連王爺、王妃也不能說，只要洩漏了一句，我一抓就抓破他天靈蓋。小王爺練過別的武功，還著實不低。他說：『師父，我另外還有一個男師父，這個人不好，我不喜歡他，我只喜歡你師父。我在他面前，決不顯露你教我的功夫。他可比你差得遠，教的功夫都不管用。』哼，小王爺說話就叫人聽著高興。他那個男師父決非無能之輩，只不過我既不許他向人說跟我學武功，我也就不去查問他的男師父。

「又過幾年，小王爺說，王爺又要去蒙古。我求王爺帶我同去，好祭一祭我丈夫的墳。小王爺給我說了，王爺當然答允。王爺寵愛他得很，甚麼事都依他。賊漢子的墳，當然不必祭了。我是要找江南七怪報仇。唉！運氣眞不好，全眞七子竟都在蒙古，我眼睛瞧不見，怎能敵他們七人？那丹陽子馬鈺的內功實在了不起，他說話毫不使力，聲音卻送得這麼遠。

「去蒙古總算沒白走，那馬鈺給我劈頭一問，胡裏胡塗的傳了我一句內功眞訣，回到王府之後，我躲在地窖裏再練苦功。唉，這內功沒人指點眞是不成。兩天之前，我強修猛練，憑著一股剛勁急衝，突然間一股眞氣到了長強穴之後再也回不上來，下半身就此動彈不得了。我向來不許小王爺來找我，他又怎知我練功走了火？要不是這姓郭的小子闖進來，我準要餓死在這地窖裏了。哼，那是賊哥哥的鬼魂勾他來的，叫他來救我，叫我殺了他給賊哥哥報仇。啊，哈哈，哈哈！啊，哈哈，哈，嘿嘿，哼，哈哈！」

梅超風突然發笑，身子亂顫，右手突然使勁，在郭靖頭頸中扼了下去。郭靖到了生死關頭，反手頂住她手腕，出力向外撐持。他既得了馬鈺玄門正宗的眞傳，數年修習，內力已頗不弱。梅超風猛扼不入，右手反讓他撐了開去，吃了一驚：「這小子功夫不壞啊！」連抓三下，都給郭靖以掌力化開。梅超風長嘯一聲，舉掌往他頂門拍下，這是她「摧心掌」中的絕招。郭靖功力畢竟跟她相差太遠，左手又讓她牢牢抓住了，這一招如何化解得開？只得奮起平生之力，舉起右手擋格。

梅超風與他雙手相交，只感臂上劇震，心念動處，立時收勢，尋思：「我修習內功沒人指點，以致走火入魔，落得半身不遂。剛才我聽他說跟馬鈺學過全眞派內功，便想到要逼他說內功的秘訣，怎麼後來只是要殺他爲賊哥哥報仇，竟把這件大事抛在腦後？幸好這小子還沒死。」回手又叉住郭靖頭頸，說道：「你殺我丈夫，那是不用指望活命的了。不過你如聽我話，我讓你痛痛快快的死了；要是倔強，我要折磨得你受盡苦楚，先將你一根根手指都咬了下來，慢慢的一根根嚼來吃了。」她行功走火，下身癱瘓後已然餓了幾日，眞的便想吃郭靖手指，倒也不是空言恫嚇。

郭靖打個寒戰，瞧著她張口露出白森森的牙齒，不敢言語。

梅超風問道：「全眞教中有『三花聚頂，五氣朝元』之說，那是甚麼意思？」郭靖心中明白：「原來她想我傳她內功。她日後必去害我六位師父。我死就死罷，怎能讓這惡婦再增功力，害我師父？」閉目不答。梅超風左手使勁，郭靖腕上奇痛徹骨，但他早橫了心，說道：「你想得內功眞傳，乘早死了這條心。」

梅超風見他倔強不屈，只得放鬆了手，柔聲道：「我答應你，拿藥去交給王處一，救他性命。」郭靖心中一凜：「啊，這是大事。好在她下半身不會動彈，我六位師父也不會怕她。」便道：「好，你立一個重誓，我就把馬道長傳我的法門對你說。」

梅超風大喜，說道：「姓郭的……姓郭的臭小子說了全眞教內功法門，我梅超風如不將藥物送交王處一，教我全身動彈不得，永遠受苦。」

這兩句話剛說完，忽然左前方十餘丈處有人喝罵：「臭小子快鑽出來受死！」郭靖聽聲音正是三頭蛟侯通海。另一人道：「這小丫頭必定就在左近，放心，她逃不了。」兩人一面說一面走遠。

郭靖大驚：「原來蓉兒尚未離去，又給他們發現了蹤跡。」心念一動，對梅超風道：「你還須答允我一件事，否則任你怎樣折磨，我都不說秘訣。」梅超風怒道：「還有甚麼事？我不答允。」郭靖道：「我有個好朋友，是個小姑娘。王府中的一批高手正在追她，你必須救她脫險。」

梅超風哼了一聲，道：「我怎知她在那裏？別囉唆了，快說內功秘訣！」隨即手臂加勁。郭靖喉頭被扼，氣悶異常，卻絲毫不屈，說道：「救不救……在你，說……不說……在我。」梅超風無可奈何，說道：「好罷，便依了你，想不到梅超風任性一世，今日受你臭小子擺佈。那小姑娘是你的小情人嗎？你倒也眞多情多義。咱們話說在前頭，我只答允救你的小情人脫險，卻沒答允饒你性命。」

郭靖聽她答允了，心頭一喜，提高聲音叫道：「蓉兒，到這裏來！蓉兒……」剛叫得兩聲，忽喇一聲，黃蓉從他身旁玫瑰花叢中鑽了出來，說道：「我早就在這兒啦！」

郭靖大喜道：「蓉兒，快來。她答允救你，別人決不能難爲你。」

黃蓉在花叢中聽郭靖與梅超風對答已有好一陣子，聽他不顧自己性命，卻念念不忘於她的安危，心中感激，兩滴熱淚從臉頰上滾了下來，又聽梅超風說自己是他的「小情人」，心中更甜甜的感到甚是溫馨，向梅超風喝道：「梅若華，快放手！」

「梅若華」是梅超風投師之前的本名，江湖上無人知曉，這三字已有很久沒聽人叫過，斗然間讓人呼了出來，這一驚直是非同小可，顫聲問道：「你是誰？」

黃蓉朗聲道：「桃華影落飛神劍，碧海潮生按玉簫！我姓黃。」

梅超風更加吃驚，只說：「你……你……你……」黃蓉叫道：「你怎樣？東海桃花島的彈指峯、清音洞、綠竹林、試劍亭，你還記得麼？」這些地方都是梅超風學藝時的舊遊之地，此時聽來，恍若隔世，顫聲問道：「桃花島的黃……黃師父，是……是……是你甚麼人？」

黃蓉道：「好啊！你倒還沒忘記我爹爹，他老人家也還沒忘記你。他親自瞧你來啦！」

梅超風一聽之下，只想立時轉身飛奔而逃，可是腳下那動得分毫？只嚇得魂飛天外，又想到便能見到師父，喜不自勝，叫道：「師父……師父……」黃蓉叫道：「快放開他。」

梅超風忽然想起：「師父怎能到這裏來？這些年來，他一直沒離桃花島。我和賊哥哥盜了他的九陰眞經，他也沒出島追趕。我可莫讓人混騙了。」

黃蓉見她遲疑，左足一點，躍起丈餘，在半空連轉兩個圈子，凌空揮掌，向梅超風當頭擊到，正是「桃華落英掌」中的一招「江城飛花」，叫道：「這一招我爹爹教過你的，你還沒忘記罷？」梅超風聽到她空中轉身的風聲，那裏還有半點疑心，舉手輕輕格開，叫道：「師妹，師父呢？」黃蓉落下身子，順手一扯，已把郭靖拉了過去。

原來黃蓉便是桃花島島主黃藥師的獨生愛女。她母親於生她之時適逢一事，心力交瘁，以致難產而死。黃藥師先前又已將所有弟子逐出島去，島上就是他父女二人相依為命。黃藥師素有「東邪」之號，行事怪僻，常說世上禮法規矩都是狗屁，對女兒又愛逾性命，自然從不稍加管束，以致把這個女兒慣得驕縱異常。她人雖聰明，學武卻不肯專心，父親所精的甚麼陰陽五行、算經術數，她竟樣樣要學，加以年齡尙幼，因此儘管父親是一代宗主，武功已臻出神入化之境，她卻只初窺桃花島武學的門徑而已。

這天她在島上遊玩，來到父親囚禁敵人的山洞門口，寂寞之中，跟那人說起話來。談了半天，但覺那人言語有趣之極，聽那人嫌父親給的酒太淡，便送了一瓶美酒給他，再加幾樣精美菜肴。那人吃得讚不絕口，與黃蓉一老一小，說得投機，但次日便給黃藥師知道了，重重責罵了一頓。黃蓉從沒給父親這般嚴厲的責罵過，心中氣苦，刁蠻脾氣發作，竟乘了小船逃出桃花島，自憐無人愛惜，便刻意扮成個貧苦少年，四處浪蕩，心中其實是在跟父親鬥氣：「你既不愛我，我便做個天下最可憐的小叫化罷了！」

不料在張家口無意間遇到郭靖，初時她在酒樓胡亂花錢，原是將心中對父親的怨氣出在郭靖頭上。那知兩人言談投機，一見如故，郭靖竟解衣、送金、贈馬，關切備至。她正淒苦寂寞，蒙他如此坦誠相待，正是雪中送炭，心中感激，兩人結為知交。

黃蓉曾聽父親說起陳玄風、梅超風的往事，因此知道梅超風的閨名，至於「桃華影落飛神劍，碧海潮生按玉簫」兩句，是她桃花島試劍亭中的一副對聯，其中包含著黃藥師的兩門得意武功，桃花島弟子無人不知。她自知武功遠不是梅超風敵手，謊稱父親到來。梅超風果然一嚇之下放了郭靖。

梅超風想起黃藥師生性之酷、手段之辣，不禁臉如土色，全身簌簌而抖，似乎見到黃藥師臉色嚴峻，已站在身前，不由得全身酸軟，似已武功全失，伏在地下，顫聲道：「弟子罪該萬死，只求師父可憐弟子雙目已盲，半身殘廢，從寬處分。弟子對不起您老人家，當真豬狗不如。」她自與黃藥師相別，記著師父對自己的慈愛恩義，孺慕之念，無時或忘，此時雖怕見師父，但欣喜之情，更勝畏懼，說道：「不，師父不必從寬處分，你罰我越嚴越好。」

郭靖每次和她相遇，總是見她猶如兇神惡煞一般，縱然大敵當前，在懸崖上落入重圍，也仍不以為意，然而一聽黃蓉提起她爹爹，竟嚇成這個樣子，大感奇怪。

黃蓉暗暗好笑，一拉郭靖的手，向牆外指了指。兩人正想躍牆逃出，忽聽得身後一聲清嘯，一人長笑而來，手搖摺扇，笑道：「女孩兒，我可不再上你的當啦。」

黃蓉見是歐陽克，知他武功了得，既給他見到了，可就難以脫身，轉頭對梅超風道：「梅師姊，爹爹最肯聽我的話，待會我給你求情。你先立幾件功勞，爹爹必能饒你。」梅超風道：「立甚麼功？」黃蓉道：「有壞人要欺侮我，我假裝敵不過，你給我打發。爹爹一會就來，見到你幫我，必定歡喜。」梅超風一聽，登時精神大振。

說話之間，歐陽克也已帶了四名姬妾來到眼前。

黃蓉拉了郭靖躲向梅超風身後，只待她與歐陽克動上了手，便乘機溜走。

歐陽克見梅超風坐在地下，披頭散髮，全身黑黝黝的一團，那把她放在心上，摺扇輕揮，逕行上前來拿黃蓉，突然間勁風襲胸，地下那婆子伸手抓來，這一抓勁勢之凌厲實生平未遇，大駭之下，忙伸扇往她腕骨擊去，同時急躍閃避，只聽得嗤，喀喇，啊啊啊啊數聲連響。歐陽克衣襟撕下了一大片，扇子折爲兩截，四名姬妾倒在地下。他一眼看去，四女盡數斃命，每人天靈蓋上中了一抓，頭頂鮮血和腦漿從五個指孔中湧出。敵人出手之快速狠毒，罕見罕聞。

歐陽克驚怒交集，見這婆子坐著不動，似乎半身不遂，怯意登時減了，展開家傳

「神駝雪山掌」，身形飄忽，發掌進攻。梅超風十指尖利，每一抓出，都挾著嗤嗤勁風，歐陽克怎敢欺近身去？

黃蓉拉了郭靖正待要走，忽聽身後哇哇狂吼，侯通海揮拳打來。黃蓉身子略偏，侯通海眼見即可打到她肩頭，正自大喜，總算腦筋還不算鈍得到家，猛地想起她身穿軟蝟甲利器，大叫一聲，雙拳急縮，啪啪兩響，剛好打中了自己額頭的三個肉瘤，只痛得哇哇大叫，又怎有餘裕去拉她頭髮？

片刻之間，沙通天、梁子翁、彭連虎諸人先後趕到。

梁子翁見歐陽克連遇險招，一件長袍給對手撕得稀爛，已知這女子便是地洞中扮鬼的婆娘，哇哇怒叫，上前夾攻。沙通天等見梅超風出手狠辣，都感駭然，守在近旁，俟機而動。均想：「甚麼地方忽然鑽出來這個武功高強的婆娘？」彭連虎看得數招，失聲道：「是黑風雙煞！」

黃蓉仗著身子靈便，東躲西閃，侯通海那裏抓得到她頭髮？黃蓉見他手指不住抓向她頭頂，一轉念間已明白了他用意，矮身往玫瑰叢後一躲，反過手臂，將蛾眉鋼刺從腦後插入了頭髻，探頭出來，叫道：「我在這裏！」侯通海大喜，一把往她頭頂抓去，叫道：「這可抓住了你這臭小……啊喲，啊喲！師哥，臭小子頭上也生刺……刺蝟！」手掌心給蛾眉鋼刺對穿而過，只痛得雙腳大跳。黃蓉笑道：「你頭上三隻角，鬥不過我頭上一隻角，咱們再來！」侯通海叫道：「不來了，不來了！」沙通天斥道：「別嚷嚷的！」忙趕過去相助。

這時梅超風在兩名高手夾擊之下漸感支持不住，忽地回臂抓住郭靖背心，叫道：「抱著我腿。」郭靖不明其意，但想現下和她聯手共抗強敵，且依她之言便了，俯身抱住她兩腿。梅超風左手擋開歐陽克攻來一掌，右爪向梁子翁發出，向郭靖道：「抱起我追那姓梁的！」郭靖恍然大悟：「原來她不能動，要我幫手。」抱起梅超風放在肩頭，依著她發聲指示，前趨後避，迎擊敵人。他身軀粗壯，輕身功夫本就不弱，梅超風又不甚重，放在肩頭，渾不減他趨退閃躍的靈動。梅超風凌空下擊，立佔上風。

梅超風念念不忘內功秘訣，一面迎敵，一面問道：「修練內功時姿式怎樣？」郭靖道：「盤膝而坐，五心向天。」梅超風道：「甚麼是五心向天？」郭靖道：「雙手掌心、雙足掌心、頭頂心，是爲五心。」梅超風大喜，精神爲之大振，唰的一聲，梁子翁肩頭著抓，登時鮮血迸現，急忙躍開。

郭靖上前追趕，忽見鬼門龍王沙通天踏步上前，幫同師弟擒拿黃蓉，心裏一驚，忙揹著梅超風飛步過去，叫道：「先打發了這兩個！」

梅超風左臂伸出，往侯通海身後抓去。侯通海身子急縮。豈知梅超風手臂跟著前伸，已抓住他後心提起，右手手指疾往他天靈蓋揷下。侯通海全身痲軟，動彈不得，大叫：「救命，救命，我投降了！」

注：一、有論者認爲「華山論劍」之說不當，蓋五大高人無一使劍，所比者亦非劍術劍法。殊不知國人用語文雅，常虛指以代實物，如請人「吃飯」，並非當眞饗以白飯三大碗，而是雞鴨魚肉，美酒佳肴，反而並無白飯；廣東人「飲茶」，往往盛設點心，蝦餃、燒賣、炒麵、粽子，不一而足，且有白蘭地、威士忌；揚州、蘇州人「吃茶」，以湯包、豆腐、乾絲爲主，茶水反成次要；英國人說 "Please come to have a cup of tea."（請來喝杯茶），吃的是餅乾、甜餅、三文治、肉片、威士忌、果汁、啤酒，喝的咖啡多過紅茶。中國古人說「討庚帖」是求親，「雁奠、納采」是訂婚，「拜天地、拜堂」是正式舉行婚禮，並不是向廳堂叩頭，「洞房花燭」是新郎新娘成親，並不是點一對花花蠟燭。與人「談天說地」，並非談論天上日月星、地下山河海，而是無所不談，往往不涉天地；說人「是非」，亦非評論旁人「是否信仰眞理或信了邪教」，而是談論別人之「男女關係、貪污腐敗」；所謂「打擂台」，也不是對著木搭之高台拳打腳踢，而是打人比武。「論劍」乃雅稱，並非當眞須長劍短劍，口論舌辯也。「諸葛亮舌戰羣儒」，自不是諸葛亮伸出舌頭，發內功與人的舌頭打架。

二、臺灣有論者認爲「三花聚頂，五氣朝元」乃練內功之初步入門功夫，初學者必知，梅超風不必問。殊不知「三花聚頂，五氣朝元」在道家至少用於三處，一用於修習內功，各門派傳習不同；二用於修鍊內丹，求長生不老；三用於還丹求仙。《鍾呂傳道記》記鍾離權向呂洞賓傳授「三花（陽）聚頂、五氣朝元」之法：「呂曰：煉形之理，既已知矣，所謂『朝元』者，可得聞乎？鍾曰：大藥將就，玉液還丹而沐浴胎心，眞氣既生以沖玉液上升，而更改塵骨而曰玉液煉形，及夫肘後飛起金晶河車，以入內院，自上而中，自中而下，金液還丹以煉金砂，而『五氣朝元，三陽聚頂』乃煉氣成神，非止於煉氣住世而已。所謂『朝元』者，古今少知，苟或知之，聖賢不說。蓋以是眞仙大成之法，默藏天地不測之機，誠爲三清隱祕之事，忘言忘象之元旨，無問無應之妙道，恐子之志不篤，而學不專心不寧而問不切，輕言易語，反我有漏泄聖機之愆，彼此各爲無益。」此後呂洞賓堅決請問，鍾離權遂加傳授，大法精微奧妙，我輩凡人不懂矣。以呂洞賓求仙之誠，鍾離權尚不輕易指點，可見所謂「三花聚頂、五氣朝元」決非簡單入門功夫，道家修習內功，常與求仙之術混同。作者不信長生不老，亦不信鍊丹可以成仙，於此全不置信，亦不信初學內功者能精通其義。梅超風匆忙亂問，郭靖一知半解而亂答，相信「輕言易語，彼此各爲無益」。